通道风情录

Tongdao Fengqinglu

黄保慧 ◎ 著

中央民族大学出版社
China Minzu University Press

图书在版编目（CIP）数据

通道风情录 / 黄保慧著 . —北京：中央民族大学出版社，2022.12

ISBN 978-7-5660-2167-0

Ⅰ . ①通…　Ⅱ . ①黄…　Ⅲ . ①诗集—中国—当代　Ⅳ . ① I227

中国国家版本馆 CIP 数据核字（2023）第 000044 号

通道风情录

著　　者　黄保慧
责任编辑　罗丹阳
责任校对　杜星宇　李雪纯
封面设计　舒刚卫
书名题字　吴宗金
封面摄影　黄生学
出版发行　中央民族大学出版社
北京市海淀区中关村南大街 27 号　　邮编：100081
电话：（010）68472815（发行部）　传真：（010）68933757（发行部）
（010）68932218（总编室）　（010）68932447（办公室）
经 销 者　全国各地新华书店
印 刷 厂　北京鑫宇图源印刷科技有限公司
开　　本　787×1092　1/16　　印张：30
字　　数　300 千字
版　　次　2022 年 12 月第 1 版　2022 年 12 月第 1 次印刷
书　　号　ISBN 978-7-5660-2167-0
定　　价　120.00 元

1984 年 10 月作者在播阳的留影

2014 年 10 月作者老伴邵玉霜在坪坦的留影

序

吴万源

我和黄保慧同志，同为湖南省怀化市通道侗族自治县播阳镇的侗族人。黄保慧同志长期在中央民族大学工作，我长期在湖南省民族事务委员会工作。我上北京办事，总是登门看望黄保慧同志及其家人，有时在他家住上几晚，有说不完的心里话。在通道30年县庆、40年县庆、50年县庆及60年县庆时，我们都被邀请回到家乡参加县庆活动，一同听取家乡发生巨大变化的报告，一同观看侗族文艺表演，参观侗乡各方面事业取得重要成就的展览，探讨关于进一步发展家乡的种种措施。中国少数民族文学学会侗族文学分会在湖南、贵州、广西分别召开学术会议时，我们也经常在一起，共同探讨侗族的历史和文化，有说不完的话题。我们通信和网上交流也是经常的。两人亲密的关系，不是兄弟胜似兄弟。

我们在学术问题研讨中，有过争论，有过交锋，但没有影响我们同志之间的深厚友谊和兄弟般的亲密关系。

黄保慧同志曾经给我寄来《休闲游北京风胜纪实诗歌集》《休闲游云南风胜纪实诗歌集》《通道风胜纪实诗歌集》《学步和诗歌集》《老干休闲游风胜纪实诗歌集》《京外风胜纪实诗歌》《怀念黄

保宇先生诗歌集》共7大本。我阅读后，深受感动，受益匪浅，觉得黄保慧同志是我们一位朴实无华而脚踏实地的侗族诗人。

我向黄保慧同志建议、将诗稿分类整理后，公开出版。

据黄保慧同志介绍，他的诗作功底，来自本村黄保宇先生的指导。

黄保宇先生，字栋廷，侗族，通道播阳上湘村人。早年读私塾，后毕业于湖南省常德师范学校。历任保国民学校教员、中心学校校长。县政府教育科督学、县政府教育科科长等职。通道解放前夕，弃职回家务农和教私塾。曾任通道侗族自治县政协委员。1988年6月22日病故，享年84岁。

黄保宇先生是通道侗族当时的高级知识分子，是通道侗族最早进入县政府部门工作的人员之一。他对通道的教育事业有重大贡献。通道解放初期的干部队伍和骨干，绝大多数是他的学生，同时也是黄保慧同志的启蒙先生和老师。他为人正直、清廉，肯于助人，深受人们的尊敬。

后来，黄保慧同志给我寄来公开出版的《话上湘侗乡风胜纪实诗歌》一书，共计418页。我看后，非常高兴！我们侗族这位实实在在的诗人的诗集，终于与世人和读者见面了。

最近，黄保慧同志给我寄来《通道风情录诗稿》一大本，要我为该作写序。

这本大作，我从头到尾仔细地阅读了一遍，深感这本诗作内容极其丰富翔实，涉及面广。

在上级党委和人民政府的领导下，通道侗族自治县成立30周年、40周年、50周年与60周年的伟大成就，诗人用诗歌的形式进行颂扬，殷殷之情，跃然纸上。

在党的民族政策的光辉照耀下，通道全县镇镇乡乡村村寨寨的巨变，诗人用诗歌的形式进行阐释，喜悦之情，跃然纸上。

通道的山山水水，诗人用诗歌的形式，进行白描，感恩养育之心，跃然纸上。

通道的旅游景点：独岩民俗风景园、万佛山、三省坡、坪阳阳洞滩瀑布、百里侗族文化长廊、芋头古侗寨、木脚龙底河漂流、黄沙岗草场、县溪晒口水库等，诗人用诗歌的形式，进行水墨铺陈，拳拳之心，跃然纸上。

侗族悠久的历史和丰富多彩的文化，诗人用诗歌的形式，进行赞扬，传陈出新之心，跃然纸上。

通道村村寨寨的来历和优美动人的传说，诗人用诗歌的形式，进行歌颂。

侗族独特的鼓楼、风雨桥、寨门、民居干栏的技术，诗人用诗歌的形式进行描述。

侗族独特的婚姻、节日、饮食、服饰等习俗，诗人用诗歌的形式进行阐述。

侗族的芦笙、琵琶、侗笛等乐器，诗人用诗歌的形式进行介绍。

苗族、瑶族的婚姻、节日等习俗，诗人用诗歌的形式，进行介绍。

中央长征红军分左中右三路过境通道，往西进入贵州。在通道境内，在小水进行过一次战斗，立有纪念碑群；在传素瑶族乡的梨子界进行过战斗，立有红军烈士墓，诗人用诗歌的形式，缅怀之情，跃然纸上。

…………

总之，通道风情录诗作，是一部内容丰富的诗作。

侗族是一个能歌善舞的少数民族，尤其是诗歌，除琵琶歌师、对歌师、讲款师需要特殊人才演唱外，其余歌词，用侗语演唱，用侗语表达，人人都会，出口成章。对万事万物，都可以用诗歌来表达。黄保慧同志传承了侗族优秀的诗歌文化与品质，对万事万物，用汉语汉文的诗歌进行表达，确实令人敬佩。

阅读通道风情诗作，有助于读者进一步了解通道、了解侗族进而向往去通道旅游。黄保慧同志用诗歌描述的人、事、物、景形象而生动，立体而开阔，对丰富和传承通道的少数民族文化及民族文化的融合，用了一份力，喜哉善哉。

作为侗人特立序贺之。

2022年3月30日

（吴万源，湖南省民族事务委员会和省民族研究所前研究员）

序二

——珍贵的《通道风情录》

邓敏文
2022年3月18日写于贵州省黎平县天玺湾侗人文库

黄保慧先生是湖南省通道侗族自治县人，侗族，现在已经80多岁高龄。他虽然于青年时代就离开家乡来到首都北京学习、工作，但他始终眷恋着自己的家乡。数十年间，他曾多次回乡走访。每次走访，他都适时地写一些纪实诗歌，前后共有2000来首。

黄老的这些诗作，涉及通道侗族自治县21个乡镇，即全县每个乡镇的主要风景名胜、民情风俗、历史事件都有记叙，这样的诗集在古今中外历史上是不多见的。又因为这些诗作主要是为了“纪实”，力求达意，尽量把事情叙述清楚，许多作品还附有详细的时间地点及活动过程，具有十分珍贵的史料价值。

有些同志看了黄老的这些诗作之后，觉得形式新颖，很有特色。本人读了之后，也有同感。可以说这是一部用诗的语言、用散韵结合方法书写的“地方志”，所以我也希望有关部门给予支持出版。

（邓敏文，中国社会科学院民族文学研究所原研究员，首届民族团结进步先进个人，国务院政府特殊津贴享受者，中国少数民族文学学会前秘书长和前副理事长，中国少数民族文学学会侗族文学分会前会长。）

几点说明

《通道风情录》是本人历次回通道时所写的有关通道的风景名胜和风俗民情的一些纪实诗歌，原有300多首，再加上退休后参加中国少数民族文学学会侗族文学分会的活动，并被推荐为侗族文学分会的顾问，特别是自2000年10月以后，多次走访了湘、黔、桂、鄂的侗乡，每次回通道，也借机适时地对通道的乡、镇、村、寨作一些走访考察，其间所了解到的见闻，都以纪实诗歌的形式记录下来，增添了不少内容。例如：

【1】2000年10月初，应邀参加贵州省黔东南苗族侗族自治州“中国凯里民族服饰节”及“苗族侗族文化研讨会”后，与老伴邵玉霜一起，先后走访了贵州省黔东南的凯里市、镇远县，铜仁市的玉屏侗族自治县，湖南怀化市的新晃侗族自治县、芷江侗族自治县，回到通道。这是首次走访侗乡。

【2】2000年10月中旬，先后参加湖南省怀化市“2000年中国侗族地区经济协作研讨会”及贵州省黔东南“中国黎平鼓楼文化节”活动，同老伴一道，走访考察了怀化市及黔东南的黎平县、榕江县、从江县，广西壮族自治区的三江侗族自治县、龙胜各族自治县，回到通道。这是第二次走访侗乡。

【3】2004年10月中旬，应邀回通道参加自治县成立50周年庆典后，也一直待在通道，走访考察了一些乡、镇、村、寨，直到2005年春节前回北京。这是第三次走访侗乡。

【4】2006年12月上旬，回老家上湘参加上湘新鼓楼落成庆典，并应邀参加新晃侗族自治县成立50周年庆典后，在通道民宗局黄寿群同志的陪同下，先后走访考察了湖南省怀化市的新晃侗族自治县，贵州省铜仁市和玉屏侗族自治县、江口县、石阡县，黔东南的岑巩县、三穗县、天柱县、剑河县、锦屏县，黎平县，湖南省怀化市的靖州苗族侗族自治县，后回通道，直到2007年2月上旬回北京。这是第四次走访侗乡。

【5】2007年9月下旬，应邀参加湖南省怀化市的芷江侗族自治县成立20周年庆典后，在通道盐业公司杨良顺同志的陪同下，走访考察了湖南省怀化市的芷江侗族自治县、沅陵县、溆浦县、辰溪县、麻阳苗族自治县，吉首市的凤凰苗族自治县，贵州省铜仁市、万山区、玉屏侗族自治县，湖南怀化新晃侗族自治县、怀化市、洪江区、洪江市、靖州苗族侗族自治县和邵阳市的绥宁县、城步苗族自治县后，回到通道。这是第五次走访侗乡。

【6】2007年10月中旬，我特在通道走访期间，在通道民宗局黄寿群同志的陪同下，先后走访考察了广西柳州市的三江侗族自治县、融安县、融水苗族自治县及河池地区的罗城仫佬族自治县和柳州市后，回到通道。这是第六次走访侗乡。

【7】2007年11月下旬，在通道走访期间内，接着在通道税务局原局长黄汉忠的陪同下，再次走访考察了广西壮族自治区的龙胜各族自治县、三江侗族自治县和贵州省黔东南的从江县、榕江县、黎平县后，回到通道，一直在通道待到2008年3月初回北京。这是第

七次走访侗乡。

【8】2014年10月，应邀回通道参加自治县成立60周年庆典后，又去广西龙胜各族自治县出席“中国少数民族文学学会侗族文学分会2014年会”时，与老伴一起，再次走访了龙胜各族自治县。回通道时路经三江，又顺路走访了三江侗族自治县侗族大寨。11月上旬，随着又去湖南怀化芷江侗族自治县看望在那里挂职副县长的杨渭川同志（中央民族大学原保卫处干部），又顺便走访了该县，回通道。这是第八次走访侗乡。

【9】2014年11月中旬，在通道民宗局黄寿群同志的陪同下，前往湖北省，先后走访考察了湖北省恩施土家族苗族自治州的恩施市和恩施市的芭蕉侗族乡、宣恩县和宣恩县的晓关侗族乡的一些村寨，后回通道。这是第九次走访侗乡。

每次回通道，我都乘机走访一些乡、镇、村、寨，得到一些见闻，也适时地写一些纪实性诗歌，与以前的加在一起，共2000余首。这些诗歌涉及通道全县21个乡和镇。每个乡和镇的主要风胜都有些记叙，其内容大致分为全县的和乡、镇、村、寨的两个部分：全县的，属通道各乡、镇的共有风情；乡、镇、村、寨的，只是在该乡、镇或村、寨特有的风胜。有的地方走访过多次，也多次进行记叙，稍事整合，删掉了一些，还有1600余首。所写作品虽说是诗歌，可没有诗歌的抒情和雅兴，也不入格律，更谈不上有幽默、浪漫的言语。因为是纪实，只力求达意，尽量把事情叙述清楚明白，要说是诗，形似而已。原为老有所为，老有所乐，自得其乐写的一些东西，故从未公开发表过。只是看后，时常回味，遂稍作整理，由女儿立红打印出来，装订成册，留作纪念，供亲朋好友共享。有的同志看后，觉得形式新颖，很有特色，内容也不错，极感兴趣，建议出版成书，保存下来，留作纪念，也有意义。

另外，本校（中央民族大学）原副校长梁庭望教授为本人的《话上湘》所写的《序》及本人先后应邀回通道参加通道侗族自治县成立30周年、40周年、50周年和60周年庆典活动时记叙的一些情况，也附在后面，作为参考。

水平有限，见识肤浅，错误和不足在所难免，望批评指正。

黄保慧

2021年12月

目 录

【湖南通道侗族自治县】

【镇·乡·村·寨】

【湖南通道侗族自治县】

位于湖南西南边陲，怀化市最南端，湘、桂、黔三省（区）交界处。辖21个乡和镇，住有侗、汉、苗、瑶等民族，全县总共人口21万多，侗族占80%，1954年5月7日成立通道侗族自治县，县府驻地原县溪镇，1958年迁今双江镇。

通道县

一访通道县

1984年11月15日　自治县成立30周年庆典

（一）

通道侗族自治县，位处湖南西南边。
东接绥宁和城步，西连贵州黎平沿。
南桂三江和龙胜，北与本省靖州连。
居住侗汉苗瑶族，全县人口廿一万。

（二）

通道侗族自治县，地处怀化最南端。
共辖廿一乡和镇，侗家人口八成添。

一九五四年五月，成立侗族自治县。
原县府驻县溪镇，一九五八双江迁。

（三）

通道侗族自治县，自然风光神奇悬。
峰林洞水集一体，险峻雄秀应俱全。
万里长城染绿色，百亩方洲抹青颜。
丹霞地貌堪称最，风景名胜果斐然。

（四）

通道古名称罗蒙，三省交界地要冲。
孔明南征平孟获，达开北上屯兵戎。
红军西转抛蒋敌，侗王南据御匪洪。
兵荒马乱芳草盛，问路乏人虎狼凶。

（五）

通道县原最小微，中华图志难寻觅。
山隔水断坐井蛙，贫困落后缺衣食。
庚辰年底降春晖，罗蒙百姓始扬眉。
当家作主得解放，感谢救星毛主席。

（六）

东风吹遍达罗蒙，驱除乌云现蓝空。
翻身黎民掌大印，解放百姓作主翁。
通道面貌天天变，群众生活年年丰。
翔龙飞马腾侗域，天南地北四海通。

（七）

林森木茂侗山乡，历来闭塞称夜郎。
井底青蛙难见日，哪知天外有刘邦？
全国解放党领导，四化建设事业昌。
铁龙奔来闹侗寨，侗人眼界日开朗。

（八）

民族政策照耀，通道自治卅年，山川易貌，寨野更装，如花似锦，盘古难寻故地。

侗家同胞作主，双江建设四化，农工并进，商学齐飞，兴旺繁荣，渊明再谱新篇。

二访通道县

1994年11月　自治县成立40周年庆典

（一）

通道风光奇特神，休闲探险极佳境。
流泉飞瀑震空谷，曲径川溪绕山岑。
林荫竹翠清新气，雾海云山绿岚腾。
百鸟欢歌山林闹，花繁木茂秀锦屏。

（二）

湖南通道风光丽，山水如画果神奇。
万岭千山独岩秀，滩缓潭碧玉带绮。
丹霞地貌万佛山，惊险刺激漂龙底。
自然生态风光胜，一景一说神话奇。

（三）

通道侗族自治县，和谐文化全境含。
人与社会同进步，人和自然齐发展。
各民族间和睦处，安定团结世外源。
鼓楼花桥寨门艳，民族文化深厚渊。

三访通道县

2000年11月

（一）

通道侗族自治县，地处雪峰山南端。
南岭苗山云贵侧，东隆西高北低缓。
溪河密布流域广，山高水低峡谷渊。
河床落差相对大，流湍滩多瀑布繁。

（二）

通道侗族自治县，茂密山林动物潜。
山羊豹麝华南虎，鸳鸯角鸡鲵龟猿。
森林生态开发域，野生动物考察田。
娱乐探险理想地，天然自助游乐园。

（三）

湖南通道自治县，体赏瀑布漂流欢。
洞滩麒麟犁子瀑，桃子风神白水岩。

雁鹅仙湖佳胜赏，龙底玉带漂流闲。
愉悦欢乐舒爽享，惊险浪漫刺激敛。

（四）

通道侗族自治县，山林密布空气鲜。
宏门虎跳风光胜，古树化石世间罕。
阳洞滩瀑悬崖泻，仙人吊水洞邃渊。
百看不厌游客醉，奇异景观旅徒酣。

（五）

通道侗族自治县，奇峰异石叹止观。
峰林洞水众赞誉，雄险峻峭人胆寒。
景多布广任欣赏，山清水秀宜人闲。
美景佳胜留客步，理想生态游览园。

（六）

通道风光果奇神，自然生态景致新。
绿色长城丹霞地，翠海松涛原始林。
亚热沟谷雨林茂，玉带龙底漂流欣。
三省波光天下冠，流泉飞瀑舞素云。

（七）

通道侗族自治县，绝景佳胜赏不完。
刺激漂流龙底河，逍遥游逸玉带川。
宏门森林氧吧献，龙潭峡谷烦心散。
阳光沙浴垂钓乐，令人感慨咏诗篇。

（八）

通道侗族自治县，丹霞峰林景万千。
七星山和神仙洞，八斗坡与紫云山。
天堂将军青龙界，玉柱高坪沙岗峦。
地质考察神秘探，游览攀越任所欢。

（九）

通道侗族自治县，原始森林广袤宽。
宏门冲和九龙潭，张里恩科雨林园。
一百余种木本物，几多珍稀树茂繁。
珙桐水杉和杜仲，罕见树种随可看。

四访通道县

2004年10月 自治县成立50周年庆典

（一）

通道侗族自治县，民俗生态旅游园。
民族文化富多彩，自然人文胜迹全。
马田芋头古建筑，万佛龙底生态田。
百里长廊皇都村，通道转兵恭城院。

（二）

通道侗族自治县，和谐美丽秀花园。
古朴淳厚侗风俗，亮丽多姿佳景观。
建筑艺术具特色，侗族服饰绚丽娟。
鼓楼花桥寨寨有，民族古建保持全。

（三）

通道侗族自治县，文化底蕴深厚渊。
民族服饰花样多，民族工艺秀美繁。
踩堂多耶[1] 人人爱，琵琶弹唱个个欢。
村寨勿耶[2] 传统习，赛笙对歌远古传。

（四）

通道侗族自治县，民族饮食特色鲜。
进门油茶甜酒待，上席腌鱼酸肉款。
有幸赶上合拢宴，姑娘敬酒情意绵。
逢节喜庆更难忘，品赏歌会醉游仙。

五访通道县

2006 年 12 月

（一）

通道侗族自治县，红色旅游资源全。
通道转兵会址在，小水战斗纪碑建。
传素瑶乡红军墓，双江烈士纪念园。
红军女兵宿营地，中央警卫整训田。

（二）

罗蒙小县史有名，通道转兵誉乾坤。
红军进入通道境，北上西转激烈争。

---

① 多耶：侗语，集体歌舞。
② 勿耶：侗语，做集体客人。

李博坚持要北上，主席力主向西挺。
主席主张获通过，挽救了党挽救军。
中国革命获胜利，通道转兵奠基根。

（三）

通道侗族自治县，红色旅游资源渊。
一九三〇到三四，红军涉足已达三。
小水战斗纪碑立，恭城书院展馆建。
历史遗迹甚丰富，革命教育内容全。

（四）

通道侗族自治县，文物大县属上乘。
马田鼓楼芋头寨，坪坦河域花桥群。
均登国家保护级，吸引游客前往睁。
回龙桥和白衣观，兵书阁与阳烂门。
恭城书院普修桥，也把省级文物登。

（五）

通道侗族自治县，遗址文化亦厚渊。
下乡大荒新石址，安南西周遗址潜。
宋代遗址所口寨，元朝窑址窑口山。
塘冲宋代古墓群，宋代窑址踞黄园。
玉柱清代僧人墓，双江上寨崖悬棺。

六访通道县

2007年11月

（一）

通道侗族自治县，侗家古建奇特悬。
马田鼓楼芋头寨，纳入国家保护圈。
坪坦河上花桥群，亦登国宝高位站。
侗家建筑具典型，游宾旅客向往前。

（二）

通道侗族自治县，丹霞地貌神奇玄。
群峰争秀独岩冠，风光竞美万佛前。
风神吊水神仙洞，独鹞钩狮调头岩。
玉皇试剑木化石，七星将军紫云山。

（三）

通道风光果奇神，自然生态景致新。
绿色长城丹霞地，青碧松涛原始林。
亚热沟谷雨林茂，麒麟洞滩瀑布精。
侗族圣山三省坡，渠水珠江分水岭。

七访通道县

2014年11月 自治县成立60周年庆典

（一）

通道自治六十春，县城面貌大换新。
迎宾寨门雄伟岸，风雨桥群跨河滨。
吉祥里丫转兵路，新建大道宽且平。
开发百丈崖公园，建萨岁场鸟巢神。
主道民居大改造，立面民族风情清。

（二）

通道自治六十年，山乡巨变换地天。
乡镇面貌焕然改，村寨景象大变迁。
公路硬化村村到，现代设备寨寨全。
车水马龙腾侗寨，男女老少笑脸颜。

（三）

通道自治整六旬，乡间变化日日新。
新建改造民居寨，添筑鼓楼花桥浑。
农村建设省先进，环境卫生十佳名。
生态保护受重视，水碧山青宜入画。

通道侗族文化习俗

侗族文化包罗万象，博大精深，经过千百年的发展传承，蕴含极为丰富的风情习俗。

2007年11月

（一）

侗族文化博大深，走进侗乡满目新。
村寨建在山坡上，依山傍水特征清。
吊脚杆栏民居错，花桥鼓楼寨门浑。
建筑布局甚严谨，结构巧妙层次明。

（二）

侗族建筑技艺精，结构巧妙层次分。
古井凉亭村村有，石板道路寨寨存。
依山傍水建村寨，古树风木繁茂森。
村寨大小各有别，大多一村一姓人。

（三）

侗族文化博大深，妇女衣饰佩戴银。
节日盛装华丽绚，侗锦面料画图精。
银帽银簪银链重，项圈手镯耳坠沉。
全部银饰身上戴，眨眼一看是银人。

（四）

侗族盛装绮丽绚，服饰花华美绝伦。
上装头饰衣帕簪，下身古朴鞋裤裙。
小伙盛装果英俊，姑娘艳服胜天仙。
行歌坐夜甚普遍，玩寨寻友独有情。

（五）

侗家文化博大深，情歌对唱古传承。
演唱大歌多声部，音韵复调明晰清。

踩堂多耶芦笙赛，村寨勿耶热闹很。
表演侗戏人爱看，点喊家官众沸腾。

（六）

侗族文化博大深，体育运动健康身。
高跷抢炮比斗勇，拧扛摔跤较强筋。
游荡秋千炼大胆，哆毽掰手赛体能。
斗牛斗鸟享欢乐，输赢不计重友情。

（七）

侗族文化博大精，侗家美食受赞称。
酸鱼腌肉助健胃，苦酒油茶美容身。
客人进寨歌拦路，欢迎贵客极热情。
摆合拢宴款嘉宾，姑娘敬酒情意深。

（八）

侗家文化博大精，生活习俗古朴纯。
行年勿耶众讲款，重大活动祭萨神。
赶山猎物人有份，古老习俗共享分。
祭萨敬神密封寨，祈祷活动奥秘深。

（九）

侗族文化博大精，侗家婚俗奇特迥。
行歌坐夜自由恋，玩寨对歌觅知音。
互换信物海盟誓，择日接亲同私奔。
事后告知家父母，举行婚宴待友亲。

（十）

侗族文化古朴雅，姑娘出嫁夜离家。
新娘进屋火塘坐，碓房舂米爆米花。
左邻右舍闻声到，男女老少吃油茶。
新娘新郎不同宿，三年在上五年下。

（十一）

新婚男女不同房，婚宴次日送回娘。
男方房族兄弟送，女家盛宴待男方。
送回门客过三关，寨门家门脱衣裳。
宰鸡杀鸭夜宵待，得到满足认新郎。

（十二）

通道侗家文化奇，青年男女赶歌会。
届时各把盛装着，三五成群或结队。
二月头戊大雾梁，六月初六岑惹陂。
满山遍野歌对唱，双双情侣难分离。

（十三）

侗族文化名蜚声，多卡多耶内容新。
歌颂侗家和谐寨，赞美通道民风淳。
同讴当今新社会，齐颂共产党恩情。
大型歌舞实景演，独据民族风格清。
艺术演义高精湛，文化旅游品牌名。

通道侗寨鼓楼

通道侗寨鼓楼又称凉庭，是侗族建筑文化的象征和标志。由村民自愿投资投劳兴建，多以族姓为单位，立于寨中，高于民宅，用以聚众集会议事、休闲娱乐，接待耶客的场所，有厅堂型、杆栏型和宝塔型三种。厅堂型多为单檐层，杆栏型多为三层重檐，宝塔型则为三层以上的多角重檐，飞檐翘角，有的楼内还置皮鼓，并装饰有各种祥禽瑞兽，雄伟壮观。

2007年11月

（一）

侗寨鼓楼耸入云，侗族建筑标志清。
卓立寨中鸡群鹤，厅堂杆栏宝塔型。
一村一座或多座，依姓依族筑建兴。
开会议事休娱用，侗家将它叫凉庭。

（二）

侗寨鼓楼宝塔型，侗族建筑标志清。
仿照杉树型建造，上小下大寨中亭。
整体建造木结构，榫卯穿插固若金。
四根大柱直撑顶，一塘火池地中心。

（三）

鼓楼位在寨中心，面向朝阳敞亮明。
火塘周围置坐凳，歇息烤火便利民。
乘凉休闲学唱歌，开会娱乐论古今。
迎接客寨来勿耶，踩堂多耶赛芦笙。

侗寨鼓楼：作者走访通道时老伴的留影

（四）

侗寨鼓楼巍伟严，屹立寨中势擎天。
火塘烧柴日继夜，村民活动昼或晚。
讲款议事办公益，习舞学歌美德传。
击鼓聚众御匪敌，休闲娱乐耶客款。

通道侗族风雨桥

通道侗族风雨桥又称“福桥”“花桥”，除提供给行人过河、避雨、歇息之外，还有美化村寨、招财纳福等寓意。风雨桥多建在寨子的下游，连接水口两岸。侗族对福桥的建造也很讲究：下面是长廊设有坐凳，上面覆盖青瓦，多建有塔亭，飞檐翘角，廊壁上绘有彩画，梁角上装饰有龙凤等吉祥动物。

2007年11月

（一）

风雨桥又称福桥，亦为侗族徽志标。
侗域溪河纵横错，花桥犟卧胜多娇。
至少每村架一座，过河进寨必经道。
村民劳作从桥过，停下歇息缓疲劳。

（二）

侗家村寨风雨桥，横跨河上龙凤娇。
飞檐翘角重檐式，梁上亭阁甚显昭。
檐角装饰祥龙凤，壁枋绘制瑞兽鸟。
美化村寨起作用，休闲娱乐任逍遥。

（三）

话说侗乡风雨桥，横跨溪河巍伟豪。
行人避雨休闲息，远近景致尽观瞧。
外寨亲友来勿耶，桥头拦路歌笙高。
老壮逍遥论古今，青年说爱吟歌悄。

（四）

侗族花桥称福桥，廊桥风雨名来叫。
大多建在村下游，维吉纳福寓意昭。
村寨风水宝地建，国泰民安风雨调。
建在村脚跨两岸，寨兴人旺吉祥保。

（五）

话说侗族风雨桥，以龙为型河上造。

传说古时男女恋，各居自村隔河道。
姑娘排渡山洪袭，倏尔沉没踪影消。
小伙悲恸四处找，呼天唤地顿足号。

（六）

山洪暴发浪滔滔，小伙顿足望江号。
情真意切悲恸泣，感动白龙善心掏。
黑龙拼搏姑娘救，小伙激动不得了。
铭志白龙大恩德，河上建桥龙形造。

（七）

侗族花桥堪典型，工匠技艺实湛精。
青山碧水福桥架，廊亭楼阁塔台兴。
各自优点集一体，中华古建化石存。
绚丽多姿殊壮丽，诗情画意顿时生。

侗乡风雨桥

通道侗寨寨门

通道侗寨多数是由一姓或多姓的家庭组成，小的几十家，大的几百上千家。为保卫村寨的安全，其周边都筑有篱笆墙或种植带刺的荆棘防护，路口设有寨门，多为木质结构，上盖小青瓦。寨门形式分为厅堂型和宝塔型两种，功能是供村民进出寨和保护寨的安全，阻止牲畜出寨危害庄稼，亦有美化村寨之寓意。

2007年11月

（一）

湖南通道侗家人，居住村寨类型分。
大多依山傍水住，平坝山麓脊谷型。
村寨大小各有别，安全防护皆同情。
寨子周围筑防护，种植野刺篱笆屏。

（二）

侗家村寨封闭型，进村出寨有寨门。
有大有小型不一，各村各寨未同情。
小的寨子一两个，大的村庄有添增。
寨门建造极讲究，要求美观固若金。

（三）

通道侗族各寨村，几乎寨寨有寨门。
寨门形式不一样，高低大小难同型。
四柱六柱或八柱，一楹两楹或多楹。
单檐两檐三檐上，大门关闭向外顶。

（四）

侗族寨门形式迥，前后倒水不同情。
双坡四面厅堂式，多角装拱宝塔型。
塑龙饰凤梁脊角，绘鸟画兽壁柱屏。
有的地面嵌石板，凿鱼戏水龙舞云。

（五）

通道侗族诸寨村，寨门功能明晰清。
进村出寨众人跨，志乡示景侗家征。
紧关寨门防匪敌，阻止禽畜庄稼损。
迎送耶客进出寨，接客拦门高礼宾。

侗寨寨门：作者与老伴的留影

通道侗乡凉亭

通道侗乡凉亭，是为行路人歇息、避雨、防晒之用，三里一井，五里一亭。凉亭大都建在盘坡，山坳、渡口、山口、田边、路边（有的跨路两侧）、近井、地头和桥旁等处。建筑形式有：歇山顶、双坡顶、干栏式、殿堂式、攒尖式（多边宝塔型）等。一般有四柱、六柱至八柱，上盖青瓦。

2007年11月

（一）

侗乡凉亭路路有，避雨防晒歇息休。
一般建在山盘坳，路边坡侧和渡口。
田边地头水井侧，建造要求堪讲究。
多为重檐宝塔式，扬檐翘角似鼓楼。

（二）

侗乡凉亭路路存，均为公益善事兴。
凉亭形式多样化，因地制宜筑建成。
歇山双坡殿堂式，干栏民居宝塔型。
四柱六柱至八柱，上盖青瓦杉皮层。

（三）

侗乡凉亭路路存，均为公益事业兴。
凉亭底下设坐凳，或以横枋穿柱成。
为保安全和舒适，外侧栏杆靠板钉。
有的柱挂新草鞋，远路行人可高兴。

通道侗族文化长廊

通道侗族文化廊，从县城双江到坪阳乡。这里飘逸着古朴、淳厚的民俗风情，蕴藏亮丽多姿的人文景观；这里是展现侗族建筑艺术，民族文化、历史和现状的窗口；这里山山皆俊秀，水水有福桥，寨寨立鼓楼，人人善歌舞，景美人纯，号称百里侗文化廊。侗族文化极具典型。

访侗族文化长廊

2007年11月

（一）

百里侗族文化廊，县城双江到平阳。
黄土坪坦陇城镇，甘溪马龙坪阳乡。
五个乡镇百华里，侗家文化瑰宝藏。
星罗棋布侗村寨，鼓楼花桥巍伟煌。

（二）

百里侗族文化廊，古寨芋头博物藏。
观看表演芦笙赛，蹬踏百级驿道长。
欣赏几世吊脚屋，见识多型鼓楼状。
了解行歌坐夜俗，体验摇筛风情狂。

（三）

百里侗族文化廊，皇都四寨名远扬。

坐落文化廊轴上，民族风情特色彰。
喝杯迎客拦门酒，做回侗家美新郎。
品尝侗家合拢宴，欣聆侗歌侗戏腔。

（四）

百里侗族文化廊，高步六寨溪河长。
三里一村两里寨，鼓楼花桥古井彰。
石刻石碑石坪阔，萨堂祭萨奥秘藏。
妇女服饰多类型，端庄典雅耐观赏。

（五）

百里侗族文化廊，坪坦腹地堪称上。
侗族文化底蕴厚，饮食信仰节令讲。
鼓楼寨门和风雨，飞山孔庙与城隍。
寨子四周风木盛，阳春三月花竞香。

（六）

百里侗族文化廊，阳烂侗寨坪坦壤。
依山傍水典型寨，民居家族界线赏。
村里石板路洁净，寨中四处多银匠。
侗戏演唱发源地，侗医骨科四海扬。

（七）

百里侗家文化廊，横岭南面坪坦壤。
鼓楼寨门三朝缔，亭台楼阁独特装。
古井戏台南岳庙，笙坪花桥石道长。
高跷哆毽抽陀螺，体育活动重经常。

（八）

百里侗族文化廊，陇城梓坛高步壤。
村寨各自互走访，农闲勿耶果繁忙。
比赛芦笙抢耶客，斗牛斗鸟对歌狂。
石坪石径吊脚屋，村寨好客洁净光。

通道侗族服饰

2007年11月

男服饰

通道男装各俗区，大同小异区别微。
比较古老男服饰，老人无领大襟衣。
青年人穿对襟服，一至三件九件计。
小伙穿上要故意，从里到外需露底。

黄土　双江　马龙服饰

女头饰

黄土双江马龙域，妇女服饰一样式。
深紫侗布帕包头，流苏海绒两寸逾。
捆成羊角头上饰，发髻配插银梳子。
姑娘多戴细花帕，鬓边发围露彩须。

女衣饰

黄土双江马龙域，妇女大襟左衽衣。
无领无扣带子系，宽大宽松胸围披。
袖短仅至肘弯处，褶裙长及冠盖膝。
姑娘穿裤妇着裙，脚肚缠绕布绑腿。

女盛装

黄土双江马龙域，衣料自织紫侗布。
盛装打扮佩带银，孔雀开屏银帽著。
颈套银项三五盘，手戴银圈六棱镯。
戴银表示身貌美，亦显自身勤劳富。

播阳　团头　独坡服饰

男饰

播阳团头独坡域，男人服饰基一致。
夏穿白布对襟服，冬着无领右衽衣。
下身宽腿长布裤，脚口大至尺多余。
头包青帕丈二尺，里端角形露寸许。

女饰

（一）

独坡团头女服饰，无领右衽大襟衣。
袖子上卷配蓝布，衽链穿悬银扣子。

胸扎围裙衣齐长，旁系锦带背飘逸。
下百褶裙布包腿，白袜套在勾鞋内。
头带青帕花绲边，髻挽脑后簪梳刺。

（二）

播阳土溪地阳坪，妇女服饰稍有迥。
头戴花格条纹帕，胸围襟前锦带裙。
上穿大襟有领衣，下着青色长裤挺。
衣裤边滚青蓝绿，夏蓝布衣穿在身。

女盛装

播阳团头独坡域，女饰盛装甚突出。
头带银冠髻插簪，项套银圈三七副。
手套银镯耳吊环，顺衣扣侧银练珠。
胸围青布分上下，上梯下方长齐服。
中间花带边镶滚，梯形底下绣耙图。
戴戒指，插银梳，琳琅满目银光闪。

芙蓉金殿服饰

妇女头饰

芙蓉金殿女头饰，婚前婚后有分区。
少女头发周边剃，留下红绳扎结实。
辫尾绣球穗下坠，灵活秀俊稚气溢。
婚后始蓄满头发，髻挽头顶鬓布围。

妇女服饰

芙蓉金殿女服饰，热天对襟五扣衣。
或穿右衽和服式，无领腰间青带系。
娘家穿裤夫家裙，头帕素色须纹密。
老妇盛装耳戴环，三盘项圈胸前坠。

临口　下乡　木脚服饰

临口下乡木脚域，妇女头帕丈二布。
围成一个大圆圈，盘在头上极醒目。
胸前挂块花布裙，上右衽衣下身裤。
衣襟边饰红蓝绿，佩戴耳环戒指镯。

通道侗族童饰

童装

通道童装小异同，头至脚下侗锦缝。
童裤挑花锦布制，六岁以前开裆空。
右衽大襟衣无领，银铜布扣任所从。
播阳土溪诸村寨，背带自织锦布充。

童发

儿童满月把头剃，头顶气门毛发蓄。
稍大男童剃光头，女剃边发扎辫子。

童帽

童帽七块侗锦拼，帽前帽后装饰精。
后吊缗钱多少串，前钉银人几多丁。
额角两边置猫耳，后中串缗长至臀。
抱在怀中堪显目，走起路来响当叮。

童胸兜

侗锦织就长方形，中间开口后串缗。
前胸围裙衣齐宽，腰间两侧系带绳。

童银镯

手戴银镯套铃铛，三个五个不一样。
有的脚脖银圈戴，走路活动响叮当。

童背带

儿童背带锦制成，分为内层和外层。
内层套住童身子，外层下部花带钉。
小孩背上在酣睡，盖住童头胸前捆。
两层侗锦图案绣，妇女用作背儿婴。

侗族青年交往习俗

2007年11月

【1】行歌坐夜

侗族男青年被称为“郎尼”“郎汉”“郎办”“后生”“小伙”，女青年被称为“索”“买”“银美”“腊勉”“姑娘”。男女青年在屋内火塘记更——吃夜宵、唱对歌和谈情说爱叫“行歌坐夜”。

（一）

寨内青年姑娘约，深夜三五结伴伙。
选定宽敞家房屋，纺纱刺绣针线活。
后生提灯哼曲调，穿巷寻妹唱对歌。
几番周折妹开门，进入屋内情爱说。

（二）

几经坐夜唱对歌，男女双方情意合。
表示真情相爱慕，但愿关系续发展。
两相商定再约会，一展心扉真言说。
希望未来成夫妻，有饭同吃粥同喝。

（三）

双方愿意把亲定，互相信任不变心。
男欢女乐把凭换，衣服银饰布匹巾。
山盟海誓石不烂，确定关系愿成亲。
各自准备娶嫁事，商定婚嫁诸事情。

【2】站巷

站巷有的叫赶圩，主要流行南部区。
独坡冲坪诸侗寨，傍晚小伙三五位。
寨边寨门或寨巷，等“勉”等“索”和等妹。
约得情人来相会，对站并坐歌细语。

【3】赶歌会

（一）

侗族地域村寨间，赶赴歌会成习惯。
届时男女着盛装，成群结队歌场赶。
三月头戊上大雾，六月六登岑惹山。
满坡遍野歌阵阵，吟歌细语意绵绵。
双双情侣相爱恋，互换信物定情缘。

（二）

青年男女赶歌会，定有地时同赴会。
坪坦土王将军坡，菁芜洲域小江会。
境内西部大雾梁，六月初六岑惹会。
播阳六团屹团坪，上湘黄寨地垛会。

【4】怒银美

——看新来做客的姑娘

（一）

姑娘进寨做客仙，村中郎汉必来看。

晚饭后到主人家，门外窥视笑语言：
屋内有股生人味，家中是否藏腊勉？
姑娘终于答了话，以歌作答把情牵。

（二）

姑娘终于答了言，边歌边拉开门闩。
后生鱼贯进屋内，火塘围坐心蜜甜。
拔出烟斗把烟装，递上火钳姑娘点。
以歌代言互打探，行歌坐夜情意绵。

【5】吃更

男女青年相约会，节日佳期深夜里。
后生小伙结成队，手提鸡鸭款妹吃。
姑娘邀请众姊妹，火塘作伴吃男的。
悄言细语互试探，行歌坐夜结友谊。

【6】赔更—还夜宵

男女青年互约会，节日佳期深夜里。
后生小伙相约齐，手提鸡鸭招待妹。
女邀姊妹来作伴，猪脚鱼肉待哥吃。
预示后生再次来，相互接触增情谊。

【7】勿索吃节气

勿索，指的是侗族青年男女社交最为普遍的一种形式。只要村寨或姓氏有什么节气，都可以互相进行“勿索”，亦称“勿银美”吃节气。

（一）

寨中姑娘同龄岁，三三两两结成队。
选村择寨吃节气，节日前夕走亲戚。
主寨郎汉约伙伴，手提灯笼找银美。
勿索期间行坐夜，青年男女结友谊。

（二）

通过对歌觅知音，觅得知音心里明。
情投意合再约会，互换信物作凭证。
女送后生银饰簪，男赠姑娘衣头巾。
男女双方情意合，互相信任不变心。
海誓山盟石不烂，各自告知父母亲。

【8】歌为媒

青年男女初相会，不需介绍歌为媒。
姑娘后生路上遇，巧答妙问歌代语。
姓甚名谁家何方，明词晰语歌句叙。
无须爱恋歌说明，有意结情歌表示。

【9】郎尼然些—玩寨

湖南通道侗寨间，郎尼玩寨堪普遍。
交朋结友选歌伴，走村穿寨寻妹仙。
稻谷入仓禾下晾，月明风清更浓欢。
村巷林间窗台外，阵阵笑声伴歌传。
一生二熟三谈爱，情投意合结良缘。

【10】郎尼点烟

（一）

三省坡周侗寨村，青年男女交往行。
村中来了姑娘客，全寨小伙来看睁。
相不相识无所谓，同在火塘坐或蹲。
男递烟斗姑娘点，无话找话互取兴。
故点不着相偷看，各自选择意中人。

（二）

局面打开另一情，小伙各提小板凳。
挨到姑娘身边坐，夹火钳子递情人。
姑娘大方点了烟，郎尼知趣忙起身。
因不被她所看中，继续交谈准碰钉。

（三）

姑娘接了点烟钳，不忙马上点燃烟。
火钳稍微往前伸，姑娘表示情意添。
把长烟斗往前递，烟点着了索腼腆。
以歌代言相试探，说悄悄话情意绵。

（四）

独坡播阳地阳坪，五通一带年青人。
不管是否会抽烟，只要是把歌堂进。
或是姑娘相约会，各持烟斗带在身。
利用点烟作媒介，穿针引线对象寻。

【11】勿地瓦 — 种公地

（一）

通道侗族各寨间，甲乙两寨结情缘。

大年过后农闲日，互相勿耶坐夜欢。

青年男女互邀约，阳春三月同上山。

开荒锄地勿地瓦，种植作物豆粮棉。

（二）

农历四月五月间，双方相约上岑山。

薅草育苗再接触，增进了解感情添。

（三）

农历八月中秋天，两寨男女又上山。

情歌对唱忙收获，铡糯摘豆到傍晚。

（四）

八月十五当天晚，两寨男女聚会餐。

姑娘集体打油茶，招待他寨男青年。

（五）

多次交流接触密，男女双方感情立。

经过恋爱关系定，个别约会结伴侣。

【12】偷月亮菜

（一）

青年男女社交绝，偷月亮菜是一则。

盛行通道南部区，坪坦中心周边侧。

八月十五中秋日，夜幕降临月光洁。
三五成群姑娘们，爱慕后生园中摘。

（二）

夜深人静小伙们，脚踏月光琴笛吟。
走街串巷轻歌语，吃月亮菜姑娘寻。
边吃边谈情爱诉，通宵达旦难舍分。
不少男女成双对，喜成良缘缔结亲。

（三）

相传八月十五日，月宫仙女下凡界。
无私甘露洒人间，滋润万物根与叶。
共享仙女甘雨露，不如说拿更确切。
侗族习惯称谓偷，实告主人来做客。

芙蓉金殿习俗

芙蓉金殿习俗奇，严禁在家情歌对。
男女社交在寨外，古树底下接郎尼。
吹奏木叶为信号，姑娘约伴到树底。
情歌对唱觅知音，有缘终结成伴侣。

临口下乡习俗

临口下乡銮塘域，男女社交习俗殊。
有坐仓楼沐月光，有游茶堂情爱诉。

正月二月坐仓楼，六月七月玉盘目。
中秋时节游茶堂，谈情说爱友情树。

播阳习俗

（一）

通道播阳风俗区，男女社交走亲戚。
甲寨小伙到乙寨，乙寨姑娘情歌对。
乙村姑娘到甲寨，甲寨后生来坐妹。
对歌歌调日夜分，火塘对歌夜腔味。

（二）

通道播阳风俗区，白天男女路上遇。
或在村外唱对歌，对唱情歌日调味。
通过对歌情意合，双方互把信物易。
互送把凭轻重分，轻巾帕带重银饰。

马龙独坡习俗

（一）

马龙独坡侗寨村，侗家姑娘三五人。
聚集某家纺纱织，机车发出清脆声。
郎尼闻声不进屋，紧贴窗户情歌吟。
姑娘开窗朝外问，哪位阿哥好歌声？

（二）

姑娘开窗轻声问，哪位阿哥好歌声？
不怕生漆凳沾裤，请进屋唱才好听。
作郎汉头仁不让，举步当先进屋庭。
其余伙伴鱼贯入，行歌坐夜好欢欣。

坪坦习俗

坪坦一带侗寨村，青年交往别有情。
正月姑娘情人约，同上山岑砍竹新。
作纺纱车纱锭管，发出声音声好听。
边砍边谈情爱诉，山歌对唱固友情。

村寨“勿耶”习俗

侗族“勿耶”指的是各村寨之间集体做客，亦称“乡客”“芦笙客”。侗族周边各村寨，农闲时都有勿耶的习俗。“勿耶”有“耶牒”、“拉”（油茶、甜酒）、“耶高”（酒耶）之别。“耶牒”“拉”比较简单，随时都可以做，主要为青年男、女提供行歌坐夜的机会，届时招待一顿油茶、甜酒就行。“耶高”就比较复杂了，规模大，活动内容多，有文艺汇演、演侗戏、唱对歌、芦笙比赛、杀猪宰羊招待、迎客、送客等，时间长，要事先预约，双方都要做些准备。“耶高”一般每两年做一次，今次你来我寨，我作主；下次我去你村，我做客。“勿耶”期间男女青年行歌坐夜。

侗家村寨勿耶盛，村寨交往互宴请。
茶耶酒耶芦笙耶，农忙时歇农闲行。
耶牒耶拉较简单，唱歌跳舞赛芦笙。
赛毕主寨把客抢，青年男女坐夜寻。

耶高 — 芦笙耶 — 乡客

（一）

侗族勿耶村寨行，勿耶高时程序纭。
耶客在临出发前，首先云集鼓楼坪。
男女老少盛装著，祭萨仪式肃穆诚。
三声铁炮雷鸣响，芦笙高奏彻霄云。
寨老带领众耶客，开往主寨做客宾。

（二）

勿耶形式有区分，茶耶酒耶不同情。
酒耶规模太复杂，勿耶期间要进行：
文艺汇演芦笙赛，宰猪杀羊待客宾。
双方都需作准备，两寨预约协商定。

“耶高”程序

准备

耶高村寨社交一，双方都先要准备。
歌队戏队芦笙队，舞龙舞灯舞狮子。
主寨要做好接客，猪羊佳肴和酒水。
活动程序协商好，务使勿耶井有序。

头客

乡客之首有头客，穿着打扮甚特别。
侗帕包头插雉羽，身披布毡鲜红色。
第一位腰挂刀锏，胸怀罗盘脚踏靴。
三至五位打扮同，只未佩刀罗盘缺。
分别走在各队前，精神饱满和颜悦。

耶高芦笙队

（一）

乡客芦笙队特神，芦笙衣服穿在身。
几十号人来组队，一位头客前面领。
身披红毯脚踏靴，罗盘洋伞手中拎。
余各人持笙一把，挺胸直腰抖精神。

（二）

芦笙队员打扮神，每人头插雉一根。
身穿侗锦芦笙衣，下着锦布花带裙。
花带重叠内层长，两缘各把鸡毛钉。
下端雉毛薏米串，随人步伐响叮叮。

子耶

乡客成员叫子耶，盛装打扮胜过节。
头插凤尾蕨芝草，身穿盛装银饰白。
每人手提一竹篮，内装新衣杂用者。

上用侗锦花帕盖，出嫁新娘无区别。
子耶队伍前头走，还有舞龙舞狮的。

行进程序

（一）

踩堂完毕再演艺，雄鸡斗架海捞鱼。
舞毕主人拥入场，拉客回家坐厅堂。
客人进屋赞主家，主人谦称不像话。
子午卯酉不成双，子丑寅卯共一方。

（二）

次日早餐用饭毕，头客坪场讲款词。
然后进行芦笙赛，晚上主寨办宴席。
酒过三巡主客起，团结和睦互赞誉。
客人小伙唱赞歌，颂扬主寨深情义。

（三）

待客第三天早饭，主寨各家拎高盘。
摆成长席合拢宴，围桌畅饮尽情欢。
饭后乡客奏芦笙，肩托花篮围成圈。
同把操劳耶歌唱，感谢主寨盛情款。

（四）

客人辞行离主寨，主寨姑娘围拢来。
提凳端椅抬桌子，扛犁负耙路口摆。
设卡拦路盘歌唱，热闹对歌即展开。
客人逐件歌赞美，全部赞完步出寨。

（五）

乡客致谢离主村，只要另有寨欢迎。
又进他寨续做客，沿途团寨把酒饮。
主客青年互邀约，行歌坐夜可高兴。
每进一寨一两晚，直到春耕农忙停。

通道侗族婚俗

大致分为如下几种类型：明媒正娶；由父母包办；互相爱慕或恋爱，经双方父母同意；自由恋爱，双方家长反对；有女无儿，招郎婚配。

2007年11月

通道侗族男女婚，几种形式区别清。
明媒正娶包办式，全由父母操办成。
双方爱慕自由恋，家长同意缔结亲。
男女两人相恋爱，父母反对行私奔。
有女无儿招郎配，上门女婿改父姓。

明媒正娶婚

明媒正娶包办婚，全由家长操办成。
男女两人自由恋，父母同意结成亲。

媒人说合合八字，择日结婚婚宴请。
宴后把妻送回门，正娶程序循俗定。
送买[①] 回门礼有规，满盘半盘[②] 区别分。

明媒婚姻程序

说亲

男女相爱结姻缘，全由家长操办成。
男请媒人去说亲，取女八字和生辰。
道灵先生合八字，族妇陪媒登女门。
鸣炮报喜进家屋，酒席商定婚事情。

迎亲

男的约好两伙计，提灯携礼女家去。
夜深人静时出发，快到女家礼品匿。
新娘伴娘家中等，进屋吵要夜宵吃。
男方找理三推脱，双方舌战几多时。
寅时出门吉刻到，吃完夜宵接买回。

出门走在路上

出嫁姑娘夜出门，免逢不利事和人。
离开父母和同伴，伤心流泪忌哭声。

---

① 买：侗语，指新娘、妻子、老婆。

② 半盘：24斤猪肉，30个糍粑加适量水酒，满盘加倍。

新竹篮装换洗服，由接亲人提着行。
忌与同日接亲碰，如若相遇高处争。
姑买换帕事如意，免在他日不测生。

新娘进屋

（一）

侗族迎亲买进屋，郎母门外放把谷。
新娘过来顺手提，跨步进屋增祉福。
糯谷挂在柱钉上，夫妻恩爱坚牢固。
即坐火塘炊事位，表示定根长久住。

（二）

新娘跨步进郎家，头一件事煮油茶。
炸爆米花显身手，人丁兴旺财源发。
接着碓房舂稻米，邻里知谁买进家。
次晨村民新娘看，油茶招待毫不差。

婚宴

（一）

新娘接进郎家屋，次日郎家全房族。
聚集商办婚宴事，具体分工承任务。
有宰猪鸡鸭鱼鹅，有到市场采购物。
有到各地报亲友，报亲先报舅家母。

（二）

新娘接进郎家屋，喜日亲友来庆祝。

鸣放鞭炮响连天，男女提挑接踵步。
有送鱼肉大米酒，有赠鸡鸭被衣服。
设宴招待贺喜客，郎娘敬酒谢祝福。

新娘回门

（一）

婚宴过后要回门，男方房族来送担。
送担小伙限奇数，三人五位或九丁。

（二）

新娘夫家住一晚，次日兄妹去接返。
去到郎家吃顿饭，随同送亲娘家还。

（三）

婚宴过后转脚回，郎家房族送买归。
回门礼有酒猪肉，糍粑大米和草鱼。

（四）

转脚礼物习俗规，满盘半盘依定赐。
娘家举办回门宴，招待房族认亲戚。

（五）

转脚女方早有备，小伙进屋脸抹灰。
宴上姑娘神威发，酒灌小伙酩酊醉。

送棉纺纱

新娘转脚第二年，农历正至二月间。

郎家族妇三五位，给新娘送纺纱棉。
女家房族主妇待，掠盘多客盛宴餐。
宴毕郎家客回返，女方欢送情绵绵。

送还棉纱

婚宴次年二月里，二月初二是节气。
女家族妇三五位，送还新娘纺纱回。
郎家族妇拎酒菜，热情款待送纱姨。
席罢娘家客回返，郎家送客情依依。

招郎

湖南通道侗地域，招郎上门有习俗。
县南芙蓉地区外，銮塘下乡盛行突。
有女无儿可招郎，儿小女大郎上户。
上门女婿随父姓，丧夫招郎姓原夫。

离异

（一）

婚宴过后买回门，新娘长住娘家庭。
夫家多次派人接，都不愿意回郎庭。
或回郎家挑担水，水缸溢满返娘庭。
示意女方要离异，男的不再接还庭。
郎家房族女家去，论理索赔洗夫金。

（二）

男的若要把妻弃，挑担柴火女家去。
把柴放下即返回，表示男方要离异。
女方房族去男家，讲理论道要索赔。
直到要回洗妇钱，离婚之事才完毕。

自由婚姻（1）

青年男女自由恋，愿结婚姻终身伴。
女方父母持反对，男女执意要婚配。
两人相沓自成婚，抢婚逃婚或私奔。
待到家长消了气，才回郎家行婚礼。

自由婚姻（2）

（一）

侗族自由结婚姻，平时走访爱钟情。
郎脱上衣女赠布，交换信物自定婚。
男方邀约两三伴，深夜提灯女家奔。
女方亦约时好友，吃完夜宵伴出门。

（二）

侗族姑娘出嫁行，多在夜间寅时行。
一则寅与银谐音，再者路上避人行。
姑娘出嫁无嫁妆，篮装换穿衣服行。

如遇同日接亲者，争占高处易带行。

姐妹两人换帕带，万事如意上路行。

（三）

新娘进入郎家门，堂屋柱上钉竹钉。

第一件事爆米花，煮好油茶待客人。

次日族中一长老，前往女家报喜信。

郎家婚宴只正餐，其余酒席房族承。

（四）

婚宴新娘转脚归，长住娘家不自回。

你接我送往复返，三年五载都不计。

待到新娘怀了孕，才返郎家长久居。

此俗比较简节约，延至解放不已已。

播阳团头婚俗

（一）

播阳团头侗寨村，男女婚姻有特征。

多为父母请媒说，持礼前往女家门。

女方父母示同意，取回八字和生辰。

八字合上送红酒，再送六两首饰银。

（二）

播阳团头侗寨村，男女青年结婚姻。

媒人说合婚姻定，男方择日去接亲。

（三）

夫儿女全两妇人，加上一位年轻人。
带上雨伞茶叶礼，前往女家去接亲。

（四）

女方房族宴接亲，并邀伴娘陪客人。
吃完夜宵吉时到，新娘准时出家门。

（五）

稻草火把接妇擎，走到半路抛里滨。
新娘手里握把伞，不得换手张开撑。

（六）

迎亲队伍到凉庭，先歇一会把步停。
男家煮好甜酒糟，新娘伴娘把口润。

（七）

堆干杉叶或稻草，另一妇人点火着。
新娘伴娘篝火跨，按照礼俗来进家。

（八）

新娘进门有安排，郎家大门悬个筛。
公婆楼上大门跨，其他家人全躲开。

（九）

新娘进入郎家门，先生接过伞来拎。
每人送根化符草，香火祭祖洞房进。

播阳回门

播阳团头侗村庄，送回门酒别有样。
新娘夫家住一晚，回礼半盘有数量。
肉廿四斤粑卅个，称作半盘送回娘。
买住夫家三五夜，半盘加倍满盘装。

芙蓉婚俗

绕火塘

芙蓉侗族缔结亲，迎亲仪式播阳近。
新娘出门到郎家，进门先往火塘奔。
男方姊妹牵买手，围着火池绕三巡。
新娘绕炕含寓意，表示新娘扎基根。

离婚

芙蓉男女要离婚，写离婚书习俗存。
男不要买卖田庄，女弃丈夫赔钱银。
休书只能门外写，需请中人作判评。
男女双方离婚后，男娶女嫁自由行。

过继

芙蓉没有招郎习，无儿叔伯子过继。
继嗣只限弟以下，长子过继不允许。

接亲

芙蓉接亲有俗规，少男少女提笼鸡。
男提雄鸡女拎雌，另送酒肉糍粑米。

进门穿裆

新娘走到丈夫家，新郎裤子大门挂。
新娘进门穿裆过，示意买要把夫怕。
全家老幼需躲避，防止与买常吵架。
保持家人和睦亲，万事兴旺家大发。

通道侗族育婴习俗

2007年11月 六次走访侗乡

报喜

婴儿呱呱落了地，先向外婆家报喜。
男携公鸡女母鸡，外婆还礼以鸡回。
告知房族叔伯妇，准备婴儿用品礼。
然后择日送背带，称打三朝办酒席。

办三朝酒

（一）

婴儿出生第七天，内亲外戚族妇参。
亲戚送鸡米鞋布，外婆银帽背带钱。

三朝酒摆合拢宴，放置肉串公菜碗。
公菜剩了归主人，串肉余下自带还。
回礼半斤猪肉串，名串串肉因此传。

（二）

婴儿三朝这一天，确保体壮身康健。
请来先生解关煞，给婴身上穿铜钱。
婴儿背兜铜钱挂，活泼可爱人喜欢。
众口称赞加祝福，一年四季保平安。

办满月酒

（一）

湖南通道侗族人，婴儿满月仪式行。
手沾桐油抹婴额，指点锅灰标记清。
婆婆婴母携礼品，往外婆家做客宾。
外婆族亲拎高盘，招待顿饭即回程。

（二）

婴儿满月仪式行，芙蓉一带另有情。
开始为婴剃头发，婴儿活泼显精神。
儿女夫全妇背婴，到外婆家做客宾。
外婆设宴热情待，宴后背回出月成。

（三）

流源一带又一情，婴儿满月早临辰。
热锅炒蛋二十个，用大碗盛备酒醇。

婆婆背婴撑把伞，踩桥祭祀花婆神。
早有村童在等候，祭毕炒蛋童稚分。

婴儿周岁礼

婴儿落地那天起，三百六日周岁期。
侗族盛行过周岁，外婆亲友来贺喜。
客赠布衣加米酒，主办宴席待客吃。
周岁礼俗告一段，以后很少过生日。

婴儿月子里包手

初生婴儿抱扎时，双手均裹在包里。
用稻草绳捆三道，三天五日不松释。
相传月子不绑手，长大手多人嫌弃。
偷窃东西遭人骂，月不捆手造成的。

播阳独坡“勿德”[1] 习俗

播阳独坡地阳坪，“勿德”习俗极盛行。
送礼“多农”[2] 衣鞋帽，背带鸡蛋纺织品。
进屋先煮油茶待，房族各户接着请。
酒席宴上敬外婆，要她为婴取小名。

---

① 勿德：侗语，“做外婆”意。
② 多农：侗语，“给婴儿”意。

芙蓉三朝习俗

（一）

芙蓉三朝习俗悬，外婆进寨受阻拦。

婴儿祖母衣褴褛，破筛里放牛粪干。

会同叔伯门前守，外婆来到污秽沾。

唱开门歌许入寨，进婴儿家脏衣换。

（二）

外婆住下两三天，主家盛宴热情款。

房族各户争外婆，请到家里吃餐饭。

三天过后外婆走，族妇送别情意绵。

互唱对歌话惜别，送出寨门或更远。

通道侗族待客习俗

2007年11月

（一）

亲戚朋友来家访，带斤鸡蛋或白糖。

到屋问声在家吗，正月恭喜发财讲。

主家接待火塘坐，放把叶烟客身旁。

将长烟斗即递上，吸烟闲聊话家常。

（二）

客人来访上桌席，不分主客尊卑位。

家中主妇及子女，忌靠拢席陪客吃。
主约客人吃酒菜，为客夹菜热情极。
若是妇女来做客，兴打油茶款待之。

待客尚头习俗

侗家崇尚头俗规，款宾待客头为贵。
杀猪用猪头敬祖，婚娶用猪头谢媒。
节庆用猪头祭祀，勿耶用猪头赠馈。
鸡鸭鹅鱼头珍稀，整只上席头朝魁。

待客合拢宴

（一）

房族村寨共同客，时间有限难留客。
主方每家来一人，携带酒肴款贵客。
人们称为合拢宴，亦即集体招待客。
席上长者致词毕，主方举杯酒敬客。
各家佳肴依次递，表示热情敬嘉客。

（二）

通道侗家合拢宴，入席人数百十员。
摆成长席相对坐，酒肴桌上列成线。
酒至半酣主持人，斟满水酒两大碗。
长幼次第换杯饮，以歌助兴尽畅饮。

（三）

宴席快要结束时，喝转转酒即开始。
主持先把酒碗端，递给身边一人执。
依次顺序往下递，形成圆圈同干之。
此俗历史堪久远，有个故事在传袭。

（四）

相传有个侗家村，集体做客赛芦笙。
兄弟过河前观看，回程遇洪桥冲崩。
二人焦急没法渡，一翁前面划船经。
见状伸出援助手，兄弟上船过河成。

（五）

数年之后翁进村，兄弟各婚家已分。
争要请翁吃顿饭，但翁只有顿饭停。
妹提两兄不要争，各备酒菜待恩人。
同备酒菜款贵客，称合拢宴到如今。

苦酒待客

（一）

苦酒又名称罩酒，通道境内特有酒。
播阳团头地阳坪，最盛行酿甜苦酒。
苦酒味醇口感好，号称通道茅台酒。
顺口喝下两三碗，发酵酣醉难醒酒。

（二）

通道侗族甜苦酒，呈乳白色极可口。
味道甜中微带苦，迎宾待客必须有。
通道茅台美称誉，抿上一口口难收。
来到通道未喝上，枉至罗蒙一趟走。

通道侗歌的种类

2007年11月

（一）

通道侗族唱的歌，形式内容两类歌。
形式分类侗族歌，场合情景唱的歌。
合唱多声乐器伴，齐唱独唱领唱歌。
大歌琵琶侗笛是，男女老少唱的歌。

（二）

通道侗族歌种多，内容分类多种歌。
大歌耶歌喉路歌，双歌情歌琵琶歌。
茶歌酒歌叙事歌，款歌戏歌儿童歌。
赞歌悲歌含在内，日歌夜歌日夜歌。

耶歌

通道耶歌史久存，耶耶呀啰耶得名。
古老耶歌分两类，耶堂耶铺区别清。
耶堂男女互对唱，你唱我应友谊增。
一人领唱众人合，耶铺伴舞来助兴。

九歌 — 卡九

通道卡九流传广，两人多人均可唱。
开头引子九勿呀，结尾阿九九呀长。
词曲演唱依程序，歌词分路各有腔。
一路风情一路歌，表演形式为对唱。

琵琶歌

侗族唱歌琵琶配，分作两种名称异。
弹唱加说称卡锦，只弹不唱卡常谓。
卡琵琶属叙事歌，内容多样广泛极。
表演形式归说唱，边弹边唱听者迷。

侗族大歌 — 卡老

侗族大歌卡老谓，俗卡冷热[①] 名称奇。
属多声部合唱曲，少则几人多不计。

① 俗卡冷热：侗语歌名，指蝉之歌。

行云流水渗其中，蝉鸣松涛杂在内。
既无伴奏无指挥，天籁之音好听极。

酒歌

酒歌侗称卡约高，拦门宴席时常唱。
两人多人同合唱，手捧酒杯劝对方。
客接酒盅饮而尽，感谢主人情意长。
外寨来客合拢宴，主村姑娘歌劝忙。

茶歌

侗族油茶极盛行，有客进屋油茶迎。
制作油茶很讲究，四道工序方做成。
节庆茶和新娘茶，赞颂主人赞新人。
吃油茶时对茶歌，颂茶猜茶茶源吟。

戏歌

侗戏当中无道白，唱时侗歌腔调设。
演戏侗家称唱戏，大歌耶歌双歌别。
戏歌平腔唱到底，旋律优美抒情烈。
平腔旋律上下句，唱词字数长短得。

喉路歌

侗族喉路歌叫称，喉罗喉骆和声名。
属双声部民歌类，有花哨讲三腔分。

歌词内容亦广泛，热情赞颂山水云。
四句八句为唱词，高音低音互照应。

情歌

情歌侗称卡随你，青年男女情爱叙。
侗族情歌多如毛，男女没有谁不会。
即兴而编因情发，传唱修改新创的。
垒歌情歌情人歌，两句四句和八句。

垒歌

垒歌亦属情歌类，韵律优美咏音微。
男女青年行坐夜，悄声细语感情需。
情感投入需抒发，垒歌咏叹缠绵透。
侗族多卡放声唱，唱卡微音伴悄语。

儿歌

儿歌侗叫卡拉温，婴儿刚生外婆哼。
咿呀学语启蒙要，母用儿歌来教训。
儿歌伴随孩成长，歌词丰富内容精。
催眠知识和游戏，分三大类诲孩吟。

通道侗族节日习俗

2007年11月

【正月】

架水节

（一）

通道坪坦坪日村，每年正月初一行。
男女老少盛装着，结队吹笙到河滨。
接河滩水举仪式，祈风雨顺寨太平。
众望老人水槽架，急滩接水桶中盛。

（二）

过架水节极认真，接得河水带回庭。
回村后到鼓楼聚，款坪踩堂吹芦笙。
称架水节念祖先，不忘迁徙缺水辛。
接来河水果高兴，鼓楼多耶示祝庆。

取新水

播阳一带迎新春，正月初一当日辰。
鸡叫头遍即起床，赶赴河井新水拎。
新水清茶祭祖先，鸣炮表示新春迎。
继祭飞山和萨岁，牛栏猪圈土地神。

童稚拜年

侗族拜年小孩行，受拜老人喜盈盈。
大人不兴行拜岁，初一初二不出门。

初一初二不扫地

侗族过年奇特神，初一初二不清庭。
用过的水忌外倒，避免财物外流奔。

饭前先吃油茶

侗族过年奇特神，大年初三请客人。
出门拉人吃油茶，叫来就是一大群。
你家吃完我家食，甲户用毕乙户请。
油茶碗上架支筷，吃油茶时筷子定。
不放下筷示再吃，多食肚子难担承。

大年出勤

初三过后大年过，各自择吉找做活。
回家必带一把柴，新年发财吉利多。

闹春牛

（一）

侗族村寨闹春牛，模仿农事动作做。
犁田耙地和插秧，薅禾打谷糯稻收。

妇女背儿捞鱼虾，儿童泼水嬉戏游。
动作诙谐且滑稽，令人捧腹兴悠悠。

（二）

正月立春闹春牛，春牛队伍特色有。
扎个牛头和牛尾，用块色布连成就。
两人表演各一端，令人前面牵牛走。
众扛锄犁耙农具，配备唱歌锣鼓手。

（三）

演闹春牛妇女们，背背婴儿手握畚。
边走边演捞鱼虾，得鱼得虾背篓盛。
表演队伍沿街走，锣鼓喧天彻霄云。
意在祈求风雨顺，鱼虾富裕谷丰登。

砍箭竹

通道县溪地阳坪，新春习俗别有情。
侗族姑娘择一天，邀约好友上山岑。
砍来箭竹做锭管，纱不易断音好听。
纺纱车奏优美曲，引来坐夜众后生。

新春插花

（一）

通道坪坦侗寨村，姑娘头等大事情。
新春邀约女同伴，山崖水畔茶花寻。

最美一枝插鸡笼，感谢雄鸡报时准。
其余茶花插室内，屋里屋外满是春。

（二）

侗家姑娘雄鸡尊，有个故事传到今。
古时雄鸡头长角，威武雄壮果精神。
只因天下妖作怪，发水淹地火烧林。
传播瘟疫危害大，天下百姓不安宁。

（三）

雄鸡好友龙王爷，为民除害心急切。
只恨头上未长角，即向公鸡将角借。
老龙激战妖魔怪，雄鸡头上角却没。
伤心气恼脸通红，角呀角呀鸣叫烈。

（四）

雄鸡乱叫呵呵呵！急向龙王讨还角。
不按司晨鸣叫唤，太阳月亮乱起落。
四时八节都搞乱，天地荒芜没生禾。
太白金星做好事，采枝茶花送鸡哥。
雄鸡戴上茶花冠，比头长角美丽多。

（五）

雄鸡见冠比角美，再不向龙讨角回。
按时司晨不停息，从此天下太平谧。
姑娘上山采茶花，最美一枝献公鸡。
感谢公鸡司晨苦，新春插花因此袭。

接春雷

正月春雷一声响，侗族村寨鸣炮枪。
与之呼应春雷接，人畜平安谷满仓。

舞龙灯

侗族正月舞龙灯，汉族习俗影响成。
大龙几十人玩耍，小蛟一两员甩抡。
举灯吊灯两灯别，草龙彩龙双龙分。
舞龙耍龟相配合，花船玉蚌穿插行。

过元宵

正月十五是元宵，家家户户起得早。
忙备茶水茶糖酒，敬供神龛杨公庙。
元宵夜饭庆团圆，酒席菜肴过年好。
人们趁着过小年，早晚都要放鞭炮。
元宵夜晚除夕同，青年学歌咏声高。
煮甜茶粑师共用，歌师教唱精神饱。

做乡客 — 村寨勿耶

正月侗族各寨村，盛行男女结队群。
相互来往做乡客，讲款对歌赛声笙。
促进安定和团结，青年男女坐夜勤。
乡客又叫芦笙客，也有鸡尾客叫称。

【二月】

二月初二素粑节

二月二日新雨晴，草芽菜芽应时生。
万象复苏正时日，家家户户素粑蒸。
过素粑节这一天，只能吃素不吃荤。
意在提醒示众人，节过进入忙春耕。

包甜粽

（一）

二月初二这一天，家家户户粽子甜。
采来甜藤舂捣碎，对水滤出汁液甘。
掺和糯粉与蒿菜，包成甜粽绳线缠。
放在蒸锅蒸熟透，祭祖之后即可餐。

（二）

二月初二来临前，妙龄少女两两三。
盛装打扮走村寨，称吃初二做客仙。
行歌坐夜情歌唱，谈情说爱友谊添。
至少热闹两三天，觅得知音心里甜。

（三）

二月初二新雨润，草芽菜芽应时生。
万象复苏是时日，准备春耕不能等。
捶草搓绳编畚箕，捆犁绑耙手不停。
打柴积肥整田埂，一派繁忙备春耕。

惊蛰

二月惊蛰这一天，各家大门画弓箭。
猪圈牛栏撒石灰，驱凶纳吉保平安。

拍毽（哆毽）节

（一）

农历二月初二日，通道坪坦拍毽节。
举行盛大拍毽赛，花桥草地河滩侧。
男男女女成双对，拍拍打打果欢悦。
黔桂附近侗青年，前来参加看闹热。

（二）

拍毽比赛有规则，男女两人相对拍。
多人中间列成网，争抢男女拍毽得。
一方拍毽被人抢，拍者罚下得者接。
经过对拍增友情，青年男女果欢悦。

（三）

坪坦芙蓉金殿域，拍毽比赛情浓烈。
男女青年成双对，你拍我接不停歇。
高潮过后互邀约，走近树荫旁边侧。
谈情说爱信物易，住亲友家行坐夜。

吃社饭

农历二月春社日，有吃社饭习俗特。
采来野蒿多种菜，切碎糯米合蒸得。
加入油盐就能吃，清醇可口味香澈。
去病防瘟有作用，促进健康强体格。

抬故事

（一）

临口下乡菁芜洲，抬故事俗古流传。
农历二月初二日，童男童女扮装做：
姜良姜美两兄妹，八个大汉抬着游。
每进一寨受欢迎，凉庭摆茶糖酒酬。

（二）

凉庭摆上茶糖酒，众人期盼福禄寿。
焚香烧纸祭祖仙，祈求杨公多保佑。
昔时洪水曾泛滥，淹没天下物不留。
姜良姜美造人类，祭之示意人口稠。

接新娘

二月初二这一天，寓意双吉福祉添。
新婚家行接新娘，男方主妇约族员。
几妇女去新娘家，接来买美同夫圆。
住两三日又返回，以后视情再接还。

祭南岳神

通道侗族陆姓人，习惯敬祭南岳神。
农历二月初二日，南岳庙里香纸焚。

【三月】

吃谷雨茶

三月谷雨来到啦，侗家惯吃谷雨茶。
采摘骂胃[①] 洗干净，油茶冲沏味美佳。
吃谷雨茶寓吉利，秧禾苗壮好庄稼。
人人吃了心宽慰，户户平安寨发达。

三月三花炮节

（一）

通道南部三月三，有抢花炮习俗传。
红布包裹铁环子，炮筒送到九霄天。
待到铁环落下地，队员竞抢各争先。
一炮两炮到三炮，抢到快送胜门前。

（二）

布包铁环上九天，落下地来各争先。
头炮象征人财旺，二炮示意幸福安。
三炮吉祥如意寓，谁抢到手吉利添。
湘黔桂边争往看，结束开展活动繁。

---

① 骂胃：侗语，指一种藤生嫩叶，即野菜。

（三）

三响花炮已完成，接着各种活动兴。
唱侗戏，演彩调，踩堂多耶赛芦笙。
既斗鸟，又斗鸡，年青三五成对群。
开展对歌甚热闹，各自寻找意中人。

祭峒王——飞山公

三月初三祭峒王，飞山庙里香烟环。
峒王飞山杨再思，归附宋朝侯威远。
分管十峒当首领，侗域太平民乐安。
丰衣足食无战乱，族人敬奉为神仙。
出嫁姑娘回娘家，祭祀飞山不忘源。

大雾梁举行歌会

三月大戊这一天，蒙冲界上雾蒙山。
举行盛大对歌会，湘桂黔边男女参。
成千上万人聚集，对歌斗鸟众乐欢。
日落西山忘归返，进亲友家做客仙。
男女青年行坐夜，做客热闹两三晚。

清明扫墓——挂清

三月清明这一天，各家各户牲醴鲜。
合族上坟行扫墓，除草烧香焚冥钱。
刀头水酒食品祭，作揖跪拜示虔诚。

扫墓挂清放鞭炮，祈求祖先保平安。

挂清完毕行聚会，各姓房族分别餐。

三月播种节

播种节俗称开秧节，又叫青节。这时，哪家开秧插田，亲友都来帮忙。

（一）

播种节称开秧节，家家户户忙不歇。

新婚人家接新娘，帮助下田把秧扯。

哪家插田开秧门，亲友帮忙可热闹。

敲锣打鼓到田头，栽秧能手争插烈。

（二）

播种节又称青节，亲友帮忙真热闹。

敲锣打鼓放鞭炮，插田老手思敏捷。

抢先下田插头行，然后各人往下接。

举行仪式总希望，秋天定能丰收得。

【四月】

四月八—乌饭节

（一）

四月初八乌饭节，原为杨姓过节日。

北宋侗族有一女，名杨宜娘聪慧绝。

其兄反抗朝廷官，被抓关在柳州狱。
每次探望狱卒阻，并把饭菜吃光洁。

（二）

宜娘心生一计得，上山采来杨桐叶。
榨汁加入糯米浸，蒸三斗六乌饭黑。
佯称毒死狱中兄，牢卒不知是计策。
胞兄吃了乌米饭，力气大增硬如铁。

（三）

乌饭桶中藏锐器，兄吃完饭心明晰。
与妹同杀出监牢，攻占柳州获胜利。
人们听到俱高兴，唱歌跳舞热闹极。
这天正是四月八，年年庆祝成俗习。

姑娘节

四月初八蒸乌饭，出嫁姑娘回家转。
与姐妹们同欢聚，唱歌跳舞共乐欢。
各寨青年男和女，情歌对唱情意绵。
觅得知音信物换，情投意合结良缘。

立夏节

侗族立夏这一天，包新竹笋粽子鲜。
同时煮熟荷包蛋，合家团圆共进餐。
小孩吃了易成长，青年吃了身健坚。
老人吃了延年寿，全家欢乐胜过年。

牛生日

四月初八牛生日，也有人称牛王节。

喂牛色饭甜酒蛋，给牛梳洗全日歇。

送毛蜡

四月八，送毛蜡，汉族习俗移侗家。

各家大门和窗户，贴写条幅字不差：

四月八，送毛蜡，

提笔一扫，永不回家。

寓意财物和五谷，不被虫孽给糟蹋。

【五月】

五月初五粽粑节

祖婆节 — 端午节

（一）

每年农历五月五，也称祖婆或端午。

通道下乡诸地域，家中婆婆带儿妇。

香汤沐浴把衣更，登上二楼禁人目。

站包十二抱妹粽，寓意祖婆孙背负。

坐下再包余粽粑，包完禁忌可解除。

（二）

五月初五祭婆祖，包粽过程讲暗语。

说话要与祖婆关，忌讳直说包粽子。

粽粑要称谓祖婆，粽叶叫作祖婆衣。
捆粽祖婆扎衣带，煮粽祖婆身沐浴。
取粽请祖婆下楼，句句要与祖婆系。

龙舟赛

传说昔时有对青年男女，相爱结亲，遭到双方家长反对，于5月5日这天双双投河殉情。为了纪念这对青年，在播阳六团河段举行龙舟赛。

（一）

播阳六团各村寨，五月初五龙舟赛。
缅怀投江殉情侣，千万群众四方来。
沿河两岸人稠密，观赏龙舟谁划快。
青年男女行对歌，坚持结亲自由爱。

（二）

五月初五是端午，播阳六团鸣锣鼓。
举行龙舟大比赛，祈求河神赐祉福。
六团楼团与上寨，土寨新寨和黄土。
几十龙舟出比赛，两岸观众力欢呼。

挂菖蒲艾叶

五月初五这一天，防疫除邪相关联。
菖蒲艾叶大门挂，小孩额上雄黄点。
山椒菖蒲汤洗浴，预防痧疹疾病传。

房屋四周雄黄酒，防止蛇蝎祸害添。
俗定必吃百杂饭，抵御百病身康健。

上山采药

五月初五这一天，药王菩萨下凡间。
盛夏生物正繁茂，叶茎多浆茁壮鲜。
五日采药药效好，百草皆药药性尖。
这天上山多采药，备治疾病快愈痊。

吃满月

农历五月二十六，金殿李姓侗家户。
每年这天吃满月，又称月尾名叫呼。

【六月】

祭飞山公

（一）

六月六日侗寨村，纪念杨再思诞辰。
宋时飞山充首领，反对压迫抗朝廷。
深受人们的爱戴，死后建庙立像尊。
飞山庙前宰牲畜，焚香化纸燃烛灯。

（二）

飞山庙里祭飞山，准备就绪户首喊。
全寨老少携供品，庙里龛前列队站。

户首寨老乡绅士，长者壮汉青少年。
烧香化纸点蜡烛，敲锣打鼓鞭炮喧。

祭南岳神

通道侗族陆姓人，习惯敬奉南岳神。
农历六月初六日，祭南岳神示敬尊。
南岳庙前宰牲畜，事先鸣炮响三声。
祀时各人脚趾前，置粥香纸朝神敬。

祭雷祖神

陇城中步陆姓人，六月六祭雷祖神。
合族庙前牲畜宰，祭毕供品按户分。
就地用餐吃完毕，祭品忌讳带回庭。
餐后用具需洗净，忌沾油污返家门。

祭祖宗

坪坦一带陆姓人，六月初六祭祖亲。
田里拔来抽穗禾，祖宗神龛前祭敬。
高步吴杨陆石姓，每年六月头卯辰。
祭祖节前腌辣蓼，捏成圆团赠客人。

儿童节

通道侗族居住村，六月初六孩童欣。
扎好花朵竹竿挂，兴高采烈到凉庭。
用辣蓼水来洗浴，预防疮包病发生。
浴毕一同下河泳，洗澡玩水可高兴。

六月六岑惹歌会

（一）

六月初六这一天，独坡哈团热闹喧。
上岑惹山行歌会，湘黔桂边众集参。
各族青年男和女，会毕进住各寨团。
独坡八寨做新客，行歌坐夜对歌欢。

（二）

独坡哈团岑惹坡，举行歌会唱对歌。
农历六月初六日，青年男女盛装着。
赶赴岑惹觅知己，参加歌会找妹哥。
情歌对唱建感情，互换信物伴侣作。

岑惹歌会的来历

（一）

岑惹坡会的头源，有个故事后人传。
清朝嘉庆年时代，木瓜富人邹清泉。
生有女儿名邹霞，与家长工相良恋。

清泉得知怒冲天，硬把良霞给拆散。
两人从此相离别，各在一方互思念。

（二）

一日门外货郎嚷，邹霞听出是相良。
两人来到岑惹坡，私拜天地奔远方。
逃到广西程阳匿，夫妻恩爱受赞扬。
清泉得知施骗术，两口上当回故乡。

（三）

清泉官府互串联，诬陷相良盗官钱。
关进监狱苦刑罚，相良受罪难熬煎。
一日邹霞去探监，两人哭泣涕泪涟。
相良悲泣告邹霞，是我害你受苦难。
今生无缘待来世，一头撞上石墙岩。
告别人生离尘去，邹霞昏倒几夜天。

（四）

邹霞昏倒几夜天，醒来刀绞心痛艰。
知父县衙官府串，害死相良离凡间。
六月六日上岑惹，来到两人成亲点。
含恨吊在古枫上，追随相良上西天。

（五）

消息传遍湘桂黔，男女青年感动渊。
每年六月初六日，聚集岑惹对歌欢。
谈情说爱觅知己，情投意合信物换。
岑惹歌会从此起，一直流传到今天。

晒衣被族谱

相传农历六月六，老龙王爷晒袍服。
人们都在这一天，拿出衣被和族谱。
太阳底下张晾晒，杀死细菌去毒物。
免除生虫和发霉，年长日久成习俗。

砍芦笙竹

芦笙不能放得太久，故侗族芦笙每两年做一次。农历六月是做芦笙的时节，传说，六月六日砍的芦笙竹，制作芦笙声音洪亮动听。

芦笙侗家要乐器，每过两年做一次。
农历六月做芦笙，六月六砍新竹制。
此日砍的芦笙竹，制作芦笙音清晰。
奏声嘹亮彻云空，芦笙比赛易胜利。

【七月】

牙屯堡桥寨通坪寨联姻节

农历七月十四，牙屯堡的桥寨和冲坪寨过联姻节。

农历七月十四日，桥寨通坪联姻节。
唱歌演戏舞芦笙，为期三天甚闹热。
周边群众来参与，亲戚朋友赴做客。
杀猪宰牲宴来宾，节日气氛堪浓烈。

联姻节的来历

距今六百多秋春，桥寨为解决婚姻。
前往通坪联姻议，达成协定示诚心。
七月十四歃血誓，举行仪式立款承。
通坪桥寨互结亲，桥寨当作喜事庆。
每年这天把节过，成联姻节到如今。

黄节

（一）

湖南通道侗族人，黄节腌酸荤盛行。
宰杀鱼鸭鹅牲后，作料糯饭盐椒粉。
配匀放进木桶里，分层铺压密封紧。
腌成酸荤味美鲜，款宾待客受欢迎。

（二）

侗族秋收称黄节，亲友互帮秋收获。
宰鱼鸭鹅制酸荤，全部杂碎洗清洁。
炒熟用作佳肴餐，招待帮忙秋收客。
席上敬酒又划拳，充满喜气果闹热。

（三）

坪坦地域侗族人，宰鱼鸭鹅腌酸荤。
余下杂碎洗干净，煮熟自吃待客宾。
吃时忌讳人看见，禁止说话掩上门。
否则腌制酸鱼肉，味道欠佳易坏损。

小茶歌节

茶歌节是青年男女的节日，每年两次，分别是农历七月十五和八月十五。七月十五正是黄豆、芝麻成熟期，青年男女晚上尝新，大多是为此事出过力的人，规模不大，称小茶歌节。八月十五为大茶歌节（见后八月）。

（一）

七月十五月儿圆，青年小伙结成团。
夜幕降临携月饼，踏歌上路寻妹玩。
姑娘艳饰村外待，笑脸迎接进茶檐。
烧煮油茶备作料，黄豆花生茶叶干。

（二）

小伙进到茶歌堂，姑娘热情招待忙。
同煮油茶爆米花，难舂粟米小伙商①。
男舂粟米懒洋洋，逢场作戏把歌唱：
一人舂碓好吃亏，粟米成灰也无望。

（三）

油茶粟米同锅煮，黏黏糊糊不像样。
金凤岭上茶子好，三省坡中龙骨香。
笨手笨脚做茶汤，不知是苦还是当②。
坐凳只望共一根，一家板凳共屋堂。

① 商：侗语，舂米意。
② 当：读去声，侗语，“香”的意思。

祭祖节

农历七月十五日，有的地方称为七月半，祭祖节，即以白纸包好冥钱，列上祖先名字，落款写上烧纸人的名字，夜晚拿到户外焚烧，表示赐给祖先钱用。

七月十五祭祖节，烧纸钱祭祖先爷。
特制冥包钱装好，历代祖先名字写。
落款烧纸晚辈名，夜幕溪边焚烧绝。
另作纸船点烛灯，顺河漂往自行灭。

过香节

过香节侗语称“见应”（吃葡萄），时间在每年农历七月的第一个“未日”和十月的第一个“巳日”，用葡萄祭祀祖先。

（一）

通道龙姓过香节，农历七月头未日。
摘来葡萄祭祖先，家家户户忙不歇。

（二）

阳烂龙姓过香节，与其他寨有区别。
如头未日已立秋，同与他姓过节日。
未日立秋还不到，等下未日才过节。
过节当天摘葡萄，喜庆丰收心欢悦。

【八月】

大茶歌节

八月十五中秋节，也是大茶歌节，活动规模大。青年男女全部出动，走村串寨，行歌坐夜，歌声不断，甚为热闹。

（一）

八月十五中秋夜，青年男女大茶节。
各寨小伙全出动，月饼糖果多带些。
附近村寨任选择，寻找对歌来做客。
主寨姑娘盛装着，村外笑脸热情接。

（二）

小伙被迎进寨村，妹煮油茶忙不停。
龙骨茶叶花生豆，花椒五香葱姜粉。
热情招待郎汉客，行歌坐夜对唱勤。
热闹非凡通宵旦，互相爱慕信物更。

偷月亮菜

（一）

通道坪坦中秋夜，侗族姑娘心欢悦。
打开花伞遮住身，他人菜园去做贼。
潜入看中后生园，选好瓜果只管摘。
摘毕喊叫某郎啊，今晚我家来记歇[①]。

① 记歇：侗语，意为吃油茶。

（二）

农历八月十五日，皓月当空明亮洁。
月亮仙子洒玉露，甘泉滋润万物泽。
不分彼此男和女，共享幸福同欢悦。
姑娘后生更欢欣，菜瓜引线良缘结。

（三）

八月十五月光洁，偷月亮菜习俗特。
好心主妇在园中，选好瓜果旁打结。
作个记号示姑娘，偷菜不要把它摘。
同时大声呼喊道，我园瓜果蛮好嘞！

（四）

偷月亮菜有重点，各据喜欢自己选。
摘得称心满意的，心里高兴胜蜜甜。
姑娘偷菜尽量挑，两瓜并蒂最喜欢。
双双成对豆角类，见到即摘放进篮。

（五）

当嫂子的这一晚，学着姑娘进菜园。
寻找瓜果大个的，许愿来年胖娃添。
青年母亲进菜园，青翠活鲜毛豆选。
祝愿毛头快长大，庆贺孩子吉祥安。
无事小伙不等闲，也学姑娘菜园转。
随心所欲窃瓜果，偷摘所得野地餐。

（六）

八月十五月光明，月亮仙子下凡尘。
遍洒甘露在人间，吃甘露菜事顺心。
深夜后生月光踏，来到姑娘聚集庭。
吃月亮菜增情谊，行歌坐夜到清晨。

淹牛节

双江黄柏习俗殊，八月十五淹水牯。
水牛披彩行游寨，师公化符即牵出。
吹笙奏笛声嘹亮，将牛拉往深潭处。
煮熟把汤分各族，家族兴旺添祉福。

行歌坐夜

十月十五中秋节，秋高气爽月光洁。
小伙吹笙弹琵琶，寻找姑娘行坐夜。
月光下，爱情叙，同心上人语亲切。
姑娘家，打牙祭，月饼油茶香醇绝。
下乡临口菁芜洲，专设茶堂后生接。

祭祖节

独坡小寨吴姓人，八月甲戌祭祖亲。
纪念祖先进寨日，摆设祭坛供品陈。
桐叶八包糯米饭，放秩六支筷子新。

坛旁摆放挑一担，衣服被子里边盛。
缅怀祖先迁徙苦，纪念祖先建寨辛。

八月十五芦笙节

（一）

农历秋季八月中，稻谷入库酒满瓮。
八月十五芦笙节，笑语欢声侗寨充。
庆祝丰收人欢悦，村寨匆耶气氛浓。
踩堂多耶甚隆重，芦笙高奏声嗡嗡。

（二）

芦笙侗家要乐器，芦笙节侗重节日。
村寨之间行比赛，增进和睦与友谊。
青年男女趁交往，行歌坐夜是良机。
芦笙比赛有程序，活动顺次俗定规。

（三）

村寨进行芦笙赛，活动内容俗定规。
进入公坪先祭萨，祈求护佑平安谧。
主客对峙列阵势，等待三声铁炮起。
客队吹奏进堂曲，示意邀请主队吹。
主队亦吹欢迎乐，表示深情实歉意。

（四）

客队吹奏赞誉曲，赞扬主寨热情极。
姑娘参与婀娜舞，或打花伞手帕挥。
接着两队同合奏，高音低音相混吹。

几十芦笙震天响，地动山摇磅礴威。
震撼人心空霄彻，增进友谊互鼓励。

芦笙客

八月中秋到十月，侗家盛做芦笙客。
各村自行找对象，客主两寨约定决。
前年你来今我往，必带芦笙把队列。
适时进行芦笙赛，青年男女歌坐夜。

芦笙坪

（一）

侗家村寨做芦笙，两年一次多寨村。
各寨定在何年做，芦笙坪上众议定。
上坪村寨芦笙赛，多为纪念祖宗亲。
定在祖先建寨日，意义深刻众赞成。

（二）

侗族村寨芦笙坪，就近几寨共一坪。
播阳河域芦笙坪，均定日期来上坪：
农历八月甲戌日，天星里上屹团坪。
十月信[①] 日三脚域，上湘黄寨地朵坪。
黄土三乡喜柳坪，地阳坪域木缆坪。
团头地域太阳坪，其他各地均有坪。

① 信：指侗语数量词“11”，又名“十一”。

敬月亮

八月十五敬月亮，月光菩萨喜洋洋。
玉盘当空节日晚，各家把桌摆地上。
月饼糖果柑橘柚，新水沏茶喷喷香。
品茶观月猜来年，是好是坏看月亮。

茶盘阵

八月十五中秋节，光临侗寨来做客。
村民当着吉祥使，男女老少俱欢悦。
端茶果盘把客围，吃点吃点呼声烈。
客从主意品尝些，从茶盘阵得脱解。

【九月】

九月九苦酒节

（一）

重阳节，九月九，苦酒节日酿苦酒。
娶媳妇，老人逝，款宾待客用苦酒。
过节气，大庆典，需有重阳酿制酒。
重阳酒，极佳酒，敬神祭祖必备酒。

（二）

正宗苦酒酿制法，糯米蒸熟凉凉它。
拌上酒曲待发酵，滤出酒汁稠腻滑。
掺入半杯凉开水，密封两周苦酒下。
九月初九重阳节，酿制苦酒质量佳。

关于苦酒的传说

（一）

侗族有对新夫妻，女名苦娘人贤惠。
结婚不久夫外出，苦娘在家等夫回。
每到重阳酿坛酒，左等右等夫不归。
苦娘等到五十岁，一直等到去了世。

（二）

邻居给她办丧事，酒坛堆满卧室内。
揭开坛盖奇香出，整个寨子闻到味。
喝上苦娘酿制酒，清凉醇正柔和极。
不少邻居叹不已，保留苦娘制酒秘。
寨老命名为苦酒，铭志苦酒苦娘制。

堵蛇洞

九月初九这一天，侗族家家糍粑黏。
害人毒蛇已进洞，吃黏糍粑洞堵严。

重九食宵

九月初九重九夜，青年男女各集结。
后生三两结伴伙，提鸡鸭鹅去做客。
姑娘约伴来作陪，谈情说爱语亲切。
花前月下共良宵，欢声笑语情浓烈。

敬老节

九月初九重阳节，又是老人的节日。
侗家村寨这一天，孝敬老人显特别。
为老祝寿办酒席，愿老健康同日月。
老人登高望南山，寿比南山高一截。

【十月】

长工节

十月初一长工节，侗家长工全天歇。
长工休息这一天，与帮工女行坐夜。
主家闺秀爱长工，平等相待情真切。
相爱结亲受阻拦，私奔他乡立家业。

盘王节

瑶族兴过盘王节，纪念盘瓠祖宗爷。
十月十六这一天，举行祭祀再办别。
吹奏唢呐歌伴舞，举办宴席待宾客。
讲亲议事办喜事，均在祭祀以后勿。

还斋节

每年农历十月初一，锅冲苗族过还斋节。捶粑宰牲，欢度节日，特别是人畜兴旺和五谷丰收的年份更是热闹。

（一）

铁匠石匠打猎行，锅冲苗族赖以生。
相传连年遭大旱，技艺谋生无法存。
山坡苞谷不生长，挖芒锄地冒火星。
打猎人狗走不动，种子树皮都吃尽。
十月初一这一天，神农云游见此情。

（二）

神农见民受熬煎，问明情况良策献：
打猎过活难长久，手艺维生实在难。
大家动手开垦地，撒播小米种稻田。
从此苗家耕农耕，群众生活年好年。
为了不忘神农德，十月初一忆思源。

（三）

十月初一这一天，苗家村寨热闹欢。
堂屋设坛神农祭，满斗稻谷升米籼。
神龛上放三牲品，点香燃烛鞭炮喧。
只有男人在操办，妇女忌讳偷看观。

【十一月（信月）】

过侗年—吃冬—吃冻

侗族过侗年在冬至前后，即农历十月初一至十一月中旬，是侗族祭祖节，也称为侗年。

（一）

农历十月至信月，侗族吃冻祭祖习。
吃冻实为吃鱼冻，称作侗年久传袭。
也有叫作祭祖节，纪念祖先建寨疾。
过节食材可丰简，但酸鱼冻必具备。

（二）

通道侗族各姓间，吃冬过节热闹欢。
纪念祖先始建寨，各村殊姓相异悬。
大多农历十一月，吃冬待客胜过年。
客人满座主高兴，相不相识讲有缘。

（三）

相传侗族祖先们，躲避战乱极苦辛。
风餐露宿行迁移，随遇进食无定顿。
有次正在煮酸鱼，刚好煮熟来追兵。
来不及食却躲避，回来因饿鱼冻进。
虽不加热别有味，过年必备酸鱼品。

合鼎罐

侗族之间有族姓，分居各地衍子孙。
十一月时派代表，到祖籍地认宗亲。
去时携带原信物，鼎罐碎片藏在身。
用合鼎片来相认，此俗至今有保存。

杨姓祭祖节

（一）

通道杨姓祭祖亲，信月初一初四分。
相传祖先逃难时，兄弟各走一山岭。
分手下山约过节，相距较远听错音。
过节当天吃鱼冻，初一初四俱同情。

（二）

吃冻日期殊异悬，相传杨姓的祖先。
建寨始祖八兄弟，依次各家吃一天。
从初一吃到初八，青年小伙来做客。
村连村的吃鱼冻，一路吃食忘归返。

（三）

祭祖节日祭祖时，杨姓祭祀礼仪奇。
备一挑担盛祭品，由一人挑出村去。
另一人背后大喊，叫他回家祖亲祭。
堂屋龛前行祭祀，喜庆丰收年有余。

【十二月】

姑婆节

农历腊月二十八，出嫁姑娘回娘家。
合家欢度姑婆节，姊妹共话姑婆佳。
祖先姑婆是女性，供祭甜酒请油茶。
随由姑娘任选用，姑娘多选此时嫁。

腊月婚嫁忙

（一）

侗家腊月婚嫁忙，春节之前俱争抢。
婚嫁习俗尚简朴，男女双方不铺张。
几斤糍粑酒鱼肉，嫁妆具用竹篮装。
新娘提篮夹花伞，走出家门跟随郎。

（二）

侗家婚姻姑表亲，属于父母包办型。
但未婚前男女恋，不受限制自由行。
要是有了真情爱，姑表包办也难成。
受制私奔走他乡，安家落户被欢迎。

（三）

侗族捶打年糍粑，青年男女喜倍加。
热腾糯饭入槽后，小伙挥棰奋力砸。
姑娘站在旁边看，窃窃细语议论杂。
糍粑出槽桌案放，姑娘快速急捋下。
团成糍粑个挨个，圆如月亮光且滑。
笑语欢声歌起伏，热闹气氛溢全家。

除夕

（一）

腊月三十除夕夜，全年最后一个节。
家家忙碌备荤腥，户户清瓮扫房舍。

贴新对联挂红灯，打扫房屋内外洁。
准备晚餐团年饭，祭祀神灵祖宗爷。

（二）

除夕当天下午到，家家男人祭祀劳。
煮好清茶祭萨岁，炖刀头肉飞山祷。
田坝水渠大路口，寨门土地古树桥。
外边神灵祭完毕，再把家祖祭祀操。

（三）

除夕夜幕将降临，男人又忙祭家神。
灶房牛栏猪禽圈，神龛祭坛和大门。
点灯燃烛堂屋亮，烧香敬酒冥纸焚。
祈求平安人畜旺，祭祀完毕鞭炮鸣。

吃团年饭

除夕晚餐团年饭，菜肴丰盛三牲全。
饮重阳酒吃全猪，猪头猪尾上桌餐。
除夕晚餐团圆饭，吃到半顿放下碗。
稻谷喂牛酬辛苦，五谷丰登有贡献。
米饭拌肉给狗吃，看狗吃食物价判。
狗先吃肉肉价涨，先吃米饭粮值钱。

祭果树

大年除夕夜，房前果树祭。
一树砍三刀，喂三口饭吃。

质问果树云：果实结不结？

祭者代树答：明年结！结！结！

瑶族吃年饭

七姓瑶沈戴兰家，除夕年饭早上吃。

吃时忌讳人讲话，预防匪贼来追打。

丰盛年饭狗先吃，感谢狗的功劳大。

雷公雷母绝稻种，狗带稻种种庄稼。

通道侗族丧葬俗

侗族老人过世，大致经过报丧、殡殓、装殓、悼唁和安葬等程序。

2007年11月

报丧

侗族丧葬经报丧，装殓择墓和安葬。

老人过世三声炮，告知房族后事商。

族人到齐分任务，后勤报丧有人负。

父亲过世先报女，母逝首先告舅父。

殡殓

老人亡故殡殓时，牙齿齐全敲掉一。
男的剃头女梳理，孝男打水尸身浴。
父亡长子内衫穿，母逝长媳换内衣。
手握冥纸嘴含银，腰缠棉纱数依岁。

装殓

（一）

上衣三件至五件，裤子三条三床被。
白纸遮脸寿衣穿，抬至堂屋冷床置。
尸体放在冷床上，两脚朝外头靠里。
靠脚一头放祭品，纸盆香炉灯各一。

（二）

孝子烧香需跪地，孝女旁跪哭泣叙：
数说亡者生前德，言孝不周心有愧。
治丧期间孝家人，不许沾荤用筷子。
忌讳洗脸穿草鞋，上山之前止喝水。

悼唁

亲戚朋友来悼唁，送米送肉或酒钱。
送布送鱼祭祀品，孝家回赠白布片。

安葬

（一）

侗家房族有祖坟，老人过世祖坟登。

登山安葬日子到，白布青布灵棺捆。

族人亲友抬扶棺，到达祖坟埋入坑。

风水先生行仪式，孝子坑旁诉恩情。

（二）

风水先生仪式行，焚烧稻草把坑温。

手持白米铜钱袋，念念有词口诵经：

深窖落金又落银，孝家添子复添孙。

从坑这头到那头，边走边问孝家人。

（三）

面问孝子要不要，孝子回答“要”来应！

随将钱米抛孝子，孝子号啕哭三声。

安葬完毕回孝家，设宴招待客友亲。

孝家人才始开荤，生活恢复正常情。

辞行

孝家丧事办完成，孝子叔伯兄弟们。

挑鱼肉酒糯米粑，到舅或女家辞行。

孝子提灯手握伞，呼魂同去同回程。

辞行也称叫求灵，舅或女礼稻谷银。

播阳吊孝习俗

（一）

湖南通道西部域，播阳吊孝另有俗。
岳父岳母离尘去，女婿吊孝要抬猪。
一人一头几人共，要视经济情况出。
其他吊唁禾秆草，两头捆好夹鱼肉。

（二）

母亲逝世舅家人，前来悼唁特受尊。
儿子儿媳寨外接，祭坛祭祀跪拜迎。
舅家进屋先喝酒，堂屋就座显威神。
孝子孝媳龛前跪，受舅训斥不孝陈。

（三）

舅父斥后怒气停，最后反把吉语献：
满满尖尖，富贵登天。
黄金落窟，万宝归原。
七男二女，九子团圆。

（四）

逝者扶灵登山日，举行祭祀仪式特。
一人司仪行主祭，灵堂摆布全白色。
儿子女婿三九拜，行扣首礼恩情谢。
主祭谦恭读祭文，出殡白布围棺侧。

芙蓉葬俗

芙蓉葬俗基本与播阳同，所不同的是母亲去世的礼仪。

（一）

芙蓉丧葬同播阳，特殊礼仪是母丧。
遗留物品按俗定，由其女儿继承藏。

（二）

母逝舅家来吊唁，孝子伏跪盛席前。
哀恸表示不孝意，请罪舅家原谅宽。
舅家一人表安慰：她吃不尽用不完。
留下子孙与后代，买田买到京城边。

【镇·乡·村·寨】

【县城·双江】

双江原名双江口，因马龙、坪坦两河在此相汇而得名。清朝乾隆六年将临口巡检司移此。新中国成立前属绥宁县管辖，1951年划入通道，1956年建乡，1958年县城从县溪镇迁此，成为通道政治、经济和文化中心，总人口2万余人。

县城双江

一访县城双江

1984年10月 自治县成立30周年庆典

（一）

通道县城双江镇，位通道域正中心。
东靠下乡西五通，西南黄土马龙邻。
北依菁芜洲为界，南山起伏河纵横。
民国绥宁蓉江辖，划入通道五一春。

（二）

双江本是一小村，危房木屋民贫困。
解放建设打基础，改革发展突飞奔。
高楼大厦顶天立，宽街敞道郊外伸。
市场经济生活力，四化建设景光明。

（三）

自古双江风胜多，独岩峰峨达天河。
艳丽独蓉跨河岸，宽敞大桥车流多。
河水奔腾讴侗寨，宾客潮涌颂金坡[①]。
县城建设天天变，双江景致日婀娜。

（四）

自治三旬庆隆重，双江无处不彩虹。
张灯结彩街景秀，笑语欢声人潮拥。
狮龙腾舞穿街巷，鼓炮喧天震地空。
笙琴欢歌声荡漾，男女老少面笑容。

（五）

稻谷入库油入瓮，各族群众乐融融。
山欢水笑山歌荡，独蓉桥秀独岩雄。
铁马钢车腾侗寨，山乡敞道舞飞龙。
天星落地亮晶晶，芦笙高奏声嗡嗡。

（六）

独岩峰高刺破天，喜逢自治卅周年。

---

① 金坡：指侗族山乡。

如凤独蓉河上跨，似锦双江遍地妍。
四海宾朋如潮涌，双江美酒似蜜甜。
琵琶芦笙赞侗寨，罗蒙各族歌思源。

（七）

通道自治卅周年，双江变化甚明显。
街道整洁群楼耸，独蓉横跨江两边。
宽敞广场容万众，农贸集市纳千摊。
琵琶铮铮扬侗寨，芦笙嗡嗡震地天。

（八）

美丽山城双江镇，当今通道县中心。
原是农业一小寨，只有巷道独通行。
五八县治迁来驻，各项建设事业兴。
宽街敞道四通达，高楼广厦春后笋。

双江独蓉桥

双江独蓉桥取名于“呼应独峰挺秀，凌波独秀娇蓉”之意。位于双江河上，3墩、4孔、3桥亭，16间桥廊，属于1984年通道自治县成立30周年重点工程之一。1984年10月13日，作家魏巍为之题诗一首：“桥上歌声高，桥下水欢笑。吹起金芦笙，再跨幸福桥。”

（一）

双江东南独蓉桥，三墩三亭五檐高。
亭脊装饰狮虎凤，廊梁泥塑龙抢宝。

南头引桥风格特，北端桥面齐路岧。
有幸走在双江道，脚踏独蓉乐逍遥。

（二）

双江河上独蓉桥，三墩四孔五檐高。
桥亭三座龙凤卧，石狮四尊迎客劳。
一二两重亭四面，三四五层阁六角。
休闲若在桥上坐，聆听河水咏歌谣。

（三）

独蓉桥美跨双江，河水潺潺歌侗乡。
石狮含笑迎宾客，龙凤飞舞颂吉祥。
县城山水本秀丽，独蓉犟卧更风光。
行人到此把江过，无须涉水舟楫扬。

（四）

通道双江独蓉桥，自治三旬时建造。
彩虹饮水跨江面，苍龙卧波横河道。
廊侧长凳观景致，桥下河水咏歌高。
南端引桥结构殊，侗乡花桥新创造。

（五）

通道县城独蓉桥，河水抱城弧形昭。
呼应独峰挺秀丽，凌波独秀桥容韶。
飞檐翘角造型美，塔亭重阁耐观瞧。
往百丈崖要通衢，方便过江歇疲劳。

（六）

通道县城独蓉桥，双八间廊跨河腰。
自治三旬年时建，属纪念性桥筑造。
群众休闲纳凉处，朋友对弈广识交。
青年男女在桥上，低声细语情话悄。

作者与老伴在双江独蓉桥的合影

二访县城双江

1994年11月 自治县成立40周年庆典

如画双江通道城，山山岭岭树郁森。
巍巍鼓楼镇东麓，袅袅花桥跨河滨。
独岩高耸冲霄汉，双江水澈映山影。
县城胜致多特色，远村近寨鸣笙琴。

双江鼓楼

位于县民族广场东侧，九层宝塔型，1至4层为方形，5至9层为六角形，覆盖黄琉璃瓦，为自治县成立40周年纪念建筑。

（一）

双江鼓楼高九层，屹立城东山麓滨。
一至四层正方状，五到顶级六边形。
各级瓦盖黄琉璃，梁脊塑制瑞兽禽。
正面大门舞台代，侗乡鼓楼又一型。

（二）

双江鼓楼九层崇，屹立城东山比嵩。
开会演出都能用，踩堂多耶娱乐供。
多用探索巧设计，双江鼓楼头一栋。
县城风景本秀丽，增建鼓楼更艳浓。

（三）

双江鼓楼九层檐，耸立城东势伟然。
四秩自治献礼物，双江胜致新景添。
独蓉花桥本秀丽，鼓楼对峙更美娟。
通道县城增丽景，四旬县庆标志签。

（四）

双江鼓楼九层崇，四旬自治时竣工。
巍然屹立山脚下，昂首挺胸伴独蓉。
击鼓高歌新侗寨，登楼远眺秀罗蒙。
民族广场添丽彩，县城双江更艳浓。

（五）

双江鼓楼九层崇，稳坐山脚山比嵩。
坐东朝西顶葫芦，飞檐翘角琉璃蒙。
背靠山峦林木茂，面向广场宽敞宏。
召开大会讲台用，指挥操练任所从。

双江鼓楼

三访县城双江

2004年10月 自治县成立50周年庆典

（一）

通道自治庆五旬，双江巨变昔非今。
高楼大厦顶天立，敞道宽街郊外伸。

两座花桥横河面，三根锦带跨江滨。
新鼓楼立两河口，水坝拦河一泓清。

（二）

十年屈指一挥间，双江巨变甚明显。
郁树沿街两侧列，举头仰望一线天。
宾馆旅店楼栋栋，超市农贸货摊摊。
商品物资甚丰富，远近顾客盈笑脸。

（三）

通道自治五十年，双江变化甚明显。
大坝拦河扩水面，游舟荡漾载客仙。
顺河岸畔石栏护，民族风情岩板镌。
两岸风光实秀丽，倒映水中果艳妍。

（四）

倏尔屈指一挥间，双江变化甚明显。
文化广场歌舞兴，剧场影院节目鲜。
江边花园树草盛，独岩风胜新景添。
更有环行公路阔，车来车往绕城边。

双江新鼓楼

双江新鼓楼建在坪坦河和马龙河汇合处，为自治县成立50周年纪念建筑，坐北朝南，高15层。

（一）

双江鼓楼势擎天，雄立马坪会合点。
十五层高巍伟岸，几多巨柱力支坚。
四层以下正方状，五檐以上八角边。
地面青石铺齐整，檐角微翘葫芦尖。

（二）

双江鼓楼顶天矗，自治五旬献礼物。
左边马龙粼光闪，右侧坪坦碧波濡。
面对双江独蓉秀，背负广厦青山绿。
永饰山城胜多娇，游宾旅客影像捕。

50周年庆典时的县城双江

通道侗族自治县成立50周年庆典时，甚为隆重。县城张灯结彩，挂红披绿，节气十足。

2004年10月

（一）

通道自治五十春，县城举行隆重庆。
彩虹装结满街巷，灯笼悬挂盈河滨。
鼓楼花桥装饰美，街道店铺面貌新。
歌的海洋花世界，各族人民喜在心。

（二）

五秩县庆甚隆重，双江节日气氛浓。
民族广场开大会，大型演出全县轰。

狮舞龙腾闹天地，山欢水笑颂罗蒙。
城东广场芦笙赛，曲韵高奏彻云空。

（三）

五旬县庆气氛浓，双江无处不彩虹。
城东广场活动多，群众聚集人潮涌。
搭台演戏逗人乐，男女老少笑弯躬。
体育中心节目好，歌舞弹唱新内容。

（四）

通道自治五秩年，广场文艺大型演。
气势磅礴阵容大，演员众多越过千。
异彩纷呈节目艳，热烈气氛浓郁鲜。
节目演出堪独特，现代传统内容兼。

（五）

庆祝自治五秩年，广场文艺大型演。
欢庆芦笙声阵阵，赞美通道歌欢欢。
咯咯打打[①] 舞姿俊，山寨情韵服饰娟。
美丽通道我家园，歌星演唱掌声连。

（六）

通道自治五秩年，大型演出吸众观。
双江城关中学舞，飞腾罗蒙步伐坚。
更有明星来演唱，美丽道道我家园。
个个节目令人醉，心情兴奋夜难眠。

---

① 咯咯打打：一种舞蹈的名称。

（七）

通道自治五十年，广场演出节目娟。
坪坦双江陇城镇，欢庆芦笙震霄天。
一中皇都艺术队，表演节目人爱看。
县教育局一中学，山寨情韵内容鲜。

（八）

通道自治庆五旬，双江举行隆重庆。
张灯结彩满街巷，歌声琴韵彻霄云。
远宾近客来欢聚，高朋贵友溢门庭。
男女老少盈笑脸，热闹气氛荡全城。

（九）

广场坡背摆鸟笼，画眉公鸡显威风。
焰火晚会吸万众，彩花闪烁绘长空。
独岩公园成就展，图片数字表绩功。
举行千人合拢宴，姑娘敬酒醉客翁。

双江新鼓楼

双江独岩峰

位于双江南面1公里处，海拔606米，属丹霞地貌山体，由细卵石沉淀堆积而成。四周绝壁，大部分寸草不生，山顶却是四季葱茏。独岩峰峻峭挺拔，远看如擎天巨柱，近观似待发火箭，登临其顶，风光无限。周围还有姊妹、凉棚、仙桃、风帆、卧狮等峰，争奇斗艳，但唯有此处“独岩挺秀”，气势磅礴，雄伟壮观。

2004年10月 自治县成立40周年庆典

（一）

双江南面公里程，独岩峰嵩天底擎。
海拔六百零六米，四周绝壁草不生。
丹霞地貌砂石积，细卵石堆沉淀成。
峰顶却是葱茏郁，千年树草繁茂森。

（二）

独岩峰高势擎天，无数卵石渗达巅。
四面崖壁丹霞露，周边细卵石密嵌。
岩峰彪悍草不长，全把砂石露外边。
阴晴天气丹霞变，颜色铁灰暗红迁。

（三）

独岩峰高插云天，悬壁周边险峻悬。
山体光滑尘不附，猿猴灵类也难攀。
坚硬挺拔钢铁似，兀立群山傲霄天。
峰顶绿叶挽珠露，千年古树繁茂妍。

（四）

独岩周围景象新，姊妹诸峰绮丽争。
姊妹仙桃争奇秀，凉棚风帆竞异芬。
明湖碧清天云映，古青云寺香烟萦。
鼓楼添景景添色，花桥绣山山绣锦。
桂林山水甲天下，独岩风光冠桂林。

独岩峰颂

（一）

拔地独岩插云空，南镇双江气势雄。
人从峭壁千旋上，径达顶巅一线通。
岩顶自古无人上，翁妪今朝登顶峰。
总览姊妹诸峰矮，纵观城乡尽目中。

（二）

独岩峰嵩气势雄，顶天利剑插云空。
碧水流波山影荡，芳草弥漫花艳红。
百鸟争鸣闹松竹，群人览胜互敬恭。
木舟荡漾浪拍岸，山欢水笑歌咏浓。

（三）

独岩四周峰峻峭，神情各异自妖娆。
冲锋陷阵马峰挡，夫妻细语卧龙瞧。
仙笔玉立溪边插，樵夫瞭望里程遥。
众星捧月主峰顾，熠熠生辉独岩高。

双江独岩峰

县庆登独岩峰

2004年10月20日，随友游览独岩民俗园时，登上了独岩峰顶，有感而作。

（一）

独岩峰高拔地矗，今朝攀登结队赴。
盘山径道栏杆护，回旋环绕顶巅伫。
岩顶郁树挽珠露，观景亭崇举目舒。
双江面貌收眼底，山清水秀侗锦图。

（二）

通道自治庆五旬，翁妪兴浓随伴行。
青云峰高六百米，艰登需时五十分。
环顾四周风光秀，纵览左右景致新。
山青水碧鼓楼耸，城新路阔花桥频。

（三）

独岩峰耸矗顶天，如锋似剑插云间。
顶建三级观景亭，登上四顾眼望宽。
俯视双江山水秀，纵览县城花园妍。
欲领山城景致美，勇登独岩峰顶巅。

（四）

五旬县庆兴未尽，九九艰登独岩顶。
园门鼓楼景添秀，镜湖波碧浮舟亭。
楼高路宽双江镇，山清水秀侗乡村。
通道胜致花园艳，罗蒙百姓小康奔。

（五）

通道独岩峰高险，距离县城公里远。
登顶望峰峰峰秀，极目观景景景妍。
公路逶迤无头尾，铁牛奔驰两端潜。
田连阡陌村落抱，溪水潆流玉带环。

（六）

独岩峰耸风情园，六百米高势擎天。
秋高气爽登其顶，上观景台景象观。
北望靖州飞山寨，南眺三江八斗山。
云裳拍体飘然荡，会当绝顶众山看。

独岩民俗风情园

位于距县城南一公里处海拔606米的独岩峰下，有水上乐园、松月桥、急流甬道、游泳池、休闲游道、丹峰亭阁、垂钓台、登山石道、大佛雕塑等项目，还有独岩攀登和文艺演出等。

（一）

独岩民俗风情园，位在通道县城南。
建在独岩峰底下，园中设置项目全。
丹峰亭阁丹峰楼，水上乐园水上轩。
松月风雨大坝固，休闲游道石砌坚。
登山石径登巅踏，大佛雕塑佛像观。
独岩攀登文艺演，钓鱼台坐垂钓欢。

（二）

独岩民俗风情园，园内园外景壮观。
数十山峰拔地矗，独岩挺秀势擎天。
座座石峰雄伟岸，巍巍屹立俱丽妍。
山峰海拔千尺上，模型火箭待发射。

（三）

双江民俗风情园，独岩挺秀众山盘。
姊妹峰嵩姊妹谊，凉棚峰峻凉棚坚。
仙桃峰耸仙桃似，风帆峰峭风帆般。
更有卧狮睡已醒，高声吼啸动地天。

（四）

双江独岩风情园，人文景观满园妍。
丹峰鼓楼挺拔俊，跨步迈进新纪元。
高廿一层顶天底，体双四面宝塔坚。
古青云寺玉蚌含，水上秀亭水下颠。

独岩风情园丹峰鼓楼

位于独岩民俗风情园内，系八角宝塔密檐式楼阁。2001年动工兴建，高21层，象征着全县21个乡镇、21万各族人民，携手同心跨入21世纪。

（一）

丹峰鼓楼甚雄伟，二〇〇一动工兴。
宝塔形状八角面，密檐底部正方形。
廿一层高全木质，廿一乡镇是象征。
全县廿一万人口，奔赴二十一世纪。

（二）

如画通道双江镇，丹霞鼓楼又建成。
独岩公园本秀丽，鼓楼锦立更艳新。
廿一层高湘独据，五十县庆前夕兴。
击鼓高歌颂改革，登楼远眺小康城。

（三）

丹峰鼓楼势伟岸，二十一世纪兴建。

雄立独岩实壮丽，巍饰双江佳景添。
自治到今山水变，解放以来天地翻。
举步登楼眺侗寨，罗蒙遍地秀花园。

（四）

丹峰鼓楼势雄伟，屹立独岩廿一层。
意为二十一世纪，廿一乡镇民意情。
全县廿一万人口，寓含廿一万颗心。
廿一万民同携手，齐跨廿一世征程。

作者老伴邵玉霜游独岩民俗园时，在丹峰鼓楼前留影

独岩风情园青云寺

位于独岩风情园姊妹峰脚下西北部一个长形洞穴内，背部是独岩峰，始建于清朝乾隆年间，原为12间走廊式木结构建筑，后毁。1989年复建殿堂3间和附属设置2间，面积300平方米。

（一）

乘舟穿过明湖面，拾级而上青云庵。
始建清朝乾隆岁，金蚌含珠崖洞嵌。
走进大殿肃穆静，高大观音塑像端。
还有金刚大力士，坐在大殿两厢边。

（二）

独岩民俗风情园，古青云寺姊妹含。
全年四季香火旺，无数信徒朝拜虔。
八月十九观音诞，寺庙喧嚣人满山。
信徒跪拜焚香纸，求神保佑护平安。

（三）

独岩民俗风情园，古青云寺姊妹潜。
环境幽雅境清静，青松翠竹周边环。
庵堂原殿十二间，全木结构走廊宽。
后遭不幸被损毁，八九重建三间殿。

（四）

独岩园内青云寺，佛教圣地早传遗。
姊妹西北洞穴匿，背负独岩甚雄伟。

鸟语花香凉风习，草木芳菲虫啾吱。
几百春秋香火密，佛教圣地名声蜚。

（五）

青云寺嵌岩洞幽，背靠独岩风景秀。
独岩古刹名天下，宗教圣地誉神州。
善男信女虔诚拜，游宾游客兴亦求。
旅徒信徒难区别，相不相识是朋友。

双江上寨悬棺

通道双江上寨村，万银山葬悬棺神。
墓葬旧寨崖壁上，洞穴人工挖掘成。
棺木置存半窟内，离地表面两寻深。
内放黄釉瓷器具，令人惊叹又生疑。

双江烈士墓陵园

位于县城南一公里处，面积2800平方米，1969年时造，共3层：1层坪场，2层望台，3层陵墓。

烈士陵园县城南，马龙北去玉带环。
独岩东西相对峙，陵墓规整肃穆端。
九米纪塔雄艺立，四周花砖固砌圈。
青松翠柏苍葱郁，景致秀美清静闲。
一九六九年时建，缅怀先烈励克艰。

双江黄柏鼓楼群

黄柏鼓楼群距县城双江2公里，由黄柏乡的大寨、务盘、长寨三个寨子的鼓楼合组而成。

距离县城两里程，黄柏风情独特清。
务盘长寨和大寨，组成黄柏鼓楼群。
均为穿斗抬梁式，依山而建民居萦。
体现形散神不散，镇寨之宝寓意存。

双江钩岩

通道城北钩岩昆，典型丹霞地貌清。
南与独岩相对峙，北同鹞岩互为邻。
东北丹霞群峰耸，西边峡谷百米伸。
一八〇五国道过，黄柏乡地著名景。

四访县城双江

2014年10月 自治县成立60周年庆典

（一）

通道自治六十春，双江巨变令人惊。
坪坦马龙会合后，碧清玉带贯全城。

几座花桥河上跨，如龙似凤风雨群。
大桥独蓉新花美，万福廊桥人民精。

（二）

通道自治庆六旬，县城巨变昔非今。
城东开发工程巨，推山填壑景换新。
农贸市场新建起，集散货物商城兴。
萨岁鸟巢雄伟岸，侗族建筑集大成。

双江寨门

通道自治六十春，县城寨门新建成。
城门花桥融一体，双江黄柏咫尺近。
花桥三阁旁侧立，寨门一阙公路横。
迎宾门字横额嵌，大美通道碧辉金。

双江萨岁广场

双江萨岁广场宽，文化演艺中心前。
周边塑造人物像，肃穆端庄且威严。
萨岁姜良与姜妹，贯公飞山和吴勉。
俱是侗族先贤哲，展示文化史久远。

双江萨岁广场

文化演艺中心 —— 侗乡鸟巢

通道县城鸟巢浑，文化演艺中心名。
鼓楼花桥集一体，民居寨门聚一身。
内设座位万五千，场地舞台广袤平。
集会演出踩堂宜，休闲娱乐且任凭。

双江芋头古侗寨

距县城九公里，始建于明朝洪武年间，顺治年间遭火灾，复建后以芋头溪为轴线，向两边分置为七个聚居群，至今已有600多年的历史。现有住家182户850余人，保留有大量清朝中期前的建筑物：170多栋吊脚木楼，4座鼓楼及戏台、凉亭、花桥、古井、古萨岁坛、古寨门、古驿道、古墓葬和古碑等。2001年6月公布为全国重点文物单位。

一访芋头古侗寨

2004年10月 通道自治县成立50周年庆典

（一）

通道古寨芋头村，距离县城九里程。
下寨中寨牙上寨，三个村落共组成。
全村住家百八户，共有人口近千丁。
住有杨龙粟熊姓，村民全部侗族人。

（二）

双江西南芋头村，沿壑迂回一小溪。
以溪为轴两分岔，寨内居住七聚居。
各向鼓楼往外展，不受地形约束制。
排列灵活形状异，山脊山沟山麓晰。

（三）

通道双江芋头村，明朝洪武年代兴。
房屋建造依山势，吊脚民居木构成。
大量建筑清中造，到今已有数百春。
二〇〇一被公布，五批文物国宝登。

（四）

芋头侗寨古村名，寨内古建均完好。
鼓楼花桥寨门在，民居古井驿道存。
古萨岁坛古墓葬，古石板桥古凉亭。
侗家古建活化石，侗族建筑集大成。

（五）

寨外眺望芋头村，芋头界下民居群。
顺山脊建务丫寨，沿沟谷筑芋头村。
鼓楼高耸寨中屹，石板路曲村里萦。
村口坪塘桥横卧，丁字布局锁寨门。

（六）

走进古寨芋头村，跃入眼帘山谷深。
吊脚民居栉次比，杉木结构灰瓦顶。
多数建筑明清造，几经沧桑壁亮锃。
侗家村用所有物，芋头古寨均可寻。

（七）

通道古寨芋头村，进得村来入眼门。
四座鼓楼雄屹立，宝塔殿堂民居型。
别具一格务丫寨，鼓楼形特半坡兴。
大堂悬在陡坡上，经数世纪仍铮铮。

（八）

芋头溪边水池汪，沿溪户户有鱼塘。
高低方圆玉镜沏，镶嵌家门闪银光。
水深过膝鱼结队，池中草鲤悠然翔。
古名村寨添景致，旅客惊叹口大张。

（九）

通道古寨芋头村，客人进寨酒拦门。
好酒用来款贵客，好歌表达侗家情。

你能喝下这碗酒，我们放开寨门进。
热情洋溢难辞却，喝上一口甜透心。

（十）

芋头侗寨风情趣，客人进寨必体会。
芦笙踩堂多耶毕，过筛迎福去霉气。
姑娘妇女多姊妹，捉客抓住手脚臂。
口唱筛歌左右摇，众人欢呼呀啰喂。

（十一）

古名侗寨芋头村，古老建筑多保存。
古风雨桥石板路，古鼓楼群木寨门。
古萨岁坛公多垒，古石栏桩芦笙坪。
古石板桥泉水井，古唱戏台歇凉亭。
古民居屋群墓葬，古色古香古风情。

芋头鼓楼

通道双江芋头村，四栋鼓楼各异型。
龙氏鼓楼交丫寨，仅有双坡一檐层。
务丫鼓楼中寨村，三层房檐歇山顶。
太和鼓楼田中屹，楼高五层正方形。
芦笙鼓楼中和称，九级宝塔顶芦笙。

芋头芦笙鼓楼

（一）

芦笙鼓楼甚雄伟，飞檐翘角顶芦笙。
楼高九层宝塔式，合抱四柱力撑顶。
一到四层正方状，五至九重八边形。
祥禽瑞兽角角饰，屹立寨中天云亲。

（二）

芦笙鼓楼果雄伟，卓立寨中把天擎。
道光时建只三级，九二重修加六层。
倏看极似古杉树，屹立寨中鹤鸡群。
雄伟壮观令人叹，登顶可摘云月星。

（三）

芋头鼓楼耸入云，登顶可揽日月星。
屹立寨中甚雄伟，夯力大汉护卫村。
底层当中火塘辟，白天黑夜烧柴薪。
四周围有长条凳，半边整木凿削成。

（四）

芋头古寨鼓楼群，芦笙鼓楼最多层。
雄立寨中鸡群鹤，近又修葺面貌新。
雕梁画栋堂皇丽，气冲牛斗傲天云。
披彩巨杉引人目，顶天立地壮观睁。

（五）

芦笙鼓楼寨中心，楼高九层宝塔型。

宽敞石坪楼前躺，戏台建在楼旁侧。
鼓楼戏台芦笙坪，三位一体结合紧。
讲款开会演节目，踩堂多耶赛芦笙。

考察芋头时，作者（左）在与县政协原主席黄进炳（右）的合影

（六）

驻足芦笙鼓楼前，阳光斜照形影添。
头盘青帕长老者，吸长烟斗悠然闲。
携孙纳线几妪妇，絮絮叨叨闲聊天。
青年男女多外出，练舞学歌难得见。

芋头丫上鼓楼

（一）

务丫鼓楼半山坳，清朝乾隆年间造。
外侧悬空吊脚形，底部架空跨驿道。
楼高三层歇山顶，栏板齐腰周边绕。
火池底下石台托，四根短柱支撑牢。

（二）

务丫鼓楼建造奇，竟然建在陡坡陂。
后大主柱坡后托，前面短桩楼前支。
芦笙坪以石板铺，边承前柱险峻极。
楼前场坪广袤阔，里侧水池御火危。

（三）

丫上鼓楼建造奇，竟然建在陡坡陂。
八根大柱长短异，横跨驿道支撑力。
鼓楼厅堂显特别，悬空贴崖山势依。
历经沧桑多世纪，铮铮挺立仍固实。

芋头交丫龙氏鼓楼

（一）

通道古寨芋头村，龙氏鼓楼交丫兴。
单檐悬山造型简，议事休闲且任凭。
底部架空驿道跨，出进交丫路必经。
东头水井土地庙，村民汲饮祈祷勤。

（二）

交丫鼓楼半山岑，楼前铺设鼓楼坪。
青石岩板坪地墁，宽敞广场人如潮。
集会娱乐任所用，踩堂待客赛芦笙。
乾隆五秩二年造，经多世纪仍坚铮。

（三）

交丫鼓楼山脊矗，连接石坪坚牢固。
木质结构单檐层，悬空贴壁建造术。
撑顶长柱外边支，承托楼体斜坡负。
历经沧桑仍坚挺，别具匠心古建筑。

芋头田中鼓楼

田中鼓楼七二建，楼高五层顶歇山。
屹立寨中鸡群鹤，高出民居几层檐。
呈重阁房四边面，形殿堂式庄伟严。
可惜不幸遭火患，鼓楼基地辟稻田。

芋头古驿道

（一）

芋头寨中古驿道，青石板墁低到高。
路径悠长弯曲岔，石板光滑马鞍翘。
两侧古树藤萝挂，外边石栏柱桩牢。
盘踞寨中连家户，经数百载仍完好。

（二）

双江芋头古侗寨，吊脚民居依山排。
青石巷道左右错，古驿站道上下开。
路径外侧栏杆护，石制柱桩沿路栽。
另有石板桥横架，更显石道古老来。

（三）

芋头侗寨石板道，一米多宽光亮昭。
寨口坪塘桥头起，青石铺地山坡绕。
盘踞寨中支岔密，连接交丫山脊高。
百零八级石道尽，上接土路翻梁坳。

（四）

芋头侗寨古道长，风化石栏含沧桑。
大小均匀青石板，整齐有序依次镶。
拾级斜登芋头界，百零八磴山腰盘。
脉络相连各村户，一头伸向白云端。

（五）

通道芋头古寨村，有古驿道建于明。
青石板铺长悠曲，光照锃亮闪晶莹。
参天古树遮云日，行走驿道清凉荫。
起点芋头寨门始，银龙上山穿天云。

芋头务丫寨

依山脊建务丫寨，吊脚民居山势排。

层层叠叠布达拉，栋栋幢幢鳞瓦盖。
登脊拾级可到达，顺沿外侧石柱栽。
山脚亭井水甘洌，古井周边青石埋。

芋头古井

沿古驿道山脚走，井亭覆盖古井口。
水质清澈能见底，青石板护围四周。
年代久远古井谓，清朝乾隆早建有。
竹筒舀水细品味，甘洌清凉沁心头。
古稀老人体健康，多谢井水赐长寿。

芋头古碑

芋头侗寨古碑全，古楼古井古桥边。
文字记载前人德，捐钱献物姓名镌。
有为民国年代立，有为清朝乾隆传。
碑上姓名山同在，永记前人恩德渊。

二访芋头古侗寨

2014年11月 自治县成立60周年庆典

（一）

通道双江芋头村，侗族文化底蕴深。
风雨花桥共三座，鼓楼堂瓦双二庭。

寨门凉亭和古井，吊脚民居芦笙坪。
古墓萨坛古驿道，侗文化馆美名称。

（二）

游览侗寨芋头村，最先入眼花桥新。
傍立巨石欠规整，芋头古侗寨字清。
桥上三亭雄伟岸，芋头回龙桥迹明。
二〇〇九年修建，乾隆古桥原址兴。

（三）

芋头回龙桥雄伟，有段故事果奇神。
二〇〇八年三月，台湾政大骏逸君[①]。
率团考察侗建筑，进驻芋头古寨村。
津梁有托碑[②]尚在，回龙花桥却无存。
短暂时间真情结，誓要携手风雨兴。

（四）

次年五月抵下旬，台湾政大发邀请。
民族文化研讨会，少波[③]率团宝岛登。
两相交流互学习，创意发展均提升。
张氏骏逸再表示，筹款帮助回龙兴。

（五）

芋头回龙桥建兴，动工竣工半年成。
时紧任重求高质，全力克困靠村民。

---

① 指台湾政治大学民族学系教授骏逸。

② 此碑立于清朝乾隆三十一年。此处原建有一座回龙桥，20世纪70年代自然朽毁。

③ 指杨少波（时任通道侗族自治县常务副县长）。

两岸同胞手牵手，隔海人民心连心。
芋头福桥连两岸，古寨风雨释真情。

（六）

通道古寨芋头村，新增景观亮丽明。
回龙桥复寨标志，连接台湾大陆心。
观景亭崇赏秀色，游芋头寨欣古韵。
拦河坝坚扩水面，游鱼嬉戏抖白云。

（七）

芋头回龙桥复兴，点缀芋头风景新。
民族风情增亮点，文化底蕴添厚层。
海峡两岸真情汇，大陆台湾共齐心。
海内海外携手建，世破天荒一典型。

（八）

芋头侗寨回龙门，三亭联阁花桥型。
两头歇山中宝塔，一字跨越公路横。
桥前路侧巨石立，芋头古侗寨字清。
车走人行进出寨，名副其实寨门称。

（九）

侗族古寨芋头村，侗博物馆世蜚声。
远近旅客寨门进，先购门票古迹寻。
品赏侗寨多古韵，领略侗家殊风情。
观看各式鼓楼形，选购侗家特产品。

（十）

此次再访芋头村，遇活字典通位君[1]。
详细解读古侗寨，各座鼓楼别有情。
田中鼓楼太和谓，芦笙鼓楼中和称。
务丫交丫三进堂，龙氏鼓楼交丫睁。

作者第二次访问芋头时与老伴在回龙桥的留影

（十一）

侗族古寨芋头村，隶属通道双江镇。
玉头侗语称交雨，玉雨音意相接近。
过去也曾叫玉头，改称芋头侗意非。
玉头交雨本一致，芋头交雨字意离。

① 指杨通位，芋头本寨人。

【通道 · 县溪镇】

在今县城北部，古名罗蒙砦。双江河与播阳河在此交汇，下称渠水，县城在渠水边。枝柳铁路贯穿南北。宋崇宁元年（1102）设罗蒙县，次年改为通道县。1958年县城迁双江以后，撤镇并入县溪公社。1959年3月与靖县合并，县城复迁回此，与城区组成新城公社。1961年7月靖、通分开，县治再迁双江，新城公社并入县溪公社。1963年成立县溪镇。1984年又与县溪公社合并，成立新的县溪镇至今。

县溪镇

1994年11月 自治县成立40周年庆典

（一）

通道西北县溪镇，原通道县老县城。
宋朝崇宁年设置，至今几个世纪春。
东菁芜洲北江口，西南锅冲地阳坪。
青山环绕渠水畔，著名八景域内存。

（二）

湖南通道县溪镇，崇宁设县罗蒙称。
次年改为通道县，遂成通道县治城。
播阳双江此相汇，合成渠水沅江奔。
晴天雨日景致秀，水色山光甚迷人。

（三）

罗蒙古镇渠水滨，地势险峻扼三省。

历代兵家必争地，战争遗迹依稀存。

秦皇发兵征战地，武侯讨蛮夷首擒。

翼王达开进川蜀，红军长征转西行。

（四）

罗蒙古城县溪镇，湘黔桂边通道称。

枝柳铁路南北贯，湘黔公路东西行。

物资交流一枢纽，中转行业百事兴。

顺河往下渠水荡，农林商贸热腾腾。

（五）

罗蒙古城县溪镇，辖一区委廿一村。

居住侗汉苗瑶族，人口两万六千丁。

自宋崇宁建县起，延到一九五八春。

通道治府所在地，全县政经文中心。

通道县名的来历

（一）

崇宁元年罗蒙建，次年改名通道县。

通道县名的来历，两种说法均有源。

（二）

一说崇宁官王祖，路经广西侗民抚。

开通千二百里路，沟通湘桂黔地域。

唐汉以来不臣地，从此纳入宋版图。
遂改罗蒙为通道，沿用至今仍称呼。

（三）

二说靖州至广西，自古从来无通衢。
宋诚州知周仕隆，派人树团赴广西。
往南仅走三十里，即入广西之地域。
后均从此入广西，通道之名因此谓。

县溪镇——罗蒙古镇（老县城）

（一）

湖南通道县溪镇，县境西北一小城。
依山傍水山景秀，通道八景域内存。
北连江口靖州县，南牙屯堡广西邻。
东菁芜洲达双江，西界播阳进黎平。

（二）

罗蒙山下县溪镇，系通道县老县城。
宋朝崇宁始建县，历史悠久几世春。
地势险要通要道，历代兵家兵力争。
一九三四十二月，中央红军此转兵。

（三）

中央红军到此城，初心北上会红军[①]。
敌人追堵南北截，面临生死与亡存。

① 此句意为中央红军原来计划北上湘西，与在那里的红二、六军团会合。

在此转兵西入贵，中央红军得以生。
救党救军救革命，通道转兵因此称。

（四）

中央红军到此城，通道转兵史册铭。
转兵会议恭城开，恭城书院名蜚声。
红色旅游要景点，引来四海宾朋睁。
革命教育一要地，激励后人新长征。

（五）

通道罗蒙老县城，历史建筑单体群。
乾隆年建金山观，屹立高寨陂坡岑。
但憾解放初期毁，仅留遗址让人睁。
恭城书院古建筑，保持完好到如今。

罗蒙古城墙

（一）

湖南通道县溪镇，罗蒙古城明代兴。
土城一座开始建，成化八年砖墙兴。
明朝嘉靖洪冲垮，知县良翰[①] 复修兴。
万历二年重修建，年代久远全部崩。

（二）

清朝康熙时年间，又建土墙门楼兼。
康熙廿一年五月，洪水冲毁损大半。

---

① 良翰：指知县李良翰。

知县殷道正修复，雍正八年又冲坍。
直至乾隆廿五年，罗绅奉命石城建。

（三）

知县罗绅建石城，庚辰动工辛巳成。
周长二百七四丈，开辟三个门通行。
城门上面建楼阁，雄伟壮观耸入云。
城墙筑砌工精细，结合紧密固若金。

（四）

罗蒙石城华里程，东西南面开城门。
东朝月门名文昌，西迎禄门谓阳春。
南南熏门太平叫，方便行人进出城。
门楼城墙同时建，耸立城上壮观睁。

（五）

罗蒙古城城门称，民国时期有变更。
东朝月称城门洞，西迎禄叫下城门。
南南熏门南门谓，均延续到五二春。
城外道路青石铺，两侧卵石镶嵌成。

（六）

通道罗蒙古城垣，石墙建后牢固坚。
完好无损两世纪，延至解放初几年。
一九五三公路建，犁头咀桥需石嵌。
罗蒙古城石头拆，砌筑桥墩使用完。

古城八景

2001年1月

湖南通道老县城，通道八景分外明。
罗蒙烟雨罗蒙寨，多星樵唱多星村。
宝潭鲲浪宝潭泽，江口渔歌江口坪。
蓉诸鸥栖竿溪口，范岭阴晴苗尖岑。
月山产秀月山上，飞山应雨城北滨。

古城八景吟

2001年1月，学和杨际梧先生《通道八景吟》一诗。杨是本人在播阳任教的同事、战友。

【1】罗蒙烟雨

鳞次栉比山环抱，背山面水入望遥。
阴雨山林吐岚雾，晴朗炊烟弥漫飘。

【2】月山产秀

下城门岭半月山，倒映水中天然妆。
仙女浣梳赏姿色，影在江中现复藏。

【3】飞山应雨

飞山庙里飞山高，黎民百姓未忘朝。
焚香烧纸虔诚拜，祈祷雨顺风也调。

【4】范岭阴晴

苗尖高耸插底天，云岚缭绕隐复现。

晴朗清新阴雨雾，专报气象岁不闲。

【5】宝潭鲲浪

宝潭楼下河潭渊，鳞鱼类聚水底潜。

春暖扬花沿河上，鲲鱼镇后赞诗传。

【6】蓉渚鸥栖

蓉渚江中荡水浮，清流舞波无尽头。

扬花鱼聚群鸥落，有奔有伏有昂首。

【7】江口渔歌

罗蒙下游荡船舟，撒网打鱼获丰收。

渔夫讴歌声阵阵，星火点点舞江头。

【8】多星樵唱

罗蒙上游多星樵，山风吹拂舞树梢。

刀斧节拍伴歌唱，碧水悠流白浪滔。

罗蒙古镇

2004年10月 自治县成立50周年庆典

（一）

乾隆修建石城墙，选用石头米见方。

城墙四周合一里，高十六尺宽一丈。

门楼高耸木质造，雄伟壮观气势昂。

解放初期仍完好，公路桥架墙石扛。

（二）

通道县溪八角楼，乾隆时建岩石丘。
三层三楹重檐阁，登级进门书院走。
红军长征县城驻，八角楼里一盏灯。
解放以后仍巍然，直到枝柳铁路修。
拆毁地基被出售，镇企伍氏[①] 把它购。

（三）

通道县溪老县城，北门城外鼓楼亭。
四根主柱支撑力，十一衬柱周边萦。
楼高三檐三楹阔，飞檐翘角壮观睁。
五十年代仍屹立，失修腐烂自然冥。

罗蒙县名的来历

湖南通道老县城，宋朝元丰七年春。
在此设立罗蒙砦，置罗蒙县年崇宁。
城东南靠罗蒙山，罗蒙县名因此称。
翌年改为通道县，一直延续到如今。

---

① 伍氏：指伍万军，当时是镇办企业经理，他买地基后，自己在地基上盖起了房子。

县溪名字的来历

（一）

湖南通道县溪镇，县溪来历有原因。
缘为一九五三年，民主建政乡镇增。
高寨下窑土溪冲，合建成乡北溪称。
县城高寨北溪并，取县和溪为乡名。

（二）

通道县溪乡已成，撤区并乡仍保存。
位居县城所辖地，从此县城县溪名。
县城既名叫县溪，县溪镇名因此称。
府治迁到双江后，县溪称为老县城。

县溪龟形山的传说

（一）

罗蒙山下龟形山，有个故事远古传。
混沌初开天地辟，巍峨罗蒙河溪潭。
流水潺淙年不断，汇入渠水沅河川。
洞庭长江入东海，海里龟子上万千。

（二）

一只小龟沿河上，寻找食物到恭江。
风景如画食物裕，舍不得走罗蒙藏。
日月如梭年复岁，与时递增龟渐长。
转眼长成一巨龟，罗蒙山下成丘岗。

雷婆和罗蒙龟的故事

（一）

破姓开亲古规立，松恩松桑结夫妻。
生下姜良和姜美，诸多姊妹和兄弟。
淘气嬉戏互打赌，逮住雷婆关笼内。
接连关了几多天，雷婆苦求要喝水。

（二）

姜良姜美心肠善，瓜瓢舀水雷婆吃。
雷婆喝水力大增，挣破铁笼逃出去。
不幸脱落一颗牙，送给姜良和姜美。
嘱遇危险把牙种，出芽结瓜应时需。

（三）

种牙结瓜需牢记，要用蒲扇扇瓜体。
扇成大瓜奇迹生，危险时刻可救急。
雷婆说完回天宫，设计报复害人类。
即刻呼风又唤雨，瓢泼大雨不停息。

（四）

瓢泼大雨不停息，九九八十一日夜。
洪水滔天殃寰尘，大地人物俱淹没。
姜良姜美匿山顶，见状忙把牙种植。
头天种下即出芽，到第三天瓜落蒂。

（五）

种牙结瓜蒲扇扇，瓜即长大如舟巨。

洪水涨到山顶时，姜良姜美钻瓢里。

随水漂泊幸生存，陆地人物全淹死。

姜良姜美要救人，急切要与雷婆会。

（六）

一在天上一在地，难求雷婆心宽余。

即向天宫放乱箭，射瞎雷婆眼一只。

雷婆被迫停下雨，洪水缓慢渐消退。

此时雷婆气未消，又生一计殃大地。

（七）

雷婆天空抛太阳，十二太阳暴晒地。

大地无处不焦裂，天下无处不干隙。

水源中断草木枯，岩石滚烫火焰厉。

罗蒙山下巨海龟，有气无力奄一息。

（八）

巨龟艰难调转头，欲入渠水东海去。

翘首昂望水干涸，河床冒烟吐热气。

被逼伏地不动弹，其他动物俱如此。

姜良姜美见此状，张弓搭箭太阳击。

（九）

姜良姜美太阳击，射下十个留一对。

一管白天一管夜，一为月亮一为日。

白天黑夜入正常，地上恢复井有序。
地复正常万物生，幸存人类两兄妹。

（十）

幸存人类两兄妹，兄名姜良妹姜美。
怎样繁殖衍后人，疲乏巨龟怀好意。
有气无力劝妹兄，两人成婚繁人类。
此劝触怒兄妹俩，一气之下狠踏龟。

（十一）

龟被踩踏背裂隙，巨龟当即断了气。
年长月久生变化，罗蒙山下坡似龟。
姜良姜美等呀等，等来媒人蟹蚌石。
巨石螃蟹蚌皆劝，促成兄妹成婚配。

（十二）

姜良姜美结夫妻，生一团肉变人类。
全由萨岁来安排，她把肉团剁粉碎。
肉团变成粉末灰，再将肉末撒一地。
肉末分别变成人，世上才又有生机。
次日天下奇迹生，人来人往热腾气。

县溪恭城书院

恭城书院在通道老县城县溪镇的罗蒙山下，始建于宋朝崇宁四年，坐东朝西，名罗蒙书院，后毁于火，清朝乾隆五十七年重建，更名为恭城书院。其由门楼、斋舍、讲堂、通廊四部分组成，木质建筑，周围砖墙。进恭城书院需经八角亭，门内右侧小天井南墙根处立有几方石碑，进门顺通廊往东是四栋斋舍，最后是礼堂。礼堂左右为厨房，楼上为卧室。恭城书院历代为官府举办学馆所用。1934年12月，中央红军进入通道后，军委领导在此召开紧急而重要的会议——通道转兵会议。

一访恭城书院

1994年11月 自治县成立40周年庆典

（一）

恭城书院宋时建，位龟形山左侧边。
初时名字叫罗山，后毁于火清重建。
迁到城东龟坡上，乾隆改称恭城院。
坐东朝西高两层，晴天丽日晚霞观。

（二）

走近县溪恭城院，门楼匾额入眼帘。
恭城书院四字劲，金光闪烁檐下悬。
卷舒飞檐门楼阁，居高临下视野宽。
俯瞰顾望县城景，炊烟缭绕玉带环。

（三）

通道县溪恭城院，进门讲堂入眼帘。
四栋房舍院中排，十几教室宿舍嵌。
大门往东通廊贯，后栋中间礼堂宽。
礼堂两侧厨房设，楼上学员卧室间。

（四）

通道县溪恭城院，立龟形山巍伟严。

一进大门即可见，几块方碑右墙嵌。

千古流芳碑头镌，字迹横排极明显。

内容书院史实叙，捐款献物人名单。

文字全部竖阴刻，从右向左阅读观。

（五）

恭城书院巍伟严，雄立城东龟形山。

通廊门楼两项寓，讲堂斋舍二部含。

门楼两层歇山顶，斋舍四栋双坡檐。

讲堂最后面宽阔，穿宇通廊一体连。

周边青砖墙围护，保持完整牢固坚。

（六）

恭城书院清朝建，时为乾隆五二年。

楼房建筑全木质，结构榫卯枋柱穿。

中轴柱网立密集，山墙立柱落地坚。

传授儒学文化用，历代官府办学馆。

（七）

恭城书院乾隆建，历代官府学馆办。

光绪学堂谓私塾，辛亥模范小学名。

抗战时期中心校，解放完小名叫唤。

房舍宽阔人众多，仕士文才出千员。

（八）

恭城书院巍伟宏，面向西边背朝东。
一九三四十二月，中央红军到罗蒙。
在此开会弃北上，西转贵州避敌锋。
党和红军均得救，恭城书院立了功。

（九）

恭城书院古城畿，古色古香砖墙围。
莽莽群山托荫郁，悠悠渠水奔腾急。
缕缕碧烟山城绕，条条青石古道迂。
定为省级重文物，红色旅游纪念地。

参观恭城书院合影，从左至右：李奉安、作者、蒙世源、吴跃飞[①]

① 李奉安是作者的文友，蒙世源是作者的同校同学，吴跃飞是作者的小学老师。

通道转兵[1]

第五次反围剿失利后，1934年10月，中央红军实行战略转移，计划北上湘西与红军先遣队二、六军团会合，建立新的根据地。红军离开瑞金，沿湘、桂边境，一路突破敌人的层层封锁。但在突破敌湘江第4道封锁时，惨遭失利，损兵大半。渡过湘江后，只剩3万余人的红军，分左、中、右三路，昼夜兼程，向通道挺进，抢占通道，想从通道尽快北上湘西。

1994年11月

（一）

三四十月一方军，反剿失败行转移。
江西瑞金于都出，前往湘西二、六[2]会。
沿湘桂边向前进，一路突破敌防御。
浩浩荡荡军十万，担担抬抬辛苦极。
部队甬道式行进，行动缓慢误时机。
突破湘江遭失败，过河只剩三万余。

（二）

红军渡过了湘江，蒋敌察觉知去向。
前进路上严布防，企把红军消灭光。
红军争取速北上，首先要把通道抢。
分兵三路往前行，急奔湖南湘西旁。

---

① 《通道县志》有登载。

② 二、六，指红军二、六兵团。

（三）

红军继续往前行，分兵三路急进军。
左路龙胜广南走，入黔兜我[①]播阳挺。
中路平等龙坪出，过贵五通团土[②]停。
右路城步菁芜洲，占据江口夺县城。

（四）

红军进入通道域，前进方向遇险危。
北边路线被敌堵，布成口袋红军吃。
南面桂兵严拦截，挡住红军进广西。
唯西黔敌薄防守，北上西转争论激。

（五）

两个三人[③]争论激，恭城开会讨良计。
决定放弃二、六会，避敌锋芒转向西。
右路县城入靖侧[④]，西转新厂入黔黎。
中左两路沿河上，均经播阳黔黎趋。

（六）

红军西转入黔贵，避开强敌脱险危。
果然黔敌薄设防，轻易攻占黎平邸。

---

① 指贵州牙屯堡。牙屯堡又叫“五通”，侗语叫“兜我。

② 团土，指当时的团头乡和土溪乡。

③ 即指挥红军行军的“最高三人团”——李德、博古、周恩来与中央纵队在担架上形成的“担架三人团”——张闻天、王稼祥、毛泽东。

④ 靖侧，指靖县边界。

乘势迅速作休整，在黎召开政局会。
抛弃“左”倾错领导，战役屡次获胜利。

通道转兵的意义

恭城锤定西入贵，通道转兵重大意，
救党救军救革命，通道转兵功首位。
遵义正确领导立，通道转兵位居一，
中国革命获胜利，通道转兵奠根基。

二访恭城书院

1934年12月中旬，中央红军进入通道后，在此召开了一次紧急而重要的会议——通道转兵会。挽救了党，挽救了红军，挽救了革命，使恭城书院增添了无限光辉。2013年提升为全国重点文物保护单位，增建了“红军长征纪念馆”和纪念广场。

2014年10月 自治县成立60周年庆典

（一）

通道县溪龟形山，恭城书院果巍然。
坐东朝西落有致，古色古香布山间。
宋朝崇宁四年建，取名罗蒙儒学传。
明代修复罗山谓，后毁于火书院完。

（二）

清朝乾隆五七年，恭城书院重新建。

整体建筑木结构，穿斗抬梁榫卯嵌。
横宽廿丈只有过，进深廿七米增添。
恭城书院到如今，已过三百有余年。

通道转兵纪念馆

（一）

通道转兵纪念馆，建在恭城书院边。
列项二〇一〇年，占地五万平米添。
馆亭建筑三千米，民族形式甚明显。
鼓楼花桥寨门汇，侗族建筑集大全。
今年十二月开放，吸引无数人观瞻。

（二）

通道转兵纪念馆，罗蒙山下龟形山。
主体展馆和广场，转兵会址恭城院。
展馆室厅四部分，红军文物数百件。
照片数字无统计，再加模型电光嵌。

（三）

红军纪念广场前，玉雕塑像庄伟严。
主席总理朱老总，王稼祥与张闻天。
力挽狂澜救党军，转兵贵州得保全。
革命胜利根基奠，才有今天生活甜。
国际顾问名李德，“左”倾博古自靠边。

（四）

通道县溪龟形山，转兵纪馆巍伟严。
一九三四·十二月，红军转移到此间。
前进方向有危险，北往西转针对尖。
恭城书院急商讨，一锤敲定西入黔。
放弃北上二、六会，实行长征得保全。

（五）

恭城书院定乾坤，红军西转入贵黔。
黎平“左”倾路线弃，遵义正确领导建。
摆脱蒋军追堵截，战役屡次操胜券。
鼓舞战士斗志昂，跨越草地翻雪山。

（六）

各路红军陕北会，团结抗日扛大旗。
革命力量得保全，恭城书院奠根基。
书院立功登国保，增建转兵纪馆巍。
侗家建筑集大成，点缀古城更雄丽。

（七）

恭城书院国保登，转兵纪馆今添新。
鼓楼花桥寨门聚，路径广场井亭增。
县溪风光添丽彩，古城景致更亮明。
革命教育基地立，红色旅游必瞻睁。

通道转兵纪念馆

宝庆会馆

在县溪镇老街南端，始建于清朝年代，坐东朝西，由戏台、厢房组成，原为宝庆客商议事、聚会、祭祀之场所，2010年列为县级保护文物。

（一）

通道古城县溪镇，宝庆会馆镇南兴。
背负罗蒙前渠水，坐东朝西望日沉。
马头砖墙周边护，馆内木质建筑群。
大门戏台厢房殿，当中天井四边形。

（二）

通道古城县溪镇，原为通道老县城。
背依罗蒙面渠水，全县政经文中心。
物资流动集散地，水运发达商贾云。
宝庆客商聚通道，聚会议事祭祀庭。

罗蒙山红军战斗纪念遗址

位于县溪镇屯里村海拔近500米的罗蒙山顶。1934年12月，红军抢占通道时，在此与国民党军发生过激烈的战斗。2010年被列为县级文物保护单位。

（一）

红军长征进通道，罗蒙阻敌立功劳。
与敌激烈战斗处，残缺炮楼尚可瞧。
防御工事和掩体，遗迹尚在山顶昭。
红军通道遇险危，保证恭城会议召。

（二）

恭城会议甚重要，生死存亡在选挑。
往西往北是关键，选择对路生命保。
会议锤定西入贵，战役主动手中操。
红军从此得了救，革命前途光明照。

县溪晒口水电站

县溪晒口水电站位于四乡河下游，坐落在县溪晒口村，坝长210米，高50米，安装3扇钢质弧形闸门，装机3台，总容量15000千瓦，年发电量3550千瓦小时。1992年10月动工，1996年1月试运行发电。

2004年10月 自治县成立50周年庆典

（一）

晒口电站晒口村，四乡河域下游兴。

拦河坝高百五尺，横过对岸八秩寻。

形成水库面宽阔，总计容量亿立升[①]。

发电灌溉和养鱼，综合利用一工程。

（二）

水库坝长八秩寻，安装弧形三扇门。

装上三台电机组，容量万五千瓦升。

四万千瓦年发电，几多单位包工程。

一九九六年元月，电站送电始运行。

（三）

晒口水库水电站，一九九〇立项建。

施工承包多部门，动工兴建九二年。

导流工程通道承，坝后退场贵阳担。

厂房施工桃江负，大坝工程连源肩。

电机设备安装活，黔阳螺丝塘站管。

晒口水库——雁鹅湖

位于四乡河下游的县溪镇晒口村。修建晒口电站时，筑高50米，长210米非溢流水坝，形成8.1平方公里的水面，以发电为主，兼灌溉、养鱼、蓄水、改善电站水量的水利工程。主要景点有：高峡飞瀑、高峡平湖、湖心岛、虎跳峡、八亚幽谷、晒口电站等。

① 亿立升，指1亿立方米。

（一）

神奇晒口雁鹅湖，县溪晒口大水库。
绿树成荫奇花多，禽鸟争鸣蜂蝶舞。
泛舟湖上碧波漾，山清水秀美画图。
库区面积广袤阔，岸畔景观多无数。

（二）

雁鹅仙湖碧波扬，泛舟湖上赏风光。
湖中荡漾凉气浸，岛诸湾汊景优良。
幅幅画面殊各异，仙境美景世无双。
观后惬意心激荡，卧榻难眠眼望窗。

（三）

雁鹅仙湖碧波荡，不同山势奇景藏。
绿树茵草清新翠，嫩得出油青放光。
阔叶杂木郁郁展，青葱杉松飘飘扬。
野花野草斑斓艳，挤挤挨挨复莽莽。

（四）

晒口水库碧映光，山山岭岭着青裳。
婀娜多姿常变换，季节轮回随意装。
密林深处藤缠树，漫山遍野古木苍。
斑鸡锦鸡随可见，奇景佳胜桩复桩。

（五）

雁鹅仙湖碧映光，县溪境内晒口张。
林森树郁奇景艳，鸟歌鱼跃花竞香。

高峡飞练系平湖，虎跳八亚泊心荡。
截流大坝飞银瀑，八十米高素帛扬。

（六）

拦河大坝涧口堵，晒口水库雁鹅湖。
高峡平湖碧波荡，悬空瀑布山谷舞。
机转轮旋电光灿，侗村苗寨闪明珠。
千年松膏永离去，影视歌舞家家出。

（七）

晒口水库雁鹅湖，景致壮观恋旅徒。
湖水清深鳞鱼跃，山林木茂禽鸟宿。
仙女瀑布自天降，利喙岩鹰猎物扑。
老虎跳涧势威猛，神童放牧歌咏熟。

（八）

拦河大坝锁深谷，竟然高峡出平湖。
一潭玉液沉日月，满湖碧水浮洲渚。
雄鹰展翅高空目，昆鱼掀浪水底逐。
虎跳深峡凉气浸，八亚谷邃吞日出。

（九）

人间仙境雁鹅湖，电站大坝拦截出。
蜂蝶争花花艳丽，草木竞疏疏果馥。
雁鹅成群翔歌舞，祥鸟双对溢幸福。
沐浴湖水促体健，岸畔垂钓好心舒。

通道县溪地阳坪

地阳坪在县境西北，播阳河与牙屯河在杨家屯村相汇，流经九个行政村，枝柳铁路南北贯穿全境，辖10个行政村1500户7000多人，1996年并入县溪镇至今。

（一）

县境西北地阳坪，东西偏高中部平。
东菁芜洲南播阳，西北靖州县溪邻。
播阳五通河相汇，流经境内九寨村。
枝柳铁路南北贯，湘黔公路东西行。

（二）

湖南通道地阳坪，辖十村委七千人。
居民全部是侗族，民族风情浓郁深。
地势宽敞广袤阔，距离县溪几里程。
一九九六年并入，如今隶属县溪镇。

（三）

湖南通道地阳坪，枝柳铁路贯全境。
南通柳州北怀化，交通便捷堪称奇。
水路交通播阳河，下连靖州上黎平。
省级公路东西贯，辐射周边乡镇村。

（四）

湖南通道地阳坪，黄芒西周遗址存。
占地千余平方米，文化积淀甚厚深。

出土石陶诸器具，红黑泥质颜色清。
饰水波绳旋纹晰，辨出罐釜盂器皿。

地阳坪张黄水电站

位于县溪镇张黄村，系河床式低水头水电站。大坝控制流域面积1317平方公里，年发电量上千万千瓦小时。

（一）

距今县城卌余里，张黄电站名声蜚。
一九八七动工建，一九八九运行使。
装机容量两千瓦，年发电量千万时。
累计土方三万七，造价七百万元余。

（二）

张黄电站名声蜚，河水干流梯级位。
河床低水发电站，大坝控流宽面积。
前身张黄原水泵，全部工程包出去。
怀化水电工程揽，先后安装两台机。

地阳坪水库

县溪南部地阳坪，建有小型水库群。
茶溪香坪和黄芒，五到七十年代兴。
三座水库总容量，三十四万立方升。
灌溉面积六百亩，粮食总量大幅增。

地阳坪蜜橘

湖南通道地阳坪，无核蜜橘甚有名。
甜酸适度实可口，县内境外俱赞称。
不断改良扩种面，蜜橘质数大提升。
但愿营销省内外，致富门路展前程。

【通道·播阳】

位于今县境西部，洪州河自西入境，下称播阳河，流经10个村寨，长25公里。播阳镇向来为治所驻地。1951年将贵州插花地寨什、邓团、池喇、地雍划入。1986年撤乡建镇，辖17个村委会500余户17000余人，侗、汉、苗杂居。胜迹有南门沙洲等。

播阳镇

2004年9月

（一）

湖南通道播阳镇，历来治所驻地屯。
明朝设所称中中，清代改叫帕阳名。
民国时期播阳乡，解放初期无变更。

一九五八为公社，八四恢复乡名称。
一九八六建立镇，一直延长到如今。

（二）

湖南通道播阳镇，居住侗汉苗族人。
辖行政村十七个，共有人口万七丁。
汉族集中住镇上，侗苗聚居在乡村。
苗族聚居仲华寨，百余住户九百宁。

（三）

湖南通道播阳镇，共辖十七行政村。
南门东门和地角，闷团陈团龙吉村。
黄垢黄寨与池喇，上寨上湘冲华村。
楼团新团黄土团，再加寨什水塔村。

（四）

县境西部播阳镇，群山环抱溪河频。
东县溪镇牙屯堡，西界贵州省黎平。
北接本省靖州县，南临独坡大高坪。
播阳河环镇边过，由西向北东北奔。

（五）

湖南通道播阳镇，位今县域西部滨。
境内高山小冲界，水路运输播阳承。
省级文物白衣观，东岸卓立亲天云。
观高五层八边面，各檐角下系钟铃。

（六）

通道西部播阳镇，解放初期有变更。
原属黎平插花地，划入通道地域境。
计有寨什与邓团，池喇地雍四寨村。
归入播阳来管辖，人口面积俱有增。

（七）

如今播阳变化多，公路漫长平且阔。
西通贵州黎平县，南大高坪及独坡。
北抵县城省内外，来往汽车如穿梭。
农贸集市货充足，边城交易经济活。

（八）

湖南通道播阳镇，街面变化焕然新。
集市贸易繁荣盛，店员顾客笑脸盈。
旅馆影院文化站，医院电站中学增。
电灯电器自来水，进入普通百姓庭。

播阳古城墙

（一）

湖南通道播阳镇，昔时周边围土城。
东南西北城门辟，上有城楼并附名。
东券门口西门楼，南城楼口北小门。
城墙早圮门名在，至今人们还叫称。

（二）

湖南通道播阳镇，原筑土城围周滨。
何时兴建何时毁，口传碑文无记铭。
东券门还遗拱阙，南城门楼是原名。
西城门楼还叫唤，北称小门戏楼承。

（三）

通道播阳有土城，何时建毁均不清。
清民时期城不在，解放后存东西门。
东门拱阙甚雄伟，无人管理自塌崩。
危在旦夕西门楼，亦无谁问九霄云。
城内还设有校场，训练驻乡府兵丁。

播阳古街道

（一）

湖南通道播阳镇，屯内街道纵又横。
从南到北叫正街，东西券门门楼称。
南有新坎五块匾[①]，西城上街西北印[②]。
沿城墙内径环绕，各条村道都有名。

（二）

湖南通道播阳镇，十字街下南门称。
城楼口下坎往南，直伸渡口河岸滨。

---

① 五块匾：指周氏出五位秀才，在街上挂出五块匾而得名。

② 西北印：指印家湾小街。

路中石板边卵石，长百余米宽一楹。
街口建门名天马，旁土碉堡防匪侵。

（三）

播阳正街长里远，路面宽大丈有添。
街道两旁开商店，货物满架琳琅眼。
位处湘黔交界侧，集市贸易兴旺点。
集散周边山地物，播阳河运担在肩。

（四）

湖南通道播阳镇，旧时街面筑砌精。
中间岩板铺齐整，两侧卵石花纹清。
街道两边开店铺，经营布匹日用品。
铺面高出街半尺，廊宽一米瓦盖顶。

播阳古庙

播阳镇内有两座古庙，一名文庙，另一名蜡庙，两庙相距不远。

湖南通道播阳镇，两座古庙屯内存。
文星楼和飞山庙，善男信女祭祀勤。
文庙供奉孔夫子，坐北朝南面场坪。
飞山庙俗称蜡庙，坐西朝东东向门。

文星楼 — 文庙（孔庙）

（一）

湖南通道播阳屯，建有孔庙名文星。
位在正街中北侧，坐北朝南前场坪。
东西北面土坯墙，南面土墙齐腰平。
楼高一檐双坡顶，面宽五楹两进深。
中楹北墙设神龛，上供孔子塑像尊。

（二）

湖南通道播阳屯，建有文庙宽五楹。
中楹龛上孔子供，虔诚信徒祭祀勤。
望子成龙诚祈祷，焚香烧纸祭品新。
民国时期为学校，播阳中心学校称。
解放校址仍依旧，改叫播阳完小名。

飞山庙 — 蜡庙

（一）

湖南通道播阳镇，有飞山庙蜡庙称。
位在文庙东北角，坐西朝东面街心。
庙宽三楹深两进，高仅一檐双坡顶。
中楹神龛飞山供，龛旁蜡烛重百斤。

（二）

湖南通道播阳镇，有飞山庙蜡庙称。
南西两面置土墙，北面学校灶房庭。

灶房蜡庙板墙隔，中开一门互通行。
专设一人在守护，龛前蜡烛昼夜明。
俗称蜡庙因此得，焚香烧纸绕烟云。

播阳古戏楼

（一）

通道播阳古戏楼，位在北门大路口。
五柱四排三间格，一檐两层双坡流。
全部建筑木结构，横跨大路下人走。
二楼戏台分前后，前台演出后歇休。

（二）

通道播阳古戏楼，横跨北门大路口。
两层一檐三楹阔，左右两格东西头。
内设坐凳横枋代，休闲歇息把烟抽。
楼前大路及两侧，观众场地宽广袤。

播阳古木桥

（一）

通道播阳古木桥，跨越南门江心岛。
长过百米宽三尺，边无护栏丈多高。
过桥让路全自觉，支桥柱架一边靠。
走在桥上悠悠颤，南通独坡桂要道。
从南门口把桥上，接连驿道无限遥。

（二）

通道播阳古木桥，跨播阳河丈多高。
金形两膀添秀景，点饰播阳胜多娇。
光阴荏苒数十年，往来过河唯一靠。
大雨河水涨即冲，垮了修复知多少？
泽驰公路桥建竣，木桥失宠上九霄。

播阳古水井

（一）

湖南通道播阳镇，有两口井供人饮。
位西门内名吊井，达底约有丈多深。
东券门外河岸畔，露天水井涌泉清。
两井水质均上乘，味甘凛冽民欢迎。

（二）

湖南通道播阳镇，西边古井吊井称。
井台铺嵌青石板，略高地面围栏萦。
汲水挑桶到井边，使吊桶舀绳拉升。
水质清澈甘凛冽，担回家中倒缸盆。

（三）

东券门外河岸滨，露天水井涌泉清。
井边周围青石铺，方形井池岩板萦。
水质清澈甘凛冽，不比深井逊一分。
路人口渴喝一口，顿解闷热凉透心。

（四）

通道播阳两古井，水质优良受欢迎。
西门深井水甘洌，东井河旁泉澈凛。
居民挑桶提壶汲，挑回家中缸桶存。
洗漱饮用随时取，两井俱受人赞称。

播阳天马门

湖南通道播阳镇，新建一座天马门。
坐北朝南七檐阁，飞檐翘角六边亭。
跨过南门路两侧，装点播阳风景新。
一层过道进出镇，二重厅堂活动庭。
议事休闲观景致，金形两榜尽欣赏。

播阳名称的来历

播阳名称的来历，有两种说法，都表示“天长日久”，因读字的谐音变化而来的。

湖南通道播阳镇，播阳名字来历称：
坡阳侗意岑之南，日久坡阳播阳更。
又说播阳黔黎辖，天柱属湘靖州领。
后将播阳换天柱，互相对拨拨阳名。
日长拨字演成播，播阳之名因此成。

播阳古镇四景

（一）

通道播阳属古镇，早有四景人赞称。
千秋白塔田坝立，金形两膀江心横。
烟墩将军镇西守，锣鼓旗山护北城。
古时四景今那样？但愿续缀播阳新。

（二）

湖南通道播阳圩，四大胜景名声蜚。
东岸田坝白塔巍，南江心洲生态美。
西将军山漫岚雾，北旗鼓岳曲韵飞。
古有土墙周边护，各方门楼墙上骑。

播阳汽车站

通通播阳汽车站，湖南贵州边陲兴。
八七年时只代办，次年通车建站营。
九〇适应运输展，建管理站公用型。
占地米数两千六，建筑面积四百平。
日接送客四班车，其中两班县内行。

播阳公路桥

在播阳镇东南侧，建于1987年，名泽驰桥，钢筋水泥结构，长42米，宽6.5米，为公路石拱桥，一孔跨两岸，两侧设有水泥花窗栏杆。

1994年10月 自治县成立40周年庆典

（一）

播阳桥名泽驰桥，东南单孔跨河腰。
公元一九八七建，钢筋混凝结构牢。
面宽两丈差半尺，总长廿仞难达到。
人来车往逍遥漫，两侧护栏窗花雕。

（二）

播阳桥跨播阳河，播阳百姓欢乐多。
车马人行踏坦途，无须涉水渡舟舸。

（三）

播阳桥跨播阳河，播阳面貌变化多。
农贸集散八方物，客流潮涌如浪波。

（四）

播阳桥跨播阳河，播阳村寨歌声多。
山唱水唱人欢唱，致富门路在山坡。

（五）

播阳桥跨播阳河，播阳各族喜事多。
团结互助同进步，携手共建美生活。

播阳汉族口令传唱

（一）

通道播阳街盛行，传唱口令来助兴。
逢节喜事打三朝，老人祝寿盛典庆。

席上饮酒到兴时，你问我答行酒令。
传唱口令女辈盛，对唱之间论输赢。

（二）

口令内容极广泛，大致分为几类传。
一是赞扬二谦逊，三为敬酒四互欢。
小姑表嫂相对敬，姨妈奶婆不论班。
劝得殷勤唱热烈，席散令止余音环。

播阳侗家吃谷雨茶

通道播阳侗寨村，吃谷雨茶极盛行。
谷雨节日来到时，摘取骂胃[①]往家拎。
铁锅炒熟油茶沏，香甜微苦味美馨。
预防疾病有作用，常年保持健康身。

播阳腌鲤鱼

通道播阳腌鲤鱼，集辣香鲜为一体。
平时待客上等菜，色香味美新鲜极。
制作方法不复杂，破肚去脏盐浸渍。
次日取出滤干水，塞干辣粉糯饭粒。
放桶密封过一月，成腌鲤鱼即可吃。

---

① 骂胃：侗语，指一种藤生植物的嫩叶。

播阳寨什琵琶

寨什琵琶与洪州琵琶同一风格，流行于贵州黎平、湖南通道和靖州茶坪三县交界地。以洪州、播阳和茶坪为中心，尤以洪州平架村最具代表性，因此名“洪州琵琶”。表演者有男有女，由男子用三弦小琵琶跟腔作伴奏。唱者用小嗓或假嗓，可独唱、合唱和对唱，载歌载舞。演唱以假嗓为主，也有的把假嗓改用本嗓的。

2007年9月

（一）

播阳龙吉寨什村，牛腿琵琶歌有名。
洪州琵琶风格同，唱的俱用假嗓音。
男弹琵琶女歌舞，节奏明快极动听。
几至几百人咏唱，动作节奏松快轻。

（二）

寨什琵琶总流行，洪州播阳与茶坪。
两省三县交界域，通道靖州和黎平。
洪州坪架俱代表，洪州琵琶因此称。
通道播阳寨什盛，播阳寨什琵琶名。

（三）

寨什琵琶总流行，通道播阳寨什村。
及其附近诸村寨，中国侗家独有情。
十分神秘和奇特，一致用的假嗓音。
清脆婉转抑扬挫，风拂流水鸟禽声。

（四）

寨什琵琶声婉转，它离不开乐器伴。
伴奏必须两人上，用小琵琶三根弦。
多者可以十余人，独唱合唱均可演。
合唱人数不受限，十几几十上百员。

（五）

三弦琵琶杉木制，音域广阔弹性巨。
分为压弦和跳弦，弹唱定音外弦试。
清丽动听深沉润，激昂婉转抑扬脆。
寨什琵琶寨什村，男女演唱音调一。

（六）

通道播阳寨什村，寨什琵琶歌舞情。
男弹琵琶女歌舞，歌词演唱极动听。
双方俱用假音唱，音韵流畅难辨清。
抑扬顿挫音清脆，寨什一带遍流行。

（七）

琵琶歌唱用假音，有个故事传到今。
相庆玉妹相恋爱，常在家里情歌吟。
玉妹父母持反对，不让相庆进家门。
相庆玉妹改主意，唱歌俱用假嗓音。
玉妹父母分不清，以为都是女辈们。
从此不管任其唱，流传至今风格成。

播阳侗族大歌歌手陆爱凤

（一）

侗族大歌属多声，重大活动时唱吟。
场面恢宏人多众，领唱合吟突特征。
大歌每歌有三段，歌头歌身尾别分。
歌声圆润且洪亮，气势高昂豁达浑。

（二）

侗族大歌特征奇，无须伴奏和指挥。
十百千万人合唱，男女高低音韵齐。
鸟歌虫吟杂其中，风拂流水渗内里。
天籁之音堪称绝，世界非遗众民喜。

（三）

侗族大歌演唱行，多在凉庭鼓楼坪。
唱的人员不受限，男女老少均可吟。
男声雄伟且苍劲，女音抒情含蓄清。
童韵天真活泼脆，各具特点清晰明。

（四）

侗族大歌流行广，黔湘桂边侗山乡。
大歌之乡名小黄，属贵州省县从江。
湖南大歌流行地，在通道县数播阳。
著名歌手陆爱凤，演唱大歌名远扬。

（五）

侗族大歌世有名，道道大歌播阳行。

著名歌手陆爱凤，演唱大歌名蜚声。
出嫁前与姊妹唱，成家后同妯娌吟。
蝉虫纺纱声声唱，平板茶歌曲曲吟。
音韵委婉柔和美，十分动听极感人。

播阳上湘村

上湘是一个古老的侗寨，位于县境西部，东临大高坪，南接独坡，西界贵州黎平洪州镇，北连黄大寨，共有住家120户700余人，全部是侗族，聚族而居，绝大多数是黄姓，传统文化底蕴深厚，民风淳朴。上湘地势依山傍水，古树参天，环境优美，风水林成片，护林碑与风水林同时存在，非常难得，新建有花桥和鼓楼。

2014年10月　通道60周年庆典

（一）

通道播阳上湘村，依山傍水好风景。
背后龙山古树郁，面上湘河水澈清。
全村住家百二户，共有人口七百丁。
团结互助和睦处，兄弟姊妹手足情。

（二）

通道播阳上湘村，湘桂黔边有名声。
古树参天风光胜，居民勤奋和睦亲。
解放以后政策好，丰衣足食民齐心。

古护林碑巍然在，与古风林齐并存。
袅袅花桥河上卧，巍巍鼓楼寨中亭。
建新农村示范寨，列入全县首批名。

上湘鼓楼、聚心楼、风水林

上湘拔乡桥拱古风雨桥

在拔乡对面的院岁坝，原建有一座风雨桥，俗称桥拱，据说在修今公路时被拆掉了，但立于桥头冲口北边里侧小径旁的用于建桥和修桥的三方石碑尚在。2014年10月7日，在村干部黄合良、杨吉黠、黄念彪和黄翔的陪同下，考察了此石碑及风雨桥址，石碑由于风化，很多字都看不清了，桥址成了今天的公路水泥拱桥。从三块石碑的内容看，此桥是当时从湖南靖州、通道至广西怀远（今三江县）必经之桥，始建于清朝乾隆二十九年，后于乾隆五十五年和六十年两次修葺过。新中国成立后，该桥还在，三台墩两孔，桥体全木结构，桥廊为11间格，桥上三个桥亭均为3檐歇山顶。修公路时人们将桥给拆了，其桥墩石用作今拨乡大桥的桥墩。

2014年10月 自治县成立60周年庆典

（一）

拨乡对岸院岁坝，有古花桥溪口跨。
三台两孔中流砥，重檐三阁盖鳞瓦。
靖州通道三江衢，路经此桥万人踏。
历经沧桑数世纪，时至今日仍固扎。

（二）

院岁坝中花桥盘，乾隆廿九年时建。
三檐三亭歇山顶，两头三格中五间。
桥体桥面均木质，无钉无铆榫卯穿。
底下墩台青石筑，解放以后仍固坚。

（三）

院岁坝中花桥巍，修公路时被拆毁。
桥拱北端田坎侧，石碑三方排列齐。
建桥修桥经过叙，碑上刻上清明晰。
现碑尚存朝南立，有的字迹已鹤飞。

（四）

院岁坝中花桥拆，秀美景观即不在。
拨乡在建新大桥，桥拱台墩石搬来。

用作新桥砌台墩，上铺水泥桥面盖。
新桥建成坚牢固，古老花桥献墩台。

上湘通道有嚼头食品有限公司

该公司由上湘本地人所创。开始只是一个小作坊，加工生产通道侗族的酸、腌食品，2007年改名为通道特色食品厂，2008年注册了“通道播阳有嚼头”商标进行品牌化生产，2010年11月注册为通道有嚼头食品有限公司。先后被评为怀化市农业产业化龙头企业、市扶贫龙头企业，被认定为湖南省农业化产业龙头公司、国家高新技术企业。

（一）

通道有嚼头公司，上湘本地人创始。
始建二〇〇四年，酸腌食品加工地。
二〇〇七把名更，建厂特色食品制。
二〇一〇十一月，有嚼食品公司立。

（二）

通道有嚼头公司，落户上湘固根基。
占地面积二十亩，资产两千万有余。
注册资本三百万，拥有员工廿余位。
法人代表杨良顺，出生上湘属本地。

（三）

通道有嚼头公司，罗蒙唯一民营企。

生产地方特食品，腌肉水产蔬菜类。
负责加工及销售，年收千四百万余。
播阳有嚼头品牌，阳光企业名声蜚。

（四）

通道有嚼头公司，力打阳光品牌名。
现代传统相结合，深挖侗食文化精。
开发产品高质量，掌握技术力创新。
务使公司日壮大，促进乡村经济兴。

（五）

通道有嚼头公司，积极探索富农式。
提供种子和技术，带动农户供材质：
植大头菜喂牲禽，种七彩椒养田鱼。
至今带动百廿户，人均增收三千余。

（六）

通道有嚼头公司，帮助扶贫五个村。
共计三百卌五户，均得收入千元增。
解决信家长就业，月工资均千八盈。
还为上湘和新团，捐赠数万元物金。

（七）

通道有嚼头公司，参加历届食博会。
二〇〇八年开始，屡被表彰受赞誉。
从市优秀旅游品，到省产业龙头企。
从产食品获奖起，到国家高新科技。

（八）

通道有嚼头公司，继往前奔不停止。

从中小型先进业，到市扶贫龙头企。

从优农业产业体，到党创新示范基。

推动产业旅游兴，践万企兴万村计。

促农集体经济长，推农生活齐富裕。

（详情参看本人《话上湘》一书）

播阳黄寨

黄寨古樟树

黄大寨对岸假屯这边有三棵古树，倏尔一看，像都是古樟树，其实不然，中间一棵名为“每禅”（侗语树名）。

（一）

大寨对岸河畔旁，三棵古树繁茂苍。

中间一株每禅树，上下两棵老古樟。

枝展叶密荫地阔，干粗根深结实刚。

何年何月谁人植，无处问津俱不详。

（二）

大寨对岸老古樟，屹立桥头青郁苍。

刚劲有力荫蔽日，顶天立地壮汉强。

历经沧桑多世纪，洪风袭击均无妨。
黄寨风景本秀丽，古樟禅缀更风光。

（三）

黄寨河口碧映光，桥头古树葱郁苍。
树干粗大五人抱，体态龙钟十臂张。
点缀黄寨风景秀，影视争拍曝了光。
古樟得宠声遐迩，四海宾朋向侗乡。

黄寨古樟树

黄寨屯（王寨屯）——假屯

封建王朝始于明，卫所屯堡政策行。
黄寨设置黄寨屯，驻扎王朝官府兵。
拨兵下屯民下寨，镇控侗民反朝廷。

后兵撤走民留下，绝大多数王姓人。
王寨屯名因此得，侗家把它叫假屯。

黄寨黄垢村

黄寨黄垢古寨村，寨子隶属山脊形。
全村住家七十户，总共人口五百丁。
民居建在坡梁上，坐南朝北面墓坟。
两侧俱是山冲壑，左辟池塘右植耕。
村头涌泉辟水井，水质凛冽流不停。

黄垢村寨门

（一）

黄垢寨门果雄伟，建于清朝嘉庆春。
门高两檐鳞瓦盖，坐南朝北八字形。
三间面阔三楹进，两侧凉庭中走人。
进出寨门台阶踏，两扇门板里开撑。

（二）

黄垢寨门甚雄伟，寨门凉庭双兼承。
历经沧桑多世纪，不幸解放被火焚。
今又重建袭旧式，上下里外原样形。
古建门碑今还在，矗立右侧仍铮铮。

黄新寨——新寨湾

（一）

播阳黄寨新寨村，面对孟形背风林。
洪州上湘河来汇，碧水青山景象清。
寨后村前古树郁，砖房瓦屋旧换新。
水澈潭深映山影，鱼肥景美吸游宾。

（二）

洪州独坡两条河，千里迢迢绕山脚。
碧水清波往北去，拥村抱寨佳景多。
山清水秀倒影映，舟弋船游逐浪波。
新寨美景收不尽，引来游客影像合。

（三）

新寨又名新寨湾，三脚黄寨名声传。
位在两河会合处，依山傍水特征显。
前临孟形河潭碧，后靠风林古树繁。
河边栽种枫樟树，寨中民居林木掩。

黄新寨大桥

2010年10月，黄新寨建成了一座钢筋水泥大桥，长70米，宽5.6米，3台2孔，横跨在上湘河口，甚为壮观。

2014年10月　自治县成立60周年庆典

（一）

播阳黄寨新寨湾，新建大桥跨两岸。
二〇〇九开始建，二〇一〇竣工完。
桥长七十米不欠，面宽五米六无添。
全部钢筋混凝构，三台两孔桥下肩。

（二）

黄新寨桥河口横，新添一道亮丽景。
里程以外即入望，长龙卧波跨河滨。
村民过河供方便，舟船摆渡从此停。
连接大路通南北，惠及全村小康登。

（三）

新寨大桥河口横，跨越两岸乌龙腾。
村民同心合力建，各方资助促建兴。
热心公益扬美德，团结互助难事成。
长龙卧波已显现，彩凤腾飞待来春。

播阳六团

指播阳的六个团寨：古团、贯团、屹团、陈团、寨头和新寨（新团村），现在共有住家480多户2200多人，都是侗族。

2004年10月 自治县成主50周年庆典

播阳六团六个村，六个寨子一祖亲。

陈团屹团寨头是，古团贯团新寨蕴。
共计四百八十户，人口两千二百丁。
住家全部是侗族，绝大多数是吴姓。

六团的来历

（一）

六团来历有宗记，祖籍江西泰和域。
始祖原叫吞田富，因免于难改姓吴。
田富吴姓七公子，来到通道六兄弟。
到达江口往何方？砍下牛头定方向。
牛头指向沿河上，到地阳坪河流双。
两河交汇哪方奔？称水重量作决定。
小河水重寓吉利，沿河而上团头趋。
落脚老寨建家庭，开山辟地置田町。
六公打猎到可团，猎狗不走来回转。
自作狗窝生下崽，不知地势好是坏。
商定倒栽枫木试，树活证明此地吉。
倒栽树苗果扶疏，认为吉利可居住。

（二）

明朝宣德二年时，丁未二月初七日。
老寨诸公作决定，迁来交岂择地栖。
一公选定住可团，二公定在贯团居。

余居陈团和屹团，还有新团寨头四。
三到六公各选一，定下各自把村辟。

（三）

六公住下定了居，建村立寨奋努力。
披荆开山栽竹树，斩棘辟地种粮食。
缅怀祖先建寨苦，开会议事通讯息。
决定八月甲戌日，上屹团坪行集会。

（四）

上屹团坪行集会，活动内容也有规。
祭祀娱乐举仪式，赛歌赛笙和唱戏。
上坪入场吹芦笙，从兄到弟前后序。
其余客队随后跟，先来后到为次第。

播阳六团陈团村

住有侗家180多户，近千口人。背依风林，面向溪流田町，木房瓦屋，坐北朝南。

（一）

播阳六团陈团村，陈团景致甚迷人。
背依风林古树郁，面向田町开阔明。
水泥大道村前墁，顺延溪边逶迤行。
两侧民居善规划，呈龙形街景致新。

（二）

陈团村民习俗特，春节元宵期做客。

到主家门放鞭炮，节日气氛特浓烈。
报知主人客已到，出门热情来迎接。
主宾进屋亲密极，形成习俗改不得。

（三）

播阳陈团风景美，寨后风林寨前溪。
坐北朝南面开阔，从东向西溪流急。
两座花桥横溪卧，三亭联阁凤凰飞。
男女老少桥上歇，歌声书声美乐曲。

（四）

播阳六团陈团村，背靠风林面田町。
全村住家百八户，计有人口近千丁。
依山傍水侗村寨，清澈小溪村前行。
古老民居参差错，依山傍水俱典型。

陈团村寨门

（一）

播阳六团陈团村，古建寨门持完整。
木柱四排双檐阁，面积三楹中大门。
门朝南开雄寨口，屋脊微翘覆瓦鳞。
清朝光绪卅二建，凉庭寨门紧相邻。

（二）

陈团寨门建造奇，两层瓦檐不一律。
下层一梁双坡式，上檐歇山四倒水。

四面天窗门柱代，两侧双格前后一。
大门两扇向里开，门壁外张呈八字。

陈团寨前花桥

（一）

陈团寨前石拱桥，跨越溪口横断腰。
乾隆五四年时建，历经数百载有超。
今建花桥堪艳丽，美化村寨甚多娇。
龙辉花桥相对峙，陈团风光更妖娆。

（二）

陈团村前风雨桥，二〇〇二年建造。
距离寨门百米远，聚集人群闲乐逍。
老人聊天复对弈，青年学习歌笙谣。
儿童嬉戏做作业，妇女针线手中操。

陈团戏楼

（一）

播阳六因陈团村，古老戏楼寨中亭。
断面丁形单檐阁，龙鳞瓦盖四坡顶。
檐角上翘巍伟岸，连接厢庑无铆钉。
楼高两层分前后，清朝同治八年兴。

（二）

陈团戏楼寨中亭，至今基本持完整。

楼前广场宽敞阔，戏楼凉庭对峙睁。
地面铺嵌鹅卵石，看戏多耶① 且任凭。
村寨匆耶芦笙赛，迎耶设宴待客宾。

陈团龙辉桥

（一）

播阳陈团龙辉桥，坐落寨脚甚显昭。
二〇〇二年时建，几里以外入望遥。
飞檐翘角三亭阁，绘凤刻龙中塔高。
如花似锦溪流跨，砥柱中流撑固牢。
桥下流水新景颂，闲坐桥上聆歌谣。

（二）

播阳陈团龙辉桥，雄立寨脚胜多娇。
一墩两孔宏伟岸，三亭联阁壮观瞧。
两端桥亭歇山顶，飞檐翘角三层高。
中亭五层宝塔式，体呈六面龙凤肖。
顶尖葫芦空霄插，底层四方梁角翘。

① 多耶：在侗族文化中，“多耶”指一种具有代表性的大型集体舞蹈，起源于劳动。

播阳陈团村

陈团新鼓楼

建于2010年，高15层，呈宝塔型，顶层为伞壮穿葫芦，雄伟壮观。

2014年10月 自治县成立60周年庆典

（一）

播阳六团陈团村，原有凉庭民居型。
清朝光绪廿三建，至今已有百余春。
年久失修木腐朽，新楼原址建造兴。
全体村民奋努力，三年筹备终建成。

（二）

播阳六团陈团村，面向田町后风林。
新建鼓楼雄伟岸，屹立寨中把天擎。
坐北朝南面开阔，设计精良造型新。
辛卯正月着手建，同年腊月竣工成。

（三）

陈团鼓楼甚雄伟，于寨中鹤立鸡群。
造型精美工艺湛，塔形密檐伞包顶。
寨前花桥相对峙，点缀陈团更丽明。
公路硬化达村里，游宾旅客骤然增。

（四）

陈团鼓楼巍伟豪，二〇一一年建造。
高十五层顶天底，体形八面耐观瞧。
一二两层四方状，七级以上八角翘。
顶级包状人瞩目，巅尖葫芦刺天霄。

话说陈团古樟树

（一）

播阳六团陈团村，背靠后龙风水林。
寨古村美景致秀，人杰地灵名蜚声。
地堞坳上老古樟，张枝展叶繁茂盛。
树干粗大几人抱，伫立坳上遮凉荫。

（二）

播阳六团陈团村，位大高坪北部滨。
金银山脉十八座，自大高山北延伸。
林森木茂山峦覆，到坪地堞山坳停。
坳上种棵香樟树，接后龙山风水林。
维护村寨兴旺盛，安居乐业享太平。

稿庭（陈团）名字的来历

稿庭名字的来历，原来这样形成的。
陈团东面一小溪，山上流下到这里。
形成河湾泥沉淀，高出水面变平地。
寨子建在兀地上，称为陈团稿庭谓。

播阳六团屹团村

2008年1月

（一）

屹团原名天星里，相传清初陨石坠。
掉在天星里寨前，七天七夜光不息。
天星落下显神奇，寓意此事是吉利。
村子改名叫屹团，至今已有多世纪。

（二）

播阳六团屹团村，六十多户两百人。
距离贾寨咫尺近，原从屹团拨出分。
贾寨侗名叫岂列，赏庆岂列合并称。
岂列依靠山坡近，寓山坡意取的名。

上屹团坪

（一）

播阳六团屹团坪，屹团贾寨相近邻。

庙宇戏楼风水树，禽鸟啼鸣争稍林。
三年两届上坪日，桂湘黔边客集云。
旌旗招展气氛浓，敲锣打鼓鞭炮鸣。

（二）

农历八月甲戌日，上屹团坪果闹热。
对歌多耶赛芦笙，唱戏斗鸟取欢悦。
各团待客两三天，青年男女行坐夜。
谈情说爱觅知音，两心相映良缘结。

播阳六团贯团村

六团之一，因居住在山坳下面而得此名，住有侗家吴姓70多户300余口人，分为四个房族。

（一）

通道播阳贯团村，传说该村螺子型。
东西北面古树郁，环抱寨子当围屏。
凉庭卓立寨中心，议事休娱待客人。
庭内置有鼓一面，有事击鼓召众民。

（二）

通道播阳贯团村，东西北面风水林。
古树参天绿荫郁，鸟语花香空气新。
正置清朝咸丰载，不许砍伐立碑禁。
碑立寨中凉庭内，三〇匪患被毁焚。

（三）

播阳六团贯团村，居住坳下而得名。
全村住家七十户，计有人口三百丁。
村中古迹遗存众，有形留名能看清。
寨门戏楼石板路，村东西北风水林。

贯团名医

吴元亨（1874—1943），男，侗族，六团贯团人。

贯团名医吴元亨，从师播阳名医生。
精通切脉之医术，善治皮肤胆肾病。
尿道结石霍乱痢，小儿惊风天花疹。
撰写医技手抄卷，熟知草药百副珍。

播阳六团寨头村

属播阳六团之一，住有侗家50来户，200多人，历次主办播阳龙舟赛。

（一）

通道播阳寨头村，依山傍水风景新。
背靠风林古树焕，前临大河水澈清。
全村住户五十几，共有人口两百丁。
主办播阳龙舟赛，礼待远近众客宾。

（二）

通道播阳寨头村，背依风林面河滨。
木房瓦屋栉次比，青石板道起伏沉。
迎龙卧波横河面，玲珑电站咫尺邻。
碧清水面山影倒，对峙上寨隔岸睁。

寨头的迎龙桥与鼓楼

寨头村鼓楼

（一）

寨头鼓楼亦寨门，飞檐翘角高九层。
十余杉柱支撑力，八角边面宝塔型。
一条公路穿堂过，两侧廊枋歇息人。
名风景楼称誉美，耸立寨边景添新。

（二）

寨头鼓楼甚雄伟，建于二〇〇八春。

楼高九层宝塔式，体呈八面壮观睁。
顶尖葫芦刺天霄，底层四边正方形。
横跨进村大马路，出入村寨必须经。

（三）

寨头鼓楼果雄伟，顶尖葫芦刺霄云。
屹立桥头极显目，几里开外遥望清。
镇饰村寨风景美，吸引众客前往睁。
将为寨头龙舟赛，增添不少浓气氛。

寨头村迎龙桥及鼓楼落成庆典

2008年1月18日，寨头村新建鼓楼及迎龙桥落成庆典，本人与小学时的校长、老师吴跃飞有幸应邀参加，特书以志。

（一）

播阳六团寨头村，鼓楼迎龙同落成。
男女老少盛装著，眉开眼笑喜事迎。
张灯结彩浓气氛，杀猪宰牲待客宾。
远亲近友欣祝贺，鞭炮噼啪续不停。

（二）

鼓楼迎龙齐落成，寨头村民欣祝庆。
彩旗飘飘迎风展，铳炮统统震霄云。
踩桥队伍长悠悠，男女老少喜盈盈。
咚咚锣鼓节奏晰，嗡嗡芦笙音调清。

（三）

鼓楼迎龙齐落成，寨头村民隆重庆。
上寨腰鼓舞姿俊，陈团芦笙音韵清。
踩堂多耶桥楼赞，节目演出寨头称。
群众个个含笑脸，看到兴时掌声鸣。

（四）

庆祝鼓楼迎龙成，寨头全村灯亮明。
晚上举行侗歌会，附近群众喜赴听。
跃飞先生作主持，亲自带来几歌星。
还有歌手长跋涉，来自湘桂不畏辛。
永勋永仲和善良，男女登台双对阵。

（五）

侗歌歌会正进行，天气突然间变冷。
听众歌手均无料，不能因此半途停。
生火取暖坚持续，终把歌会圆满成。
庆祝活动获成功，有头有尾众高兴。

寨头村迎龙桥

寨头新建大桥高，横跨播阳河上腰。
两墩三孔水泥面，长数百尺体固牢。
出村进寨供方便，车走人行任逍遥。
苍龙卧波河水饮，艳饰寨头风景娇。

播阳楼团村

（一）

通道播阳楼团村，百余户人多胡姓。
依山傍水风景秀，坐东朝西地船形。
村民摇橹人人会，河中捕鱼个个行。
做客楼团鲜鱼待，酸肉腌菜仍贵珍。

（二）

楼团胡姓多村民，种植橘树丰收盈。
不料冰冻灾祸降，山塌路断交通停。
收成柑橘难运售，错过机会受损失。
降价出售少人问，村民心急如火焚。

（三）

通道播阳楼团村，依山傍水河碧青。
撒网捕鱼条件好，捕捉方法多且纭。
装篰[①]捕鱼是其一，破篾编篰不乏人。
竹篰编好水中放，引诱鱼儿自投进。

（四）

通道播阳楼团村，硬化公路穿村行。
村民进出寨方便，运载物资免肩承。
家家用上自来水，户户拉线点电灯。
电视电器已入户，男女老少笑脸盈。

---

① 篰：一种竹编捕鱼具，装上诱饵，放在河中适当位置，引鱼儿进入篰内不能出来从而捕捉之。

楼团腊月廿八节

（一）

播阳楼团胡姓人，腊月廿八庆建村。
杀猪宰鸡打糍粑，全村各户统一行。
男女老少忙一天，日落西山事才停。
胡氏今天建新寨，有个故事伤人心。

（二）

播阳楼团胡姓人，原住播阳田坝村。
上寨吴姓相邻近，两姓本来和睦亲。
后来有年天大旱，争水浇田生矛盾。
事情激发相殴斗，胡姓被打死一人。

（三）

争水斗殴死了人，惹出大案关人命。
胡姓状告到官府，恰好知县外出门。
吩咐将尸先装殓，县官回衙再查审。
谁是谁非县令判，两姓无奈只应承。

（四）

两姓答应尸殓存，各派一人看守等。
连守数夜人发困，吴氏建议如此行：
上宵人多先睡觉，下夜静寂接班醒。
吴姓豪绅乘机入，开棺窃尸换犬殡。

（五）

前宵看守人睡深，子夜接班未知情。

一直守到半月过，知县出差回衙门。
开棺验尸惊心愤，人尸不在死狗存。
怒斥胡姓戏官府，下令驱出田坝村。

（六）

胡姓受屈驱出门，正值腊月廿八旬。
携儿带女沿河下，六团三乡交界停。
河水潆洄地肥沃，搭棚建寨立新村。
备受冤屈记心里，铭志祖先建寨辛。

播阳黄土团村回龙庵[①]

（一）

播阳黄土回龙庵，位黄土团林东边。
始建康熙五一年，乾隆嘉庆两修建。
面积足有五百四，坐西朝东双坡檐。
深进五间宽三楹，回龙庵匾门上悬。

（二）

播阳黄土回龙庵，位在黄土团东林。
砖木结构抬梁式，通柱承担硬山顶。
门房佛像山水画，瑞兽祥禽栩如生。
庵内青石碑三块，建庵修观一目清。

---

① 在《怀化大辞典》有相关介绍。

播阳上寨村

（一）

通道播阳上寨村，中寨土寨相近邻。
地势平敞广袤阔，背依省道面河滨。
永兴桥横跨河岸，长虹卧波壮观睁。
农村城镇善规划，良好条件何处寻。

（二）

通道播阳上寨村，绝大多数是吴姓。
全村住家百八户，计有人口近千丁。
明朝洪武建的寨，至今已有世纪春。
明清曾置巡检司，故曾叫作播阳坪。

（三）

通道播阳上寨村，曾是治所驻地屯。
上寨侗语叫爹雾，明朝称作播阳坪。
先设土司后巡检，播阳坪为众俗称。
播阳坪和播阳司，成为上寨的别名。

（四）

通道播阳上寨村，历史悠久名蜚声。
寨中古建依稀见，保存下来实贵珍。
古石板路古庙址，古老水井古寨门。
古民居屋古戏楼，古河码台古凉庭。

上寨古戏楼（寨门）

（一）

上寨戏楼亦寨门，四排五柱宽三楹。
底层大门朝向外，单条石径进出村。
飞檐翘角两层高，演唱戏剧二楼承。
前面坪场今不在，有搭房棚菜地耕。

（二）

上寨戏楼寨门豪，清朝嘉庆年时造。
风雨沧桑多世纪，民国时期被匪烧。
经过村民奋力救，仍有一角被烧焦。
焚糊黑炭清明晰，留给今人前往瞧。

上寨永兴桥

播阳上寨永兴桥，长百八米跨河腰。
七墩八孔高两丈，面宽仞余量尺超。
通道民委资助建，方便村民过江劳。
若成风雨龙凤卧，何等雄伟壮观瞧。

【通道·临口】

位于县域东北部，有通道最大的田坝十里平原和镇西的著名风景区万佛山。

临口镇

2007年11月

（一）

县境东北临口镇，城步龙胜东北邻。
西菁芜洲南下乡，北杉木桥溪口临。
民国绥宁石岩辖，划入通道五一春。
住有侗汉瑶诸族，人口一万两千增。

（二）

临口位县东北边，域内四周山亘绵。
丹霞地貌万佛山，位镇西北群峰峦。
临口河向东流淌，中部地势趋平缓。
十里平原大田坝，耕地面积万亩宽。

（三）

湖南通道临口镇，崇宁建县临冈称。
留存古迹史悠久，七星庵堂列头名。
青松翠竹葱茏蔚，果树杂木繁茂森。
庵堂四周郁林绕，环境幽雅静寂清。

临口风雨桥

通道临口风雨桥，二〇〇六七月造。
二墩四孔三亭阁，两头低矮中间高。
飞檐翘角殊壮丽，如龙似凤跨河腰。
镇饰临口添景秀，临冈风光更艳娆。

临口瑶坪宋代遗址

通道临口官团村，瑶坪宋代窑址存。
面积宽广文化厚，青釉黄彩碗盘盆。
本主福字清明晰，褐色卷草图案清。
官团竟出此遗址，可谓通道史悠深。

临口官团康熙禁革私派碑

此碑位于官团村的高街组水口处一个小山坡上，立于清朝康熙十三年，青石圆头，碑名为《禁革私派》。记载当时靖州绥宁府临口司，禁止当地大小官吏向民众乱征苛捐杂税、摊派军饷等条款。

（一）

通道临口官团村，高街水口小坡岑。
禁革私派碑一块，立于康熙十三春。
经数百年不倾斜，清廷施政遗见证。
碑文默默示后代，爱民为本得人心。

（二）

禁革私派爱民碑，清朝康熙年间立。
碑为青石圆头型，绘制龙云纹痕晰。
文字大部尚可识，布局讲究镌刻齐。
公布临口司禁令，警告地方官和吏。

（三）

禁革私派爱民碑，禁止当地官和吏。
乱向民众征苛捐，摊派军饷与税率。

违反禁令应受罚，告知官民均知悉。

民本思想清廉洁，今天仍有借鉴义。

临口下乡成人礼

临口下乡侗家人，盛行成人礼祝庆。

不认男人或妇女，均过卅六岁诞辰。

男过三十六周岁，母舅妻舅粮米赠。

女过三十六周岁，娘家舅请道士祯。

临口万佛山

万佛山中心景区在临口镇太平岩村。总面积为168平方公里的丹霞地貌群，主峰海拔635米，四壁刀削，直刺苍穹，雄伟壮观。登上山顶，俯视群峰，如同飘摇在云海里，时隐时现，恍若置身于蓬莱仙境之中。

2000年11月

一访万佛山

（一）

通道临口万佛山，中心景区太平岩。

主峰海拔六百三，四壁刀削直指天。

丹霞地貌斑斓色，登顶俯瞰群峰峦。
飘摇若在云海里，时隐时现境若仙。

（二）

湖南通道万佛山，自然胜迹丰富全。
峰林洞瀑一身汇，雄奇险秀全部含。
绿色长城丹霞地，峰峦叠嶂沟壑渊。
风神吊水神仙洞，鹞岩狮岩调头岩。

（三）

通道临口万佛山，自然胜迹状物繁。
玉玺试剑活化石，定海神针独岩峘。
七星将军螺蛳岳，四相猴头骆驼岩。
森林迷宫罗盘舵，最高峰数大寨峦。

（四）

万佛山景堪特殊，自然胜迹多状物。
福地洞天狮望月，天生鹊桥女盼夫。
神州海螺龟觅食，擎天巨柱虎跳谷。
龙底刺激玉带逸，宏门赏林观奇树。

一登万佛山

（一）

万佛群峰拔地崇，九峰皆下主峰雄。
登高览胜不觉倦，晨露沾衣日正中。
谷深万仞难测底，径峭千寻眼望空。

一步一踏登及顶，亦吐亦吸我为峰。

山腰古寺留遗址，巅顶竹树欣向荣。

（二）

湖南通道万佛山，位处临口太平岩。

拔地群峰顶天际，交错峡谷走出难。

仙人居特鬼斧凿，石拱桥奇神工镌。

艰登巅顶放眼量，远近山峰仙佛盘。

（三）

湖南通道万佛山，顶巅树草千万年。

郁郁葱葱峰顶冠，高高低低错落盘。

十里画屏独岩秀，七仙博弈万佛端。

丹霞地貌具特色，万里长城气派严。

（四）

拔地顶天万佛山，屹立峰巅揽月盘。

猴头四相苍松郁，绝壁千崖环峰悬。

横眺群峦绿云舞，俯瞰众峰春笋穿。

神仙洞景美如画，山脊狭道登顶巅。

（五）

通道临口万佛山，山势险峻翠峰繁。

沟谷幽深花石异，林木茂盛鸟禽喧。

晴天丽日丹霞艳，雨润云遮玉雾环。

张家界美均具有，桂林山秀尽寓含。

（六）

万佛山势险峻奇，沟谷深邃峰叠起。

树茂林森风光秀，花奇石异景观迷。
晴天烈日悬峰上，金光万道映丹绯。
雨日云雾烟海罩，如入仙境烦意飞。

作者与老伴首次登万佛山时留影

万佛山风胜

万佛山在临口镇太平岩村，南接将军山，北连紫云山。主要景点有万佛山、千岁峰、撑架岩、仙人居、金龟觅食、天生鹊桥、平坡岩门、三十六弯森林迷宫等。

（一）

通道临口万佛山，方圆百里风光妍。
全国最大丹霞地，峰峦耸峙谷幽险。

花石奇异生妙趣，日照光映丹霞斑。

玉雾缭绕烟海漫，移步换景仙境般。

（二）

通道临口万佛山，雄奇峻秀峰林泉。

峰险岩峻谷深邃，树茂林森翳日天。

考察探险寻奥秘，猎奇览胜赏奇玄。

景色绮丽天下赞，风光迷人旅客欢。

（三）

通道临口万佛山，境内景观绮丽娟。

万佛山崇景区冠，千岁峰耸撑岩元。

平坡岩门龟觅食，天生鹊桥仙人檐。

更有三十六弯涧，森林迷宫走出难。

（四）

通道临口万佛山，七星庵古香烟环。

美女盼夫夫不见，雄师望月月缺圆。

福地洞天天下赞，定海神针针钢坚。

仙人对弈忘岁月，神州海螺鹊桥攀。

万佛山核心景区

通道临口万佛山，核心景区太平岩。

南与将军山接近，北同紫云山相连。

距离县城廿公里，国家地质三A园。

山势险峻峰叠起，沟谷深邃奇石盘。

风光奇绝景绮丽，雾海茫茫万佛翩。

核心景区三绝

【1】仙人居

万佛山南仙人居，巨大溶洞深幽邃。
断层岩罩洞窟深，崖壁花纹浮雕似。
尽头洞厅三居室，灯桌床靴四具备。
传说仙人吕洞宾，游万佛山在此息。

【2】三十六弯

（一）

三十六弯峡谷群，丹霞地貌次森成。
相似群谷互交错，若海森林冠天云。
谷谷有路路路通，沟沟辟径径径行。
峡中有谷谷谷接，壑里有弯弯弯萦。

（二）

三十六弯峡谷群，古木森森蔽日荫。
九九曲折八十一，弯弯路转数十循。
原始次森铺盖地，古树参天攀老藤。
峡谷松竹锁春秀，丹霞迷宫戏游人。

【3】天生鹊桥

（一）

丹霞巨石流蚀崩，天生鹊桥自然成。
长卅二米厚丈二，高四丈五宽一寻。

一侧桥头古松茂，枝繁叶密宽面荫。
桥上盛生古树焕，端头均与山峦亲。
内侧山体陡坡斜，流泉穿过桥底奔。
流入深谷奔腾远，自然造化令人惊。

（二）

天然石拱岩塌成，气势磅礴壮观景。
厚度四米高六仞，横跨单孔长十寻。
平坦桥面林森郁，桥头古松蔽日荫。
君需细品鹊桥妙，方能领略鬼工神。

万佛山十大绝景

湖南通道万佛山，十大绝景群峰嵌。
七仙对弈忘岁月，七星庵古环香烟。
福地洞幽福祉寓，天架鹊桥天女欢。
美女盼夫日复日，雄狮望月年又年。
神州海螺独受困，觅食金龟几辛艰。
定海神针龙宫顶，森林迷宫绕弯弯。

万佛山神仙洞

神仙洞是万佛山的一个景区，在临口江寨村，南接七星山、东连将军山。神仙洞在景区主峰上，洞内有南宋时期建的古刹明月庵，玉蚌含珠，香火旺盛。

（一）

通道临口江寨村，群峦叠嶂景幽深。
峰峰雄伟山景秀，谷谷深邃竹木森。
石壁古树荫郁郁，峭崖老藤坠沉沉。
主峰悬崖生溶洞，明月古刹窟内珍。

（二）

神仙洞邻四相峰，山峦环绕怀抱中。
西面陡峭崖壁绝，南边松柏郁葱茏。
北看漫步独耳象，东观回首一猴兄。
南望将军神威武，西瞧壁龛神佛供。
佳胜驻足详品味，观赏切莫欠从容。

（三）

湖南通道临口镇，崇宁建县临冈称。
留存古迹史悠久，著名庵堂名七星。
苍松翠竹葱茏蔚，果树杂木繁茂森。
庵堂四周古树焕，环境幽深安静宁。

（四）

七星山隐神仙洞，谷深峡幽树茂葱。
层峦叠嶂舞绿云，花草芳菲恋蝶蜂。
流泉飞瀑闹空谷，碧水深潭隐鱼龙。
娃娃鱼鸣婴儿哭，若能听到荣幸充。

访神仙洞

（一）

深秋红叶染红颜，艰登峭壁访神仙。
南宋故刹洞中匿，明月寺庙玉蚌含。
崖壁古画依稀见，沧桑岁月斑迹嵌。
神仙洞居势险峻，耄耋意兴且攀看。

（二）

登临江寨神仙洞，境幽景秀特色浓。
峰耸林茂重叠叠，石壁藤爬绿葱葱。
神仙洞险住神仙，猴头峰峻栖猴兄。
山势雄伟奇险峻，飘逸柔和胜迹丰。

神仙洞景区

（一）

神仙洞区美不尽，南七星山东将军。
景秀山绮显独特，雄狮望月神形真。
四相峰奇梅花艳，九姊妹树挺拔神。
大寨岩魁景区冠，狮子峰嵩佳胜欣。

（二）

神仙洞区入口处，半壁半洞左右突。
阴河涓涓歌谣咏，古藤紧紧爬崖树。
一统江山丹壁悬，护城金鞭洞前伫。
刺猬姊妹望神仙，赤壁丹霞皆入目。

（四）

神仙洞西梅花宫，阴凹阳凸五石峰。
梅花棋局极相似，正中山峰品字工。
顶巅古柏繁茂叶，峰下深涧袭凉风。
谷中古藤名大血，盘旋交错舞群龙。

（五）

神仙洞北大寨岩，万佛丹霞最高山。
斑斓石壁连面阔，平生树草翠绿鲜。
长形洞穴岩北卧，巨大石柱擎霄天。
九姊妹树狮背秀，登狮子头景万千。

作者（左2）与石干（左1）、杨光荣（右1）等考察神仙洞时合影

万佛山景区之将军山

将军山与神仙洞毗邻，东连万佛山。相传秦始皇大兴土木，四处征战，派得力部将南征。没想到带队将领被这里的美丽风光所吸引，解甲归田，遂化成这座山，永远守候在这里，故名。

（一）

通道临口皇城尾，将军景区风景美。
山峰笔立岩峰峻，溪水环流潭水碧。
观音送子骆驼驮，美女望夫众仙陪。
木鱼咚咚神仙击，螺号呜呜大象吹。

（二）

将军山显将军仪，身披铠甲头戴盔。
体型魁伟观战况，眉目清秀独自思。
指挥千军神奕奕，率领万马武威威。
盘古开天辟营地，广场宽旷武艺习。

（三）

通道临口皇城尾，石峰参差剑戟立。
溪流潺潺急复缓，山岩嵘嵘高亦低。
美女盼夫年又年，观音送子岁复岁。
将军指挥勇斗敌，山风吹螺力助威。

（四）

将军山显将军仪，身披铠甲头戴盔。
举止肃穆观战局，指挥军马进或退。

身先士卒多壮志，东征西讨凯旋归。
战斗结束枕戈待，敌敢来犯再出击。

将军山的来历

（一）

将军山矗将军岩，有个故事久远传。
秦皇统一六国后，出兵南下扩地盘。
派遣将军率士卒，奉命征战实勇敢。
速把对方兵降服，争战结束民安然。

（二）

征战结束世太平，将军无事周边巡。
风光绮丽桃源胜，蓬莱仙境逊三分。
犀牛大象稀美物，翡翠珍珠财宝珍。
解甲归田不思返，化作神山此地蹲。

（三）

将军镇守万佛山，神情威武肃穆端。
身披战袍头戴盔，指挥利剑插身边。
岿然不动严蹲守，万佛七星僧手牵。
参差排列虔诚拜，祈长留守仙境捍。

（四）

将军解甲神山立，成万佛山一景区。
幽静小道修竹翠，溪流泉涌歌声迷。
山民舒胸展歌喉，神山耸峙佳景汇。
游仙旅徒怡心情，驻足流连忘归去。

万佛山森林迷宫

森林迷宫是由丹霞地貌和原始次森林交错构成的巨大峡谷，远看是一片山峰，一进入才发现是众多峡谷，谷谷相似，路路相通，千曲百折找不到北。

（一）

森林迷宫卅六弯，丹霞地貌林木参。
远看山峰峰峰峻，进入峡谷谷谷然。
弯弯互连谷谷路，涧涧相通曲曲盘。
峰回路转数十里，老藤爬树密遮天。
神奇风光引人入，贸然进去走出难。

（二）

森林迷宫卅六弯，丹霞巨石鹊桥悬。
坍塌而成鬼斧造，高十五米神工镌。
桥上树木葱茏郁，古松舞翠枝叶繁。
两头相连山峰险，内侧陡坡涌流泉。
穿过桥底入山谷，自然造化人赞酣。

（三）

森林迷宫卅六弯，炭山界峡位北边。
丹霞硅岩地貌接，界脊线长山岭连。
既观无边两地貌，亦看烈马五变迁。
相传老者在烧炭，为民送暖感神仙。
炭山界佛法号赠，炭山界峡因此传。

（四）

森林迷宫主峰南，纵横交错峡谷编。

三弯六拐谷谷路，四通八达径径连。

时隐时现萦峰石，忽左忽右绕山峦。

有兴漫游密林里，品味迷宫奥秘玄。

万佛山景区之七星山

七星山是万佛山的一个景区。七星山是主峰，海拔576米。东与将军山相连，北同神仙洞互接，四周有多个山峰相簇拥，故名。

（一）

通道临口官团村，一山高耸群峰沉。

石山突兀拔地起，独岩小辈挺秀争。

登顶极目群山黛，踏峰放眼万景新。

七星山奇美不尽，远近山峦腾绿云。

（二）

七星山嵌七星庵，苍松翠柏互映掩。

环境幽静鸟鸣唱，山峦起伏浪涛翻。

马鞍山峻峰岩险，牛鼻峰峭崖壁悬。

莽莽群山七星耀，十里长廊巍巍山。

（三）

七星山北神仙洞，东与将军连接通。

棋盘神女田螺峻，马鞍牛鼻古木崇。

众星簇拥七星岳，一峰独耸六峰从。
峰顶极目群山莽，延亘起伏舞苍龙。

（四）

十里画屏西北边，七星山景殊异悬。
主峰险峻惊心魄，山石嶙峋令胆寒。
登山一道云梯挂，踏级千磴及顶巅。
有道华山山路险，七星山峻世间罕。

（五）

将军山西七星山，状物形似活神仙。
七仙对弈忘岁月，太白金星不厌烦。
玉盘当空光明照，静闻嘀嗒棋声传。
四季晴雨风吹拂，七仙对弈不计天。

七星山七星庵

七星庵，始建于宋代，明朝洪武年和清道光廿年、咸丰十年、同治十年相继重建，是湘、桂、黔边著名的福庵，香火旺盛。

（一）

通道临口官团边，七星山含七星庵。
苍松蓊蔚竹青翠，果树葱茏叶茂繁。
环境幽雅且清静，凉亭俊秀宜人闲。
七星坛井盘山顶，寿星情怡对弈欢。

（二）

七星山含七星庵，自古闻名湘桂黔。

始建年间为宋代，几经重修明清年。
虔诚教徒长跋涉，烧纸焚香玉烟环。
屹立山上势擎天，千步欠一台级攀。

（三）

七星庵在七星山，七仙博弈亦何闲。
穿过山门挤狭洞，踏上峰脊七星庵。
怀化地区名古寺，桂湘黔边声扬远。
汉朝石坪庵堂建，时代久远逾千年。

（四）

九百九十九台阶，登上七星庵庙宇。
环绕峭壁萦峰上，圆状石坪松柏围。
宋代石坪庵堂建，怀化寺庙最久的。
七星庵上不远处，有仙风坳迎客趋。

七星山七仙对弈

十里画廊西北边，群峰耸峙似神仙。
排列四周人形状，共围一石平且宽。
一茵草坪棋盘布，七仙对弈乐无边。
聪明糊涂七仙啊，下一盘棋忘记年！

七星山仙风坳

（一）

七星山上仙风坳，清风吹拂舞树梢。

登高歇息山风沐，及顶消疲逸代劳。
会当绝顶千里目，群仙对弈全貌瞧。
石峰连绵波起伏，层岚浩渺素纱飘。

（二）

七星山上仙风坳，凉风习习暑气消。
山风沐浴心神怡，附身烦恼遗九霄。
飘然欲醉临绝顶，群仙对弈意未消。
岩峰陡峭高低错，层次清晰入望遥。

万佛山太平岩

七星山近太平岩，佛门圣地香烟环。
七十二庵卅六寺，千姿峰岳百态山。
溪谷蜿蜒群峰抱，流泉奔涌咏歌欢。
河畔狭长茵草茂，碧玉彩绸山峦穿。

万佛山麒麟洞瀑布

位于距万佛山2公里的麒麟山下，有大小瀑布10余挂，其中最有特色的是麒麟洞和桃子冲两挂。

（一）

麒麟山下岩洞幽，百灵溪上水源头。
背依高山峰林郁，面向空谷玉岚浮。
丫形两练山口出，冲脚一瀑悬崖抖。
三潭各迎天落瀑，呈倒品形布冲口。

（二）

万佛山侧耸麒麟，硅石岩地瀑布群。
麒麟洞瀑甚奇特，背倚大山石峰林。
百灵溪头丫冲口，三道瀑布峡谷吞。
风光秀美古林郁，天然景致特奇神。

（三）

百灵溪头麒麟瀑，悬挂丫字冲口处。
左边状若玉带飘，右侧形如水帘幕。
坠流而下势磅礴，奔腾直往深潭注。
俯视三潭倒品形，丫谷瀑布惹人目。

（四）

三瀑悬吊丫冲口，同时发出巨声吼。
右边两级直泻下，左侧一道逶迤游。
两瀑各注一潭渊，再汇直溪深潭流。
人站高处往下看，倒品三潭碧波悠。

万佛山桃子冲瀑布

百灵溪头又一源，横跨麒麟山脊巅。
桃子冲瀑从天降，气势磅礴展面宽。
高七十米天底挂，广袤崖壁素帛悬。
“飞流直下三千尺，疑是银河落九天”。

万佛山羊精洞瀑布

位于临口山溪村杆子冲大峡谷内，落差30多米，宽2丈。

（一）

通道临口山溪村，杆子峡谷幽邃深。
两侧峭崖垂直立，沟涧深邃逶迤萦。
飞甩银练空霄挂，吼声雷鸣天地惊。
奔流直泻落九天，羊精洞瀑神州名。

（二）

羊精洞瀑周边情，原始森林覆山岭。
山山谷谷植被厚，沟沟壑壑幽邃深。
国家一级保护树，沙罗树蕨极稀珍。
誉活化石难寻见，唯有通道境内存。

（三）

临口山溪杆子冲，谷深峡幽落差崇。
瀑布高挂悬崖顶，涧峡喧闹吼声隆。
山谷周边植被厚，原始森林树茂葱。
珍稀树种实难得，沙罗树蕨价无穷。

二访万佛山

位于通道偏东，面积168平方公里，属丹霞地貌。由万佛山、将军山、七星山、神仙洞、青云山、紫云山六大景区组成，有重要景点800余处，山、水、泉、洞、谷、林一应俱全。作者在黄寿群、杨良顺、杨奉礼等的陪同下，二次考察了万佛山。

2014年10月 自治县成立60周年庆典

万佛山景区

（一）

湖南通道万佛山，六大景区供游览。
万佛将军七星岳，神仙青云紫云峦。
中国最大丹霞地，重要景点百至千。
山水泉洞集一体，谷林岩瀑应俱全。

（二）

通道临口万佛山，一片汪洋无际边。
地壳攀升琼楼阁，虾兵蟹将化成岩。
依山建庙险立寺，七十二庙卅六庵。
遂成佛门一圣地，万佛山名因此传。

（三）

湖南通道万佛山，主峰高耸势擎天。
海拔六百卅五米，顶覆郁树万千年。
登临峰顶俯视看，山形壁立令胆寒。
峰巅时隐又时现，林海无边山谷涧。

万佛山颂

（一）

通道临口万佛山，景群相依迷宫环。
流泉飞瀑沟沟接，曲径通幽壑壑连。
晴日金光映丹霞，雨天玉雾浮山巅。
鸟咏虫鸣声悦耳，万峰如佛纵目观。

（二）

通道临口万佛山，奇幽险秀一身含。
山青水碧竹青翠，植物王国树参天。
原始森林日月冠，树干高大古藤攀。
一年四季皆春色，绿水繁花画山间。

（三）

通道临口万佛山，位临口镇太平岩。
距离县城廿五里，硬化公路直达边。
大门内外新修建，车场歇廊放生潭。
原在深闺人未识，今世闻名远近传。

二登万佛山

（一）

湖南通道万佛山，主峰海拔六百三。
原似有路实无路，上到顶巅苦难言。
今修栈道达巅顶，紧缚悬崖令胆寒。
顶亭放目千峰秀，拔地而起姿态悬。

（二）

今修栈道环山崖，树轮路面水泥填。
藤绕栏杆钢筋绑，横过悬崖举目眩。
看似惊险人却步，实踏坦途安泰然。
站在峰顶我为上，万佛来朝吾是仙。

（三）

湖南通道万佛山，最高峰为太平岩。
海拔六百六五米，巨大城堡相似般。
悬崖峭壁四面峻，山顶却是一平川。
平地面积五百亩，原有人住耕地田。

（四）

万佛山中主峰嵩，六三五米次高峰。
山顶观景极佳处，凭栏放目群峰崇。
茫茫云海千峰套，频频朝拜万佛恭。
南边眼前龟觅食，北面远近丹霞红。
俯视脚下壑深邃，远眺海螺亲云空。

（五）

万佛山中多孤峰，山势磅礴巍伟宏。
将军南面卅六座，梯状排列九霄冲。
笔架烈马六峰峻，伸踮簇拥七星崇。
神马大寨神仙洞，参差排列各自嵩。
临口河岸峰岩耸，数十山峰竞峥嵘。

（六）

神奇古怪万佛山，自然造化殊异悬。
状物峰形多无数，如神似仙景万千。
万佛山腰仙人居，石桌床椅应俱全。
四相峰神各边看，若象若龛若猴猿。

（七）

沿太平溪两岸边，日月神仙磨盘岩。
十里画廊将军石，一女盼夫昼夜晚。
雄狮神猴绵羊象，天然画壁笔架山。
还有眼前龟觅食，远处海螺亲云天。

（八）

神秘奇特万佛山，景区建设大改善。
通达道路全硬化，停车坪场广袤宽。
大门歇廊民族色，服务售货规范摊。
登山游道可上下，观景平台任赏观。

作者再登万佛山时留影

【通道·牙屯堡】

牙屯堡镇位于通道县西部，东靠双江镇，南抵广西三江侗族自治县，西连大高坪苗族乡、独坡镇，北临县溪镇、菁芜州镇，是湘、桂、黔三省交界点轴之地，素有“三省雄关”之称。牙屯堡镇于1996年5月由原团头乡与牙屯堡乡合并而成。镇党委、政府自2003年起，连续举办了17届大戊梁歌会，歌会内容主要有民俗文艺表演、山歌对唱、侗锦展示、斗鸟、抢鱼塘、篝火晚会等活动，场面热闹非凡。

2007年11月

牙屯堡镇

（一）

湖南通道牙屯堡，地处县域西南部。
东接双江今县城，西大高坪苗乡触。
南与独坡互为邻，北县溪镇老治府。
地处湘黔桂交界，通道西南要门户。

（二）

县域西南牙屯堡，湘黔桂省交界处。
辖行政村廿二个，共有住家四千户。
再加居委会一个，共计人口两万出。
境内枝柳铁路穿，龙城广州接站负。

（三）

牙屯堡位县域西，原是贵州插花地。

解放辛卯划通道，建立政权乡一级。

丙子五月团头并，废乡建镇增面积。

居住侗汉苗瑶族，团结和睦胜兄弟。

（四）

湖南通道牙屯堡，昔称雄关古建足。

三省雄关牌坊巍，百官下马巨碑矗。

巍峨殿阁议堂魁，宏伟鼓楼凉亭楚。

粟氏款场古寺庙，河水潆环枫林疏。

只缘战乱匪患獗，壮观建筑遭毁无。

（五）

湖南通道牙屯堡，地势开阔资源富。

雾蒙歌会迁龙门，新老街道开店铺。

五天两集不间断，一年一度上大雾。

经济文化交会地，城镇开发有前途。

（六）

湖南通道牙屯堡，新建制镇成就突。

街道两侧楼房建，车站货运具规模。

公路网络四通达，自然经济资源足。

旅游兴县战略施，通道西南一明珠。

（七）

三省交界牙屯堡，雾梁歌会年一度。

各族群众盛装扮，赛歌赛舞劲头足。
热烈气氛胜空前，民族特色引人目。
列入省级非遗地，弘扬文化促和睦。

（八）

雾梁歌会年一次，聚集三省群英士。
展示民族风情浓，挖掘整理升高级。
发展绿色生态游，突显民风增情趣。
侗族文化圣地升，雄关旅游树旗帜。

（九）

雾梁歌会内容丰，节日气氛甚隆重。
赛歌赛舞赛芦笙，斗牛斗鸟斗鸡虫。
抢鱼定情表演赛，别具一格民族风。
女打红伞提竹篓，男背篾筐挽裤筒。
抢得鱼后信物易，芦笙助兴喝彩浓。

（十）

牙屯堡镇资源中，草场丰厚是一宗。
将军树团大高岭，三大草场风光新。
团头阳光草场翠，茵绿水碧人醉迷。
亭台轩阁分外美，风吹草动碧浪飞。

牙屯堡名称的来历

牙屯堡意是次屯，古是官府次位称。
明清时期屯和堡，均为朝廷驻官兵。

牙屯原只驻偏将，偏副次将同级层。
此屯长期驻副将，牙屯之名因此称。

牙屯堡大雾梁歌会

大雾梁侗语称岑雾蒙，有云雾山之意。位于湘、桂、黔三省交界的大高坪乡地了寨和黄柏村之间的蒙冲界上，海拔800米。自古以来，每年农历三月第一个戊日（大戊日），湘、桂、黔三省边的青年男女汇集于此举行歌会，称大雾梁歌会。

（一）

地了黄柏村寨旁，蒙冲界上大雾梁。
三月首戊当天日，周边群众心欢畅。
节日盛装穿身上，争先恐后奔赴忙。
青年男女成双对，谈情说爱情歌唱。

（二）

蒙冲界上大雾梁，歌唱形式多花样。
男腔女调音婉转，笛声琴韵曲悠扬。
山高谷低轻起舞，树森丛茂促成双。
带我回首花季日，往事蜜蜜润心腔。

（三）

蒙冲界上大雾梁，歌唱形式多花样。
低眉腼腆展歌喉，生动活泼突形象。
两相对唱音清脆，单人独咏韵高昂。

芦笙欢奏步伐齐，姑娘伴舞花伞幌。
更有铮铮琵琶奏，自弹自唱声豪放。

（四）

时逢春季空气新，蜂蝶恋花鸟争林。
雾梁歌会今又到，男女老少笑脸盈。
地了黄柏两寨村，雾蒙界上玉岚腾。
山上歌会甚热闹，男女青年对歌欣。
寻找对象觅知己，悄声细语叙真情。
情投意合信物易，瓜熟蒂落良缘定。

大雾梁歌会的来历

（一）

古州青年名门龙，五通肖家做长工。
忠厚老实人勤奋，财主肖女眼看中。
相约雾梁唱对歌，两人相爱情更浓。
不幸被肖父发现，怒斥肖女辞门龙。

（二）

肖妞思念门龙浓，托人捎信古州送。
棉纱小虾加火炭，芝麻黄豆一大宗。
门龙不解其中意，请教歌师解答通。
歌师打开信袋看，即刻脸上生笑容。

（三）

歌师告知门龙啊，挑一担柴到堂瓦①。
晚上众人凉庭聚，听我为你作解答。
歌师手抱琵琶到，指着火炭和棉纱。
粒粒芝麻与黄豆，还有大虾和小虾。

（四）

歌师手把琵琶弹，两地分开隔河山。
结情路远常想念，心绪烦躁乱麻缠。
从前小虾变大虾，只想与哥共一檐。
要像黄豆一样圆，不似芝麻细小尖。

（五）

门龙理解其中意，连夜赶到肖家去。
恳求肖女嫁门龙，良言吉语真情叙。
肖父嫌贫坚拒绝，要把肖女嫁财势。
斥责门龙和肖女，丢掉幻想听我的。

（六）

肖父逼女嫁富翁，肖女坚决不顺从。
三月正值大戊日，两人私奔上雾蒙。
山盟海誓结连理，逃避追逐过五通。
不幸山洪突暴发，双双罹难在河中。

（七）

纪念肖女和门龙，恋人相爱要贞忠。
每年三月大戊日，青年男女聚雾蒙。

① 堂瓦：侗语，指众聚的地方，即鼓楼。

举行盛大对歌会，谈情说爱在山嶐。
抨击包办婚姻俗，张扬自由恋爱风。

歌会后

歌会后，青年人住进附近村寨，开展社交活动。

歌会过后青年人，开展社交活动频。
外寨姑娘走亲戚，主村后生对歌寻。
行歌坐夜情歌唱，谈情说爱吐真心。
情投意合把凭换，有缘即把终身定。

怀念肖女　门龙

门龙理解肖女信，高高兴兴奔五通。
向父恳求与肖女，定情结亲在五通。
肖父嫌贫爱富势，逼迫肖女嫁五通。
肖女门龙坚不顺，两人私奔过五通。
不料山洪突暴发，双双罹难在五通。
化作巨石相依偎，中流砥柱立五通。
当天正是大戊日，歌会纪念聚五通。

当今大雾梁歌会

从2003年开始，由县民宗局、宣传部主办，牙屯堡镇党委、政府承办大雾梁歌会时，歌会地址从梁蒙迁至牙屯堡龙门。

（一）

如今歌会显不同，从大雾梁迁五通。
青年男女聚龙门，穿新戴银面笑容。
情歌山歌讴盛世，大歌双歌颂时隆。
对歌形式多花样，集体双人任所从。

（二）

雾蒙歌会龙门唱，歌唱形式多花样。
低眉腼腆展歌喉，生动活泼突形象。
两相对唱音嘹亮，单人独咏韵高昂。
芦笙高奏步伐整，姑娘伴舞笑声扬。
更有琤琤琵琶奏，自演自唱声豪放。

（三）

雾蒙歌会举行期，其他活动增情趣。
赛芦笙，对山歌，演侗戏，抢塘鱼。
掰手腕，比多毽，会老友，交新识。
斗画眉，还斗鸡，踩堂多耶俱欢喜。
开展商贸物交流，热闹非凡胜往昔。

牙屯堡团头古侗寨

团头古名清水池，原有侯、解二姓在此居住，天福二年，又有粟氏卜迁来寨脚，故名团头。团头共有300余户1500多人，全系侗族。寨中原建有凉庭九座，寨门六座。

2004年10月 自治县成立50周年庆典

（一）

团头古名清水池，侯解两姓先定居。
后粟氏卜寨脚住，团头之名因此谓。
繁衍生息几春秋，粟氏旺盛外迁徙。
粟裕祖籍文坡村，明洪武时会同移。

（二）

团头古寨史悠远，原为乡府驻地点。
共有住家三百户，总计人口千五员。
全部居民是侗族，民族古建多且繁。
时为一九九六年，并入五通把镇建。

（三）

三百团头素有名，人文景观分布云。
团头古寨古建布，村里村外难数清。
九栋鼓楼甚古老，六座寨门护卫村。
三拱石桥尚坚实，廿防火池清水盈。

（四）

团头侗寨蜚声远，人文古迹遍地嵌。
鼓楼寨门飞山庙，文昌南岳萨岁坛。
粟氏先祠烽火台，主字碑和风神庵。
古堑壕与教场坪，古风水林村北边。

（五）

团头古寨款坪宽，位于寨子西南边。
传说祖先初建寨，在此卸担歇息闲。

后来每年逢正月，村民聚此听讲款。
讲述祖先的来历，宣读守规美德传。

（六）

团头古寨史悠久，防火设置分布周。
大小凉庭到外厢，外凉庭至凉庭优。
防火池塘分两线，储水池塘共廿口。
平时注重修渠灌，保证池水常年流。

（七）

团头古寨史悠远，坐北朝南多古建。
西北南岳飞山庙，东边达摩萨岁坛。
烽火台崇位东面，三拱石桥跨南边。
村东风神文昌庙，北古堑壕深或浅。

（八）

团头古寨史悠久，坐南朝北地势优。
北古堑壕飞山庙，粟氏先祠教场袤。
布四山麓成一串，古木参天蔽日头。
各相距离三十米，挡住古寨北面周。

团头古凉庭

（一）

侗寨鼓楼称凉庭，团头鼓楼群落兴。
全村凉庭共九座，名大凉庭寨中心：
占据面积宽十丈，伫立寨中高三层。
鼓楼形状呈四方，二楼南侧皮鼓存。

（二）

三百团头蜚声远，千五百人侗家团。
村外寨中厢坪四，中凉庭坪广袤宽。
凉庭玛矗寨中屹，其余八座绕村边。
有事击鼓召众民，开会议事祖德传。
踩堂多耶接寨客，安全防范寨起款。

团头凉庭寨门两用庭

（一）

团头凉庭凉庭优，位寨西南边角陬。
大门额上花格刻，左侧齐胸石墙头。
名石鸡婆众人叫，凉庭寨门双兼做。
女从优来[1]习俗规，迎接新娘从此走。

（二）

凉庭巴劲西北边，建在寨外十米远。
平时无人来此坐，过路歇息抽袋烟。
凉庭寨门两并用，偶尔有人到此闲。
老人去世灵柩出，送葬出寨去坟山。

团头古寨门

通道古寨团头村，团头寨门称巴劲。

① 优来：侗语，指妇女从寨门优来之意。优：寨门名称。

大多建进村路外，距离凉庭两三寻。
古时日夜兵把守，防御盗贼匪来侵。
骑马不得进村内，接送耶客寨门行。

团头三拱大石桥

相传在清朝嘉庆年间，团头有个名叫粟唐奉的移居溆浦县，才智过人，考中了进士，被当地人嫉妒，因其是异族，拒绝授官，他愤然携眷回籍，带领群众奋战三年，建成这座三拱大石桥。

（一）

传说清朝嘉庆年，粟唐奉迁溆浦县。
才智过人中进士，当地府官嫉妒嫌。
异族为由拒授爵，愤然携眷祖籍还。
率领众民建拱桥，苦干三年桥竣完。

（二）

时为一九三七年，农历四月芒种天。
大雨倾盆山洪发，万根木材桥墩肩。
岌岌可危三拱塌，人人桥上木材搬。
老板鸣枪强制止，洪水卷走拱桥完。
后人协力再兴建，才能保持牢固坚。

团头古建之命运

（一）

团头古寨史悠远，文物古迹建筑全。
寨外古迹风神庙，因无人管早圮完。
凉庭寨门芦笙坪，水塘南岳达摩殿。
大搬家中被推平，辟为耕地和田园。

（二）

团头古寨古建中，亦有古建命不同。
古寺古墓文昌阁，堑壕教场飞山宫。
道光年建小凉庭，历经沧桑经雨风。
幸存于寨受重视，积极策划修建中。

团头古寨转机

（一）

团头古寨史久存，时逢盛世万事新。
古小凉庭已修复，新大鼓楼也建成。
弘扬民族传统德，促进社会新文明。
广大村民心所愿，定能实现需力争。

（二）

通道团头古寨村，新建鼓楼寨中亭。
十三层高顶天地，七米五崇亲霄云。
一二两级四方状，二重以上六角形。
飞檐翘角宝塔式，屹立寨中鹤鸡群。

（三）

通道团头古寨村，团头鼓楼鹤鸡群。

村中两委直领导，各方人士力助撑。

全体村民奋努力，二〇〇二楼建成。

龙盘清池观盛世，鱼跃塘头庆太平[①]。

（四）

团头鼓楼果雄伟，屹立寨中天云亲。

上小下大宝塔式，扬檐翘角凤凰腾。

龙盘鱼跃联首赏，盛世太平对尾欣。

凉庭坪阔纳人众，踩堂多耶赛芦笙。

作者（右）与同行考察的黄汉忠（左）在团头鼓楼前合影

① 此二句诗引自鼓楼门联。

团头文坡村　十三寨恰坪偶[1]

团头文坡十三寨，住原通道小河界。
六月初六恰坪偶，男女老少些登赖[2]。
附近办勉吃节气，四面八方都赶来。
坪偶上面唱对歌，唱戏踩堂芦笙赛。
远道客人进寨住，杀猪宰牲热情待。

文坡十三寨

住在小河域地界，团头文坡十三寨。
田家上洞塘豹村，元现树团八毫寨。
枫香绞坪上新团，旗帜新浦和新寨。
十三寨共一款坪，款坪坪偶八毫寨。

恰坪偶的来历

（一）

侗族社会款组成，每个小款都有坪。
团头文坡十三寨，款坪就在八毫村。
文坡十三寨居民，世世代代事农耕。
生产稻米玉米粟，勉强度日求生存。

---

① 恰坪偶：侗语，上坪偶意。坪偶，即米坪，“偶”是“米”的意思。
② 些登赖：侗语，意为都穿好的，即着盛装。

（二）

晚清时期世不宁，内乱外患加灾情。

连年天灾收成减，土豪劣绅官府兵。

照样欺压和掠夺，生灵涂炭不聊生。

清朝咸丰同治年，天灾人祸情更甚。

（三）

各寨寨老心里急，八毫寨老更揪心。

邀各寨老来款坪，商量对策难关应。

民众知道此消息，急赴款坪聚集听。

期盼能有好办法，解决当前民困境。

（四）

顶着烈日上款坪，中暑昏倒不少人。

款坪附近有家人，当即看到此情景。

引发善心请寨老，上坪民众吃一顿。

饭后每人发袋米，做件好事慰民心。

（五）

村民得到了救济，度过青黄不接期。

每年六月初六日，上款坪名坪偶谓。

唱歌跳舞谈情爱，比赛芦笙又唱戏。

年年如此不间断，恰坪偶俗因此袭。

团头通坪桥寨联姻节

昔时桥寨为了解决婚姻问题，前往通坪商议，两寨同意联姻。为了表示诚心，于农历七月十四日举行仪式，立款盟誓。故两寨定这天为联姻节。

2008年2月

（一）

农历七月十四日，通坪桥寨联姻节。
唱歌演戏舞芦笙，为期三天甚闹热。
周边群众竞参与，亲戚朋友来做客。
杀猪宰牲宴宾朋，节日气氛甚浓烈。

（二）

通坪桥寨过联姻，节日气氛浓郁深。
青年男女分别约，扁豆城地对歌吟。
谈情说爱和多毽，交朋结友觅知音。
太阳西下夜幕临，相约桥寨晚餐进。

（三）

太阳西下黄昏临，通坪桥寨两个村。
男女青年赴桥寨，相约共同晚餐进。
席上好友来陪伴，饭后送女回通坪。
送者留住姑娘家，行歌坐夜到天明。

（四）

桥寨通坪过联姻，连续三天热闹欣。

唱歌演戏芦笙赛，敲锣打鼓鞭炮鸣。
杀猪宰牲嘉朋待，美酒佳肴贵客迎。
姑娘敬酒酒歌劝，引来参与众客云。

【通道·菁芜洲】

菁芜洲位于县域中部。双江河、羊溪河、金殿河分别从南、北、西流贯境内。

2007年12月

菁芜洲镇

（一）

县域中部菁芜洲，山峦起伏溪河稠。
东与临口下乡接，西同县溪相对瞅。
南邻双江牙屯堡，北连江口与溪口。
原属绥宁蓉江辖，五一划归通道有。

（二）

湖南通道菁芜洲，一万八千多人口。
九九撤乡建立镇，基础建设快步走。
菁杉菁牙国道错，乡路村路铺泥油。
集市贸易繁华盛，农业产业有奔头。

（三）

湖南通道菁芜洲，城镇建设快步走。
各类大楼相继建，街道亮化宽广袤。
卫生农贸工商厦，政府学校宿舍楼。
现代家具入户庭，城控移动村村有。

（四）

湖南通道菁芜洲，农业产业走前头。
山地开发县前列，招商引资不落后。
銮塘老王水电站，松香建材投资厚。
工商企业百余家，第三产业位居优。

菁芜洲陈团寨门

陈团寨门在菁芜洲镇芙蓉村，包括上陈团和下陈团两个寨门，都是由寨门、鼓楼和偏楼组成 。鼓楼建于清乾隆三十三年，寨门建于清朝乾隆五十年，偏楼建于清光绪二十三年。2006年列为省级重点文物保护单位。

（一）

菁芜洲镇陈团村，上下陈团两寨门。
上寨寨门一檐顶，双坡坡面单人形。
下寨寨门牌坊式，骑头头墙高低分。
两门清朝乾隆建，穿斗抬梁木构成。

（二）

菁芜洲镇陈团村，陈团寨门特奇神。

上下陈团门两处，均为穿斗抬梁型。
建筑全部木结构，鼓楼偏楼寨门成。
鼓楼乾隆卅三建，寨门乾隆五秩兴。
偏楼建成时较晚，清朝光绪廿三春。

菁芜洲陈团上寨寨门

陈团上寨寨门型，重耳厢房格式兴。
双坡单脊呈人字，一檐白线盖瓦青。
悬空吊脚美人靠，架设木板作条凳。
九级台阶进鼓楼，出村入寨人必蹬。

菁芜洲陈团下寨寨门

陈团下寨寨门型，立牌坊式形式新。
斗拱挑出全如意，呈骑头墙甚分明。
并排两间皆立面，明楹开洞进出村。
次间槛壁不承重，仅为装饰风格清。

菁芜洲坪溪寨门

在坪溪寨村头，门为双坡顶，由前门、偏楼和两道寨门组成。其中前门建于明朝万历四十年，两道寨门建于清朝雍正四年，偏楼建于清乾隆三十三年。2004年列为市级文物保护单位。

（一）

菁芜洲镇坪溪村，雄伟古建属寨门。
整体穿斗抬梁式，前门偏楼二门成。
碑刻题梁青瓦证：村寨前门建于明。
两道寨门雍正建，偏楼乾隆年代兴。

（二）

距县城南三十程，坪溪寨门特奇神。
穿斗抬梁木构架，鱼鳞瓦盖双坡顶。
村寨前门万历建，迄今发现最早型。
经历沧桑多世纪，保持完好实贵珍。

（三）

侗家村寨建寨门，方便村民进出村。
寨门围墙相连接，维护村寨保安平。
整座建筑持完好，体现古代艺术精。
研究民文有要意，不可多得活化品。

菁芜洲江口寨门

（一）

位菁芜洲江口村，以溪为轴两寨分。
各自依山势而建，田园风光静谧新。
背山面水向朝阳，风水理念含寓蕴。
东寨寨门体量大，寨门鼓楼偏楼成。
整体建筑木结构，穿斗抬梁柱枋撑。
清朝乾隆五二建，六三修葺偏楼增。

（二）

位江口村西寨门，清朝乾隆廿九兴。
穿斗抬梁纯木构，偏楼寨门两组成。
东西两寨门展示，此地木工特征明：
斗拱大胆夸张用，部件众多吉祥蕴。

菁芜洲文化活动

（一）

菁芜洲镇到如今，开展文化活动行。
鼓励支持村文艺，表演歌舞和芦笙。
点面结合多样化，寓教于乐地头村。
地连地会芙蓉片，开展活动受欢迎。

（二）

菁芜洲镇到如今，文化活动有创新。
建立文化管理制，弘扬社会新文明。
组织文化下乡寨，宣传内容要求清。
老王脚为市示范，地连村是县典型。

（三）

湖南通道菁芜洲，文化宣传活动周。
挖掘保护侗特色，营造民族气氛稠。
推动新农村建设，发展生态民俗游。
组织文艺队会演，众多队伍选拔优。

菁芜洲喉路歌

喉路歌主要因歌中和声“喉啰喉啰”而得名，是流传于菁芜洲、临口、下乡一带的双声部民歌，有喉路花歌、俏歌和讲歌三种唱腔，歌词是四言八句，衬腔较多，主唱、伴唱穿插，高音低音相切，音调比较低沉。俏歌和讲歌，是男女青年对唱和讲情话的歌。

通道侗族喉路歌，菁芜洲域流行歌。
双声民歌多种类，花歌俏歌和讲歌。
三种腔调演唱序，花歌俏歌再讲歌。
喉路花歌内容广，祭祖赞颂伦理歌。
俏歌讲歌青年据，男女对唱挑逗歌。

【通道·溪口】

溪口镇在县城北部，东连杉木桥。

2007年12月

溪口镇

（一）

通道北部溪口镇，羊洞河流南北横。
东杉木桥相连接，西江口乡互为邻。

南菁芜洲临口界，北靖州县共沿滨。
解放初期绥宁辖，五七划入通道境。

（二）

溪口田坝近圆形，羊溪河割两半分。
砖房瓦屋沿麓建，长征花桥河上横。
溪口福桥横溪口，新寨鼓楼新寨村。
全镇行政村十个，侗苗汉族和睦亲。

（三）

通道北部溪口镇，二〇〇〇撤乡成。
农业经济资源富，木材产量冠县境。
林品加工镇支柱，木材输出县主承。
反季香菇牛养殖，生产规模逐年增。

（四）

湖南通道溪口镇，侗汉苗族杂居境。
总计人口一万三，和睦相处兄弟亲。
菁溪公路沙改油，交通便捷连寨村。
农业结构调整力，乡镇企业迅速增。

溪口风雨桥

通道溪口风雨桥，二〇〇二年冬造。
单孔四格十六柱，三亭八面五层高。
力把羊溪河上越，耸立田坝景象韶。
沙溪团民奋努力，献料捐资付辛劳。

溪口长征风雨桥

（一）

长征风雨巍伟豪，两墩三孔跨河腰。
二〇〇七年时建，横卧于溪村口昭。
原桥清朝光绪造，名唤墩子甚古老。
三四两路红军过，新建改名长征桥。

（二）

溪口长征风雨桥，全长九楹跨河腰。
双层联阁亭三个，两头四方中八角。
檐角飞翘彩凤卧，梁脊腾舞双龙娇。
桥门建造实殊异，檐角锦鸡望天瞧。

（三）

溪口长征桥门煌，飞檐翘角塑凤凰。
门亭四方歇山顶，壁上主席诗词镶。
桥壁向外八字状，石狮蹲坐两侧庄。
祥龙张口笑迎客，登上桥廊赏风光。

溪口镇下寨村

（一）

通道溪口下寨村，两百八户侗家人。
建村年代无可考，侗寨特征多遗存。
寨中凉庭双坡顶，青石板路纵又横。
古钟铜鼓皆完整，民族习俗特征清。

（二）

湖南通道溪口镇，古村下寨素有名。
下寨鼓楼甚古老，青石板道连户庭。
全村村民均侗族，民族风情积淀深。
若能辟为旅游地，通道旅游点添增。

溪口北麻村陆氏宗祠

溪口北麻村陆氏宗祠始建于清朝乾隆六十年，外围是青砖马头墙，内有戏台、天井、祭坛和大殿。

（一）

通道溪口北麻村，环境优雅宁静清。
古树参天葱茏郁，竹木茂盛互掩映。
背靠青山绿岚舞，面向溪河碧波粼。
参差木屋相错落，青石板路交错行。

（二）

通道溪口北麻村，祖祖辈辈事农耕。
村民和睦讲团结，自在安逸世无争。
绝大多数是陆姓，修建祠堂兴寨门。
方便劳作进出寨，过节喜庆祠堂行。

（三）

溪口北麻陆姓人，清朝乾隆正六春。
同心协力建宗祠，聚会休娱祭祀行。

传授弘扬先人德，宣讲族规家训承。
立碑盟誓永不忘，宗功祖德铭记心。

（四）

通道溪口北麻村，陆氏宗祠迅入睛。
四周青砖围墙护，立马头墙壮观睁。
后靠村寨前溪园，装饰大方古朴纯。
内设戏台和天井，还有大殿祭坛墩。

溪口新寨鼓楼

溪口新寨鼓楼韶，二〇〇六年时造。
鼓楼寨门二合一，雄立村口壮观瞧。
面宽三楹十六柱，两侧凉庭中走道。
顶尖葫芦朝天刺，飞檐翘角势伟豪。

【通道·陇城】

位于县城南部，东邻坪阳，南接甘溪，西到坪坦和广西三江的林溪，北界马龙和传素。

2007年11月

陇城镇

（一）

陇城位县城南域，居侗文化廊中部。

东接坪阳南甘溪，西邻广西北传素。

共辖十四村民委，全部居民为侗族。

总计人口万余人，居民两千一百户。

（二）

陇城镇位县南部，溪清林翠连山郁。

昔属绥宁半里乡，五一划入通道域。

东南八斗坡高崇，海拔九百余米数。

两大水系就此分，珠江长江南北赴。

（三）

湖南通道陇城镇，位在县域南部境。

侗文化廊中心位，民族文化浓郁深。

梓坛民俗风情区，村寨勿耶极盛行。

芦笙制作蜚声播，侗歌侗戏素有名。

（四）

湖南通道陇城镇，域内交通便捷很。

西腰坪坦安石汇，二〇九道南北行。

建材加工规模大，水泥石料县著称。

茶油菜油具特色，中草药材亦有名。

陇城镇民俗区

由坪寨、牙大、双斗、下宅、吉大、中步、坪稳七个自然寨组成，共有850户4300余人。侗族建筑保存完好，侗家特征甚为明显，勿耶（即集体做客）习俗极为盛行。秋收后为庆祝一年的丰收，村寨之间互相勿耶，赛芦笙，唱对歌，演侗戏，热闹非凡。

（一）

陇城民俗区毗邻，高步侗寨隔山岑。
坪寨牙大双斗寨，下宅中步坪稳村。
七个侗寨八百户，四千余口侗家人。
公坪石路比比是，吊脚民居房保存。

（二）

陇城梓坛民风情，勿耶活动极盛行。
秋收过后农闲日，庆祝本年谷丰登。
村寨之间互勿耶，对歌唱戏赛芦笙。
男女青年盛装著，齐聚寨中鼓楼坪。

（三）

梓坛勿耶极盛行，出发前聚鼓楼坪。
铁炮三声寨老带，进行曲奏即动身。
前往对方寨门外，吹入场曲准进村。
主寨吹奏迎宾曲，主客芦笙齐奏鸣。

（四）

梓坛勿耶极盛行，客人进寨奏芦笙。

彩旗招展人欢笑，锣鼓喧天鞭炮鸣。

芦笙比赛曲复曲，赛毕主寨抢客人。

抢得客多为荣耀，没抢到客难为情。

前往客多家门拜，求情请把客人分。

（五）

梓坛诸寨民风情，勿耶期间热闹欣。

主寨热情招待客，杀猪宰牲盛宴行。

席上主客对歌烈，热闹非凡盈笑声。

勿耶期间各村寨，斗牛斗鸟斗鸡禽。

两两相斗别情趣，欢乐气氛难形容。

陇城中步侗寨

位于陇城梓坛片区内，全寨217户989人，始建于宋、元之前，依山而建，与周围的田园、溪河、福桥、风水林和谐共生。古迹有吊脚民居210栋，鼓楼、戏台各4座，花桥3座，寨门2座，古井3口及石板路、古墓、古寺庙等。

（一）

通道陇城中步村，历史悠久宋元兴。

全村二百十七户，侗寨布局山麓型。

吊脚民居两百栋，鼓楼戏台各四庭。

花桥古井寨门具，款坪古墓寺庙存。

中步一二桥堪湛，二〇〇六国保登。

（二）

走进中步侗寨村，风景绚丽如画屏。
小桥人家和流水，鸡鸣狗叫炊烟萦。
古树古井古寺庙，古桥古道古墓群。
古风水树胜迹布，令人流连忘归程。

（三）

通道陇城中步村，三座花桥河上横。
接龙风雨广西衢，拦住水口吉祥存。
南萨岁坛承瑞气，赐福乡民人敬尊。
云霞古寺镇北卫，护佑村寨保安平。

（四）

通道陇城中步村，现存古迹绮丽云。
鼓楼戏台三胜庙，福桥寨门群墓坟。
泊岸码头南岳宫，应有俱全多彩呈。
彰显文化多风采，相互交融和谐存。

陇城中步侗寨一桥

（一）

中步一桥中步村，清朝咸丰二年兴。
两孔三墩叠梁式，单檐双面斜坡顶。
全木结构榫卯合，桥宽二仞长八寻。
横跨中步梓坛上，专为村民便通行。

（二）

中步一桥一字形，跨越梓坛河岸滨。
十楹间格桥面布，两侧栏杆条凳陈。
试问此处作何用，仅供人们歇息行。
距离县城廿五里，二〇〇六国保登。

陇城中步侗寨二桥

（一）

中步二桥梓坛横，清朝嘉庆二年兴。
单孔叠梁木构架，两廊人畜分道行。
人行廊道台阶上，畜走桥面与路平。
前往广西必经道，居民出勤进出村。

（二）

中步二桥梓坛横，两檐瓦盖双坡顶。
桥长五仞左或右，面宽丈五缩亦伸。
人畜两廊各自走，中步二桥特征清。
梓坛河上花桥列，属最短者堪称奇。

陇城路塘村观月桥

观月桥是陇城镇路塘村的水口桥，在梓坛河上游，3墩1孔3桥亭，长24.1米，宽5.4米，为清朝乾隆二十年时建，2006年5月列为全国重点文物保护单位。

（一）

陇城梓坛水滔滔，观月桥横路塘娇。
三墩两孔列河面，重檐三亭桥上岧。
中亭五层雄伟岸，两头歇山对望瞧。
桥廊叠梁木构架，全长五间特点昭。

（二）

梓坛上游观月桥，清朝乾隆廿年造。
路塘盆地壶口架，长廿四米宽丈超。
南北西边山峦挡，群峦耸翠胜多娇。
坐北朝南东面敞，桥上观月情趣高。

（三）

横跨梓坛观月桥，闲情逸致桥上逍。
梓坛河域有习俗，赶戌谈情乐逍遥。
晚上戌时时刻到，晴空皓月月上梢。
青年男女相邀约，情歌对唱细语悄。

【通道·独坡】

在县境西南部，位于湘、桂、黔三省（区）交界处，靠在海拔1336.7米的三省坡脚下。民国31年置独坡乡，乡政府在独坡村。1985年乡政府迁往木瓜村，辖12个村委会，3000多户，14000余人，全系侗族。

2008年2月

独坡乡

（一）

湖南通道独坡乡，地处县域西南方。
东牙屯堡团头接，西黔黎平洪州壤。
南桂三江独洞界，北大高坪和播阳。
历来侗族聚居地，人口一万四千强。

（二）

湖南通道独坡乡，三省坡麓东北旁。
地势高崇阳光足，植被茂密树草芳。
溪河流淌泉叮咚，水质清澈甘洌凉。
气候宜人负氧足，吸引游客赏风光。

（三）

湖南通道独坡乡，政府驻地木瓜庄。
依山傍水林木茂，拔地民居坡后藏。
集市贸易人潮涌，休闲会友复经商。
鸟市牛市甚兴旺，交易兴隆远近扬。

（四）

通道西南独坡乡，三省坡麓东北旁。
山峦巍峨幽深壑，溪河逶迤起伏岗。
历来乡府独坡寨，八五迁往木瓜庄。
地处八寨中心位，联系各村便捷畅。

独坡八寨

（一）

独坡八寨史久远，明清时代名即唤。
独坡骆团两村寓，木瓜哈团二寨含。
金坑地坪寓其内，上岩坎寨含里边。
八寨全部住侗族，生活习俗根同源。

（二）

独坡八寨县西南，地域面积广袤宽。
位处三省坡脚下，山高岭峻溪水涟。
乡府驻地木瓜寨，管辖村委十二团。
村民全部是侗族，民族特征突明显。

独坡八寨芦笙匠

（一）

侗族芦笙重乐器，村寨活动不能离。
节日庆典或匆耶，吹奏芦笙兴致高。
独坡八寨芦笙匠，人才辈出名声蜚。
侗家习俗做芦笙，独坡工匠首入围。

（二）

独坡工匠善芦笙，三省坡周名蜚声。
清朝县志早有载，坎寨名匠杨柳臻。
芦笙巧匠诞生地，独坡八寨最有名。
侗村苗寨做芦笙，八寨工匠必力争。

独坡八寨习俗

八寨居住习俗

（一）

独坡八寨诸寨村，风俗习惯有传承。
依山傍水建村落，杆栏民居特色清。
村村都将鼓楼建，寨寨俱把寨门兴。
青石板铺村巷道，风雨桥横跨河滨。

（二）

独坡八寨各寨村，民居多为杆栏型。
一层杂物及牲圈，二楼堂屋和住人。
碓房牛栏则另建，大小便溺缸桶盆。
厕所离家均较远，一般建在水塘滨。

八寨待客习俗

独坡八寨侗族人，勤劳豪爽耿直诚。
亲戚朋友来做客，迎接款待甚热情。
一家请客众人伴，房族至亲皆莅临。
轮流做东宴连宴，醇酒佳肴敬客宾。

八寨琵琶弹唱俗

琵琶弹唱古传承，独坡八寨极盛行。
曲调琤琤伴吟唱，侗歌首首激人心。

一人弹唱众人听，令人神往涕笑跟。
通宵达旦夜复夜，唱者动情听入神。

八寨对歌习俗

（一）

独坡八寨侗家村，对歌习俗浓厚深。
佳节吉庆或歌会，擂台对唱气氛增。
寨寨村村有歌队，男男女女分别清。
当代著名好歌手，善良芝莲杨剑英[①]。

（二）

独坡八寨对歌盛，对歌多按套路行。
套路牌组定有律，临时应变歌最新。
赞歌情歌劳动歌，你问我答情趣增。
走寨访友节庆典，对歌活动更加频。

八寨“多耶”习俗

（一）

侗族多耶妙趣生，独坡八寨极盛行。
寨寨村村有耶队，男男女女混或分。
节庆做客耶对唱，多耶踩堂舞步匀。
一人领唱众人和，热闹气氛难形容。

---

① “善良芝莲杨剑英”：指哈（虾）团的吴善良（男）、上岩杨芝莲（女）与金坑杨剑英（女）三人。

（二）

独坡八寨耶歌兴，耶歌内容多且新。

进堂萨岁父母耶，赞颂猜谜歌时令。

节庆勿耶讴盛世，生活美好颂党恩。

结亲男女耶对唱，建立友谊育感情。

载歌载舞沉于乐，男女老少俱开心。

八寨郎尼“然拧”——玩夜习俗

（一）

独坡八寨青年们，村寨玩夜甚盛行。

甲寨姑娘三五位，纺纱拿线一家等。

直到深夜不散去，等待乙寨后生临。

乙寨郎汉亦成群，为找姑娘穿寨寻。

觅得姑娘聚集处，窗外吟歌求进门。

（二）

乙寨后生三五人，手提灯笼甲寨奔。

到姑娘家门外探，唱开门歌求进庭：

姑娘如花正开放，香飘四溢满庭芬。

我是采糖的蜜蜂，来到屋外急进门。

（三）

后生门外把歌吟，姑娘屋里听得清。

停手上活把歌唱，但不急于开家门：

阿哥的歌我爱听，阿哥的话动咱心。

拉开门闩小伙进，情歌对唱到天明。

（四）

男女双方玩夜始，一次两次几多回。
增进了解感情增，希望发展成伴侣：
跟妹初定百年好，与哥情愿双翼飞。
双方互相换信物，海枯石烂不分离。

（五）

青年玩夜有俗规，必在歌堂灯下为。
男是放飞的喜鹊，女为笼中之画眉。
姑娘坐在家中等，后生沿巷找寻觅。
同姓房族不可玩，异姓邻村需同辈。

八寨青年男女换工俗

（一）

每年农历九月间，剪收糯稻忙不闲。
独坡八寨有习俗，青年男女换工剪。
轮到谁家剪糯穗，头天晚上有夜餐。
拿出几把新糯稻，火塘烘烤脱壳干。

（二）

独坡八寨糯稻黄，异姓男女换工忙。
同在火塘烤糯谷，手搓糯粒脱壳光。
边烤边搓行坐夜，情歌对唱意深长。
搓出糯粒煮糯饭，油茶浸泡喷喷香。

八寨讲款习俗

独坡八寨设款区，重大活动款约叙。
款师讲述要求严，内容具体条理晰。
活动之前款词颂，男女老少皆知悉。
勿耶节庆要活动，聚众讲款不可缺。

八寨赛芦笙习俗

（一）

独坡八寨赛芦笙，祖祖辈辈下传承。
同寨之间芦笙赛，不同房族节日行。
比赛双方着盛装，朝气蓬勃干劲增。
芦笙比赛分胜负，声高曲晰者为赢。

（二）

独坡八寨赛芦笙，同寨比赛鼓楼行。
一年之内两三次，选择节日来进行。
芦笙比赛选节日，主客两寨商定行。
双方轮作东道主，岁末正月来举行。

（四）

独坡八寨赛芦笙，甲寨应邀乙寨请。
客寨前往主寨去，领头持伞前面行。
上路奏笙伴歌舞，主队拦门对歌欣。
客人进寨谢曲奏，主队亦奏曲欢迎。

（五）

两队进入芦笙坪，芦笙比赛即进行。
赛毕主寨即抢客，带领客人进堂厅。
打水洗脸拉凳坐，热情招待不可轻。
叶烟甜酒油茶递，称兄道弟亲又亲。

（六）

主客两队鼓楼坪，踩堂多耶奏芦笙。
侗歌对唱演戏剧，男女青年坐夜行。
赛笙输赢不计较，友谊为重增感情。
次日客队谢主人，主寨鸣炮送客人。

（七）

客人辞行把家还，又被主寨将门拦。
主客边走边对唱，客走主留情意绵。
客谢操劳热情待，主答不周歉意言。
边走边唱难分舍，望多来往友情添。

八寨上“岑惹”习俗

独坡八寨有俗习，六月初六岑惹聚。
男女青年盛装着，哈团岑惹热闹极。
树荫底下人潮涌，山歌对唱情爱叙。
相不相识情意投，商再约会信物易。

八寨“勿地瓦”——种公地习俗

（一）

独坡八寨诸寨村，勿地瓦俗极盛行。
大年三十夜晚过，男女青年结伴群。
男寨小伙吹芦笙，来到女村做客人。
女寨设宴热情待，行歌坐夜结友情。

（二）

大年过后闲时兴，勿耶走寨村对村。
男村青年到乙寨，踩堂多耶赛芦笙。
乙寨举行合拢宴，招待甲村极热情。
双方共议当年事，同勿地瓦上山岑。

（三）

互相勿耶各寨村，男女青年主客分。
勿地瓦事已定下，三月三同上山岑。
松地刨坑播种子，待苗出土苗壮青。
薅草扶苗追肥料，男女约定同时行。

（四）

四月初八姑娘邀，一同上山砍竹条。
做晾布杆瓜豆架，小伙应约按时到。
边砍竹子情爱叙，挥刀力伐干劲高。
情投意合信物易，嫁娶良缘可定了。

（五）

九月初九收获毕，姑娘邀请情哥弟。

一同记更煮油茶，热情款待真言叙。

农历腊月中下旬，小伙赔更请姐妹。

青年男女勿地瓦，交流感情添友谊。

行歌坐夜仍抓紧，瓜熟蒂落良缘缔。

八寨婚俗

独坡八寨侗族婚俗，除一般程序外，另有其独特的地方。

2008年2月

自主婚姻

（一）

男女青年同岁龄，同村异族他寨人。

各自暗中自出恋，旁人一概不知情。

条件成熟同盟誓，自择吉日缔结亲。

娶妻进屋晓父母，全家合族喜盈盈。

（二）

独坡八寨缔婚姻，自由恋爱秘密行。

婚姻自主男女定，选择吉日自结亲。

男约相好作陪伴，连夜赶赴女家门。

女邀知己屋里等，恭候新郎来接人。

（三）

出嫁姑娘夜出门，随同新郎夫家行。

新娘衣篮男伴提，静夜进入郎家庭。
郎家次日请族长，前往女家报喜信。
表示道歉责男方，尽量说服答应允。

多媒 — 托媒人

（一）

独坡青年男女间，互相爱慕结良缘。
双方不好自表白，通过媒人牵线连。
男方备礼公母鸡，糍粑若干酒一坛。
恳请族中数长辈，前往女家订婚言。

（二）

媒人去到女家檐，燃放鞭炮响连天。
女方将礼全收下，宰鸡祭祀家祖先。
表示同意结亲事，请来族人共宴餐。
取回女方定情物，定亲一事就算完。

吃新娘茶

新娘进屋这一天，中午开餐吃饭前。
郎家派人请族妇，出嫁姐妹均回檐。
齐到郎家吃油茶，泡新糯饭香脆鲜。
吃完不再办酒席，气氛同样热闹欢。

吃新娘饭

新娘进屋中午到，吃新娘酒甚热闹。
郎家设宴招待客，房族亲友家姑嫂。
腌鱼鸭肉摆满席，小菜鲜荤量极少。
散席剩下腌鱼肉，各带回家喂宝宝。

婚酒

（一）

独坡八寨办婚酒，男女双方同天做。
新郎家中吃午饭，新娘府上晚餐就。
道灵先生择良辰，注重人情无讲究。
有多多吃少少吃，多喝碗酒喜心头。

（二）

独坡八寨办婚酒，人情交往极讲究。
新朋旧友及亲戚，逐户邀请不遗漏。
条件限制有不周，客人从来不苛求。
婚宴席上敬酒欢，大碗端起只几口。

（三）

独坡八寨特有习，婚宴当晚行祭仪。
盆装草鱼桌上放，推个小伙念颂词。
祭祀完毕盆端走，拿到另屋郎汉吃。
吃鱼在场人有份，主人敬酒致谢意。

重随买 — 棰新娘糍粑

婚酒过后新娘回，送担礼物糍粑随。

捶打糍粑数百个，盖箩糍粑十斤米。

糯米上蒸长者装，开始捶粑行仪式。

请尊长者主开槽，然后正式糍粑捶。

附：重随买开糟词

日吉时良，天地开张。

一打金，二打银。

三打进财宝，四打进田町。

五打五子登科，六打六位高升。

探新娘

新娘出嫁三四天，买家房族姑娘全。

盛装打扮新娘探，称作新人赴郎檐。

男族后生姑娘女，端腌鱼肉新人款。

席上先把赞歌唱，宴毕卡耶卡挽端[1]。

鸾买 — 送新娘

送担鸾买新娘回，郎家安排送担礼。

猪肉水酒两百斤，糯米糍粑百斤余。

正客报恩陪袋送，祖公舅姥房族馈。

① 卡耶卡挽端：侗语，侗歌名。

大小分作数十担，挑抬人员几十位。
鸣放鞭炮甚热闹，长龙队伍买家去。

拦门酒

鸾买回门娘家去，送担队伍家门至。
主人摆酒门拦住，读罢富贵干一杯：
“金杯酒，银杯酒，杯杯显富贵。
文也有，武也有，文武贵府聚。
左手接一杯，你家富贵万万岁。
右手接一杯，夫妻团圆百岁余。”
主人逐个把酒敬，开门迎客进屋里。

开箩粑

主人把担迎进屋，摆上祭品祖先祀。
祭品新郎送担礼，酒肉糍粑三样齐。
众望老人来主持，手解绳索口念词。
祭毕祖先开箩盖，将盖箩粑掀开起。
箩盖揭开伸出手，取出筐内粑数枚。

附：开盖箩粑念词

两手来解金绳绑，金银财宝装满筐。
一开天地长久，二开地久天长。
糍粑成对，好事成双；今妹回门喜洋洋。

拿一双，双龙抢宝。

拿二双，瑞光呈祥。

拿三双，夫妻团圆。

拿四双，日月普光。

富贵门第开，大雁落殿堂。

于归酒

晚上娘家宴友戚，称于归酒送担席。

吃新郎家送礼物，各项礼品需备齐。

正客报恩和陪袋，喜酒祭祖父母礼。

猪肉百五酒两百，糯米糍粑依规配。

于归礼

独坡八寨于归礼，种类繁多分得细。

陪袋报恩祭祖礼，送给新娘家来用。

用办宴席喜酒礼，娘家招待亲友吃。

房族舅公和茶礼，娘家族内每户一。

鸾瓮—送酒坛

（一）

郎方送担买回檐，回门酒毕客回返。

特意留下酒坛罐，女方择日送坛还。

送回酒坛具一格，买亲手绣花帕冠。

各种礼物齐配备，房族妇女送还男。

（二）

女家族妇送还坛，男方女辈来接担。
客人进屋刚坐下，主家油茶热情款。
接着男方族妇们，拉扯客人油茶餐。
你拉我扯家家吃，吃完客人腹已满。

（三）

送坛当天中午饭，主家设宴丰盛餐。
客人上席腹已饱，美味佳肴瞪眼看。
主人找来包粽叶，腌鸭鱼肉按客摊。
包好当作礼品物，散席送客带回檐。

请新娘吃饭

婚后新娘回郎檐，房族亲友请买饭。
每到一户婆嫂陪，亲友房族主妇伴。
年内轮流不到者，来年正月还可餐。
家家户户都请过，直到轮毕才算完。

婴儿三朝酒

婴儿出生三五天，道灵择吉三朝办。
中餐晚餐宴宾客，婚酒喜酒相似般。
请客多少家情定，外婆家族亲友勉[①]。
祝贺婴儿永健康，成人富贵把家建。
席散亲友妇女客，路远郎家住一晚。

① 勉：侗语，指妇女。

独坡八寨节俗

2008年2月

【正月】

元宵节

正月十五月儿圆，独坡八寨过月半。
宰鸡鸭鹅捶糍粑，欢乐气氛胜过年。

【三月】

三月三

独坡八寨侗族家，三月初三吃草粑。
节日头天家主妇，采来骂燕[①] 甜藤砸。
捣烂甜藤清水泡，倒入米面拌匀它。
宽毛栗叶软面包，蒸笼蒸熟草粑吃。

清明节

（一）

独坡八寨侗家人，三月四月到清明。
家家上坟去扫墓，户户祖冢来挂清。
扫墓挂清携供品，糍粑汤圆刀头醇。
祭毕全部都吃掉，求祖保佑安太平。

---

① 骂燕：侗语，野菜名。

（二）

独坡八寨于清明，宗族聚会寨寨行。
吃会房族有会田，收获所得变钱银。
买猪来杀行聚餐，族人全家老少臻。
大米水酒各自带，统一加工供吃饮。

（三）

独坡八寨各寨村，清明聚餐宗族行。
商讨本族大事件，众望老人品德评。
传统美德需发扬，恶劣行迹决不允。
维护房族好声誉，鼓励族人上进争。

【四月】

四月八

四月初八牛王节，犁地耕牛全大歇。
喂牛鲜草祭牛神，蒸黑米饭家家勿[1]。
妇女采来黄桐叶，洗净捣烂水浸沏。
滤去叶渣存汁液，倒入糯米泡一夜。
次日捞出火上蒸，乌米蒸熟黑饭得。

① 勿：侗语，“做”的意思。

【五月】

端午节

（一）

五月初五端午节，独坡八寨习俗特。
家家户户包粽粑，寨寨村村无差别。
妇女头天采粽叶，烧稻草灰清水沏。
滤出灰水糯米泡，包粽蒸熟粑即得。

（二）

五月初五是端午，独坡八寨吃俗殊。
过节当天两道菜，男女老少当口福。
送福草芯大蒜瓣，鲜山苍子捣成糊。
黄瓜白菜辣椒豆，韭菜大蒜混炒熟。
吃百样菜营养富，身体健康疾病除。

【六月】

六月六

（一）

六月初六这一日，独坡八寨歌会节。
地点哈团岑惹坡，四面八方来集结。
青年男女盛装著，三五成群心欢悦。
树荫丛侧行对歌，岑惹坡上果闹热。
山歌对唱伴笑声，各把知音朋友择。

（二）

六月初六这一日，独坡八寨情人节。
青年男女架岑惹，选村择寨来做客。
男男女女吃节气，户户家家热情接。
佳肴美酒盛宴待，婚姻男女对歌烈。
谈情说爱叙衷情，行歌坐夜通宵彻。

【八月】

中秋节

（一）

八月十五中秋节，节日气氛甚浓烈。
独坡八寨村和寨，比赛芦笙行勿耶。

（二）

八月十五正中秋，田里稻谷多成熟。
家家户户收田鱼，请吃鱼肠丰收祝。

【九月】

重阳节

九月初九重阳节，独坡八寨习俗奇。
吃新糯粑新谷酒，剪收糯穗是时日。
不同房族男和女，换工剪糯忙不息。
剪收糯谷头天晚，行歌坐夜烘糯穗。
边烘边唱对歌欢，做新糯饭半夜吃。

【十月】

祭祖节

农历十月祭祖节，独坡八寨果闹热。
不同姓氏节日异，祭祀祖先无区别。
过甲过乙过未日，大多都在这十月。
吴林黄姓过十二，也未超出十月这。

【十二月】

过大年

（一）

农历腊月末一天，独坡八寨称过年。
专吃荤腥不吃素，舍得吃好丰收连。

（二）

独坡八寨习俗奇，大年饭后鼓楼聚。
当晚灵童结队群，到各户家讨粑吃。
每到一家见长者，张口念叨顺口唱：
“脚踩门，手把柱，讨团年粑大家尝。
脚踩门，手把杖，
贵门年粑好，你家年粑香。
讨团年粑众人尝。”
大人不再故刁难，几团年粑递手上。
回到鼓楼交大人，茶水泡热众人享。

独坡八寨独坡村

独坡为八寨之首，有住家400多户2000多人。在1985年乡政府迁至木瓜村前，一直是独坡八寨的政治、经济和文化中心。

2008年2月

（一）

独坡八寨独坡村，另有大寨一别名。
全村住户四百几，总计人口两千丁。
原为乡府所在地，历为政经文中心。
寨中独兀一土坡，独坡之名因此称。

（二）

独坡八寨大寨村，依山傍水风景新。
巍巍崇山西边障，涟涟河水东面潆。
风雨花桥河上跨，通道三江路必经。
草鞋凉水桥廊备，来往行人可称心。

独坡村鼓楼

独坡鼓楼街旁亭，五层宝塔六边形。
塔下两层双坡面，新世鼓楼门额钉。
檐角装饰吉祥物，游龙飞凤形逼真。
对面戏楼正在建，竣工独坡更丽明。

独坡村水塔

（一）

独坡水塔半坡坪，建有凉亭水池滨。
数里以外能看到，五檐翘角葫芦顶。
顶尖瑞鸟玲珑剔，脊端龙凤姿态神。
登坪踏级三百步，凉亭歇息可开心。

（二）

通道独坡大寨村，自来水池九一兴。
积水容量数百吨，水质清冽味甘甜。
池旁建有一凉亭，飞檐翘角六边形。
门上楹联别情趣，喝污饮玉[①]天地分。
凭栏眺望独坡景，山重水复眼底陈。

独坡村风雨桥

独坡八寨大寨村，风雨桥横跨河滨。
三孔两墩水泥面，双坡一檐中托亭。
阁高三层葫芦尖，体呈六面宝塔型。
君若休闲桥上坐，耳聆河水咏歌声。

① 喝污饮玉：指井亭联“喝污水千年历史昨日毕，饮玉露万代幸福今朝始”。

独坡村风雨桥

独坡村古木桥

独坡大寨村东边，一座木桥奇特悬。
结构殊异世难找，横架河上两岸连。
粗大树条两块板，对峙巨石压一端。
另用木排架其上，成桥过河牢固坚。

独坡村拳师杨秀纷

杨秀纷，侗族，拳师，生于1891年，卒于1957年。

（一）

独坡拳师杨秀纷，生在八寨独坡村。

自幼习武勤苦练，棍棒功夫无敌军。
挥棍舞棒功夫硬，说那打那毫不分。
身强力壮甚结实，眼疾手快可机灵。
武术技艺极灵活，勇敢果断均过人。

（二）

独坡八寨重造林，七山八岭树森森。
飞禽走兽藏栖地，老虎伤畜时发生。
下地干活心胆战，惊恐害怕不安宁。
有天老虎正吃食，秀纷闻信即挺身。

（三）

他闻声当仁不让，问清情况即动身。
顺手拔下桩一根，匆匆急往现场奔。
蹑手轻足偷靠近，老虎察觉发吼声。
拳师乘势一桩下，为民除害受赞称。

独坡八寨木瓜村

木瓜村位于独坡八寨中心地带，属于独坡乡的一个村。

（一）

通道独坡木瓜村，位八寨域中部境。
全村住户两百五，共有人口千二丁。
八五乡府迁来驻，独坡经政文中心。
市政建设速发展，砖房瓦屋日添增。

（二）

通道独坡木瓜村，今为乡府驻地屯。
改革开放经济兴，节日贸易结合紧。
一九九二年开始，岑惹歌会在此行。
六六歌会迁此办，男女老少众聚云。

（三）

通道独坡木瓜村，岑惹歌会在此行。
赶集购物会亲友，对歌相亲觅知音。
斗牛斗鸟享乐趣，踩堂多耶赛芦笙。
活动内容多样化，现代传统一起浑。
人山人海更热闹，节日气氛浓味增。

（四）

木瓜侗语称稿国[1]，山清水秀植被葳。
自乡政府迁来驻，市政建设有成绩。
沿街新房林屹立，每逢赶集人拥挤。
农贸市场物资裕，独坡牛市名声蜚。

木瓜鼓楼

独坡木瓜鼓楼浑，名朝阳楼高五层。
扬檐翘角亭阁式，屹立寨中鹤鸡群。
四五两层六角面，一二三级四边形。
顶尖葫芦朝天刺，底呈四面宽阔平。

---

① 稿国：木瓜侗名，“国”读去声。

木瓜机智人物甫宽

独坡甫宽小有名，家住木瓜瓜冲村。
济善作恶常有事，机智勇敢均过人。
与人打赌娶媳妇，一夜得妻进家门。
土豪劣绅欺人甚，巧妙惩治受赞称。

木瓜燕子岩

木瓜下游两里余，两座巨石隔岸巍。
岩高八仞二丈阔，斜相对峙两争魁。
独坡著名一景点，称燕子岩四海知。
据称原为燕子门，成燕子岩传说奇。

独坡八寨上岩村

上岩村据称是石头上的房子，侗语称“也”，又称“稿也”。共有住家250多户1500多人。

（一）

独坡八寨上岩村，八寨当中算有名。
共住侗家两百五，总计人口千五丁。
杨石陆黄粟诸姓，团结互助和睦亲。
行歌坐夜习俗盛，同勿地瓦亦著称。

（二）

独坡八寨上岩村，杨石陆黄粟诸姓。
全村共有多房族，各个房族互结亲。
行歌坐夜把线引，男女青年对歌欣。
大年除夕晚过后，未婚男女坐夜勤。

（三）

独坡八寨上岩村，英雄故事多如云。
机智果敢巧断案，强令赌徒退钱银。
严惩财主改旧习，抽大户粮作兵薪。
及时解救苦脚夫，伸张正义受人尊。

（四）

独坡八寨上岩村，侗家风情盈寨村。
几座鼓楼寨中屹，最高一栋达七层。
还有花桥村口卧，一孔两墩三塔亭。
蜿蜒曲折石板路，进出寨门连户庭。

上岩村鼓楼

独坡八寨上岩村，共有鼓楼几多庭。
最大一座寨中屹，高达七层鹤鸡群。
飞檐翘角果雄伟，顶尖葫芦摘月星。
体呈六面宝塔式，现正进行维修新。

上岩村风雨桥

（一）

上岩坪寨风雨桥，横跨村口三亭阁。
两头殿堂中宝塔，殿堂底下寨门过。
四格桥廊栏杆护，两侧坐凳长枋作。
联阁两檐上檐长，力撑承担三搭托。

（二）

上岩风雨桥建奇，联阁两檐长短异。
端头歇山檐均三，底下通行门各一。
桥墩两头陆地代，体跨两岸影摇移。
二〇〇四年时建，中塔六角檐五级。

上岩长工洪卫的故事

洪卫是上岩人，曾到木瓜石财主家做长工，他凭自己的聪明才智，与凶狠的财主斗智、斗勇，成为佳话。

洪卫独坡上岩人，靠打长工来谋生。
贪婪财主极吝啬，总是叫他多出勤。
智慧过人的洪卫，巧斗财主受赞称。
留下许多趣故事，成为佳话代代承。

【1】把蛇当草割了

（一）

有年洪卫在木瓜，石财主家当长工。

鸡叫三遍就起床，割牛草回天黑蒙。

有天故意寻条蛇，与喂牛草杂捆拢。

他叫财主你喂牛，我上山去把地种。

（二）

财主认为他勤快，答应把草牛栏放。

慢步悠哉到牛栏，动手解草蛇咬伤。

因此受惊实不小，冒出冷汗直叫嚷。

晚上洪卫回到家，宣布不要早起床。

【2】免被鸡吃

（一）

洪卫天亮才起床，割草抽烟蹲火旁。

财主说早饭未熟，先到厕所把粪装。

吃完饭后即可挑，便可多担田里放。

洪把所有粪桶找，桶桶装满放庭堂。

（二）

财主正在吃饭时，整个屋子臭熏熏。

开门出来看究竟，就此来把洪卫问：

你这搞的什么鬼？堂屋怎能放大粪？

放在外面被鸡吃，财主哑口把气吞。

【3】以为鱼尾不能吃

稻谷开花收田鱼，财主把鱼分头尾。
洪卫吃饭自碗中，只有鱼头没鱼尾。
有天放得田鱼回，心生一计弃鱼尾。
两箩筐鱼只有头，财主不见有鱼尾。

（二）

财主奇怪问洪卫，鱼尾都到哪里去？
每次吃饭我碗中，只有鱼头没见尾。
以为鱼尾不能吃，全部剁掉丢河里。
财主气得鼻子歪，口吃黄连无以语。

【4】哪棵熟了收哪棵

（一）

财主因洪屡受气，早有辞退洪卫意。
即与老婆作商量，偶被洪卫听明晰。
洪卫心想要辞我，到时还是看我的：
此期正是播种时，再让财主苦头吃。
各类作物种混撒，半月苗长茁壮势。
财主一看很满意，叫来洪卫结账去。

（二）

洪走时对财主说，秋后收获你来做。
你看田里秧禾状，哪棵熟了收哪棵。
财主显得不耐烦，谁不知道要你说？
不要你教你快走，洪卫施礼心里乐。

（三）

火热炎炎夏天过，秋天来临备筐箩。

财主全家到田边，一看吓得直跺脚。

见稻谷五花八门，有黄有绿有花朵。

财主看了气炸肺：哪棵熟了收哪棵！

上岩走夜习俗

独坡八寨上岩村，小伙结伴夜提灯。

踏坡涉水邻村进，姑娘纺织家户寻。

走寨传情把歌唱，姐妹屋内搭腔应。

行歌坐夜谈情爱，油茶招待友谊增。

东方泛起鱼肚白，到离别时舍难分。

独坡八寨哈团村

位于八寨中心地带，由上寨、下寨、中华山和半坡村组成，全村住家210余户1000余人。独坡六月六歌会即在哈团的岑慈坡举行。

（一）

独坡八寨哈团村，地处八寨位中心。

全村住家二百户，人口共计千余丁。

包括五个自然寨，最大一村近百门。

居住陆吴两个姓，全部都是侗族人。

（二）

哈团侗语称稿哈，五个自然村组成。

上寨下寨和新寨，中华山与半坡村。

互为兄弟吴陆姓，两姓亲上又加亲。

和睦共处勤耕织，建立团寨协力心。

（三）

哈团寨后一山岭，侗称岑惹山坡名。

稿哈稿国分界线，地坪上岩隔山岑。

梁上有处杨柳坡，也谓梁哈名叫称。

侗称岑惹地平缓，六六歌会在此行。

哈团岑惹歌会

六月六日歌会行，引来湘桂黔客人。

男女青年岑惹聚，举行歌会热闹很。

树荫底下丛林侧，谈情说爱觅知音。

情歌对唱声阵阵，笑语欢声喜盈盈。

岑惹歌会年一次，届时男女竞往登。

岑惹歌会的故事

相传在清朝嘉庆年间，木瓜有个外来的富户邹清泉，生有一女名邹霞，如花似玉，心地善良，手脚勤快。当时播阳有一小伙名叫崔相良，幼失父母，忠厚老实，做事利落，人也长得俊秀，到处流浪。他来到木瓜，在邹清泉家做长工，被邹霞看中。两人互相爱慕，常在虾团背后的岑葸山上对歌，谈情说爱。后被邹清泉发现，强行拆散，赶走相良，监禁邹霞。后相良扮装货郎担来到木瓜叫卖，邹霞听出其声音，佯称买丝线，骗父出门。两人上岑葸私自完婚，远走他乡。后被邹清泉骗回，双双害死。人们为了纪念相良和邹霞，每年六月初六上岑葸举行歌会，延到于今。

（一）

六六歌会名蜚声，有个故事传至今。
清朝嘉庆年时代，木瓜有户外来人。
名邹清泉是财主，女儿邹霞貌美勤。
播阳孤儿崔相良，幼失双亲苦伶仃。

（二）

相良流浪木瓜村，邹家长工种田町。
干活做事手勤快，为人忠厚老实诚。
女儿邹霞看眼里，日久产生爱慕心。
两人相约上岑葸，谈情说爱对歌频。

（三）

相良邹霞爱慕情，清泉发现极愤恨。
严加干涉行拆散，赶走相良出家门。
硬把女儿关屋里，从此不许离家庭。
邹霞在家常想念，时把相良挂在心。

（四）

时间很快过一年，六月初六这一天。
相良扮成货郎担，来到木瓜叫卖喊。

邹霞听出相良声，佯称出门买丝线。
两人相约上岑惹，极力抗争把婚完。

（五）

邹霞相良完了婚，两人商量行私奔。
连夜逃到广西去，程阳落户建家庭。
白手起家辛劳付，开荒种地谋生存。
辛辛苦苦过生活，甜甜蜜蜜和睦亲。

（六）

邹霞相良行私奔，清泉派人四处寻。
一年过后终找到，生米熟饭已做成。
亲自出马到程阳，携带新衣和白银。
故作惊讶和怜惜：让我苦找好费心！

（七）

你俩都是爹亲人，女大当嫁男当婚。
男女结婚是好事，当爹不该拦你们。
现在知道爹错了，害得你们受苦辛。
过去都怪父不好，今知错了极痛心！

（八）

爹知你俩受苦辛，没吃没穿难生存。
我已预料这些事，顺便带来衣和银。
吩咐跟随即送上，邹霞逐件拒收领：
这些东西用不着，吃穿开荒能自应。

（九）

口是心非邹清泉，即刻改口又进言：
执意不收也就罢，长居异乡亦不便。
你们还是回去好，家里安排已妥善。
屋头两房你俩住，并划五亩私房田！

（十）

邹儿崔儿回家去，都成一家别分离。
都道在家千日好，出门一时极不易。
家有你们在身边，爹为长辈无忧虑。
房屋水田地契在，凭据递到俩手里！

（十一）

歉意真诚分量重，肺腑之言出口中。
白纸黑字契约在，亲自递上两手捧。
相良邹霞小两口，莫知所措心发蒙。
信了生怕要上当，不信不孝罪难容。

（十二）

相良邹霞小两口，左右为难心发愁。
恰好庄稼刚成熟，回前先把稻谷收。
执意不收就也罢，长住异乡无好优。
清泉只好先离去，没有办法再强求。

（十三）

两口庄稼收完毕，清泉又派人来催。
称母病重俩快回，急帮两口搬家什。

两口不得已离开，回去进到家屋里。
按照原嘱安排住，两口住下尚安谧。

（十四）

相良回来住邹家，做工干活不在话。
披星戴月虽劳苦，早出晚归尚实踏。
太阳月亮来回转，时间过去一年达。
忽然大祸从天降，县衙快捕相良抓。

（十五）

县府银库盗案发，今天追踪到你家。
床底搜出一筐银，人赃俱获有何话？
不由分说五花绑，硬把相良带回衙。
邹霞深知夫本分，偷盗银子怎是他？

（十六）

相良被抓关监牢，邹霞含恨即晕倒。
知道她爹在使坏，勾结县官阴谋搞。
让她喊天天不应，又是叫地地不晓。
气昏三番倒五次，昏醒恍惚日复宵。

（十七）

有日感到神志清，跋山涉水去县城。
监牢探望相良夫，患难夫妻一世恩。
夫妻相见牵手哭，千言万语难成声。
哭罢相良开口言，爱妻是我害你深。

（十八）

爱妻呀我害你深，今世无缘待来生。

头朝石墙飞猛撞，痛别人间离凡尘。

邹霞见状随倒地，迷迷糊糊天地昏。

接着再不省人事，谁送回家也不清。

（十九）

邹霞回家还不醒，醒来之后针扎心。

宛如刀绞痛欲绝，整天悲泣不欲生。

六月初六成亲日，登上岑惹祭夫君。

哥呀！

阳世无缘去阴间！你前面走我后跟。

我来了，你稍等，由这古枫来做证。

（二十）

此事传开众知悉，敬佩崔邹两夫妻。

每年六月初六日，湘黔桂边男和女。

盛装打扮上岑惹，纪念崔邹行歌会。

谈情说爱觅知己，年年如此不停息。

独坡八寨坎寨村

坎寨的侗名为“邓干”，又名“平磨”，离独坡村最近，住有侗族220家1100多人。

坎寨侗名称邓干，大小坪磨老鸦含。

邓干又名称坪磨，位在独坡大寨边。
住有侗家两百廿，共计人口千一添。
村中石板路交错，前后左右家户连。

热情待客

独坡八寨坎寨村，距离独坡大寨近。
全村住家皆侗族，男女老少俱热情。
家来客人族亲伴，谁人做东互相争。
为人朴实堪称著，款宾待客情谊真。

善弹琵琶

（一）

独坡八寨尚琵琶，坎寨琵琶堪称甲。
农闲时节聚鼓楼，或在预约谁人家。
锵锵有声琵琶奏，琤琤动听夜空划。
有歌历史唱劝世，有讲故事英雄夸。

（二）

歌师弹唱感情溢，吸引听者神入迷。
唱完一首又一首，弹完一曲复一曲。
当唱遇到感人处，听者无不热泪滴。
弹唱一夜接一夜，通宵达旦不舍离。

坎寨对歌

对歌是侗族青年的一种特殊社交方式，可由男女两人对唱，或一对男和一对女的对唱。侗族人多会唱歌，但不一定会对歌。对歌有固定的套路（据称有30多路）和牌，牌下又分组，组又分首。独坡八寨，寨寨都有会对歌的人，有十对至十数对不等，分别为“男对”和“女对”。每逢节庆，走亲访友，出门做客，青年男女都要组织对歌活动。

（一）

八寨习俗尚对歌，男女对唱歌满坡。
婚姻村族男女会，聚在一家宽屋坐。
谈情说爱行坐夜，互唱对歌底线摸。
情投意合海盟誓，结成伴侣俱欢乐。

（二）

坎寨对歌堪称著，有位姑娘歌路熟。
多少小伙与她对，无不败阵只认输。
通过对歌受锻炼，接触广泛脱口出。
原路新编相结合，日久天长歌师铸。

坎寨黄成保的故事

（一）

八寨坎寨黄成保，自幼学拳武艺高。
首次游武到广西，揭帖八年比武报。

一拳打灭八盏灯，旁见之人惊呆了。
贴榜拳师亦叹服，各路子弟拜师教。

（二）

著名拳师黄成保，心怀侠义好打抱。
土匪关洋害民众，常出现在仓门坳。
成保决心除匪祸，有天正遇匪徒到。
一拳击中关洋贼，两个匪徒应声倒。
呜呼哀哉离尘去，另外两个逃之夭。
来往客商过门坳，平安无恙人称道。

（三）

一九三〇夏正当，宝庆拳师到播阳。
贴报摆台求打擂，没有一人敢揭榜。
胡作非为人生厌，成保答应惩嚣张。
到乡公所将榜揭，南门沙坪摆擂场。

（四）

播阳比武传四方，赛场周围人熙攘。
比武当天中午饭，三次派人催上场。
两人立下生死据，一同进入场中央。
比武号令音刚落，宝庆拳师动手伤。

（五）

哨音刚落说时快，宝师一跃眼来掏。
二跳宝师铜指甲，擦破成保额血冒。
成保一怒身一抖，蹬足吆嘿迎三招。

左拳下肋右下马，宝师噼啪应声倒。
打倒宝师肋骨断，徒弟跪地只救饶。

（六）

成保重义武德高，再未加马宝命保。
派人通知宝庆师，只要认师伤治好。
宝师不服并扬言，三年过后把仇报。
雇人抬到靖州府，呜呼哀哉一命了。

（七）

成保打败宝庆老，围观人群高兴跳。
街上老板得出气，送师沿途鸣鞭炮。
从此成保名声震，男女老少俱知晓。
拜他为师人更多，帮助干活无须报。

（八）

独坡坎寨黄成保，身材结实体健高。
自幼爱好学武艺，练得一身本事高。
生在清末民国初，桂湘黔边声望高。
男女老少都知道，著名拳师赞誉高。

独坡八寨金坑村

金坑是独坡八寨之一，住有侗家330余户1500多人。

独坡八寨金坑村，位在独坡东南境。
住有侗家三百逾，共计人口千五丁。

寨子属为山脊型，地势高低很不平。
全村男女老和少，团结和睦凝聚心。

金坑凉庭—鼓楼

（一）

独坡八寨金坑村，有座鼓楼特殊型。
吊脚民居极相似，楼高三檐双坡顶。
一檐齐腰板封实，二层栏杆木条撑。
内厅屋面宽敞亮，开展活动且任凭。

（二）

金坑凉庭宽三楹，四排立柱四进深。
前列四柱坎下托，外加瓜柱吊脚承。
一二两檐三楹盖，三檐只冠中间厅。
鼓楼大门正面辟，背吊柱前鼓楼坪。

金坑村花桥

（一）

金坑花桥雄伟豪，跨过山溪两孔超。
桥廊七格横跨岸，桥上三亭飞檐翘。
廊侧两边双层柱，外层八根呈吊脚。
瓜柱下部栏杆护，廊侧护栏齐腰高。

（二）

金坑花桥巍伟豪，桥上三亭中亭高。

两头三层中五级，左右歇山中六角。
亭阁顶尖穿葫芦，垂直上指刺天霄。
瓜柱下端悬空吊，卅二葫芦柱脚罩。

（三）

金坑花桥壮观瞧，新进建造巍伟豪。
九排四柱横廊跨，两边八根脚枋高。
务工归来桥上歇，当作坐凳消疲劳。
水泥桥面坚牢固，休闲娱乐任逍遥。

独坡八寨骆团村

独坡八寨骆团村位于三省坡脚下，是距三省坡最近的一个寨子，有侗族住家250户，1060余人。

（一）

三省坡下骆团村，周边山峦树茂森。
溪流湍急穿村过，寨子割裂两边分。
全寨住家两百五，总计人口千余丁。
居民全部是侗族，团结互助和睦亲。

（二）

独坡八寨骆团村，村民全部侗家人。
古老凉庭民居式，立于寨中双坡顶。
主柱四根支撑力，火池一个木柴焚。
另有公磨一角放，更显凉庭世纪春。

（三）

三省坡下骆团村，地势独特村寨型。
两头尖小中间阔，一个驼背高隆挺。
宛若骆驼舟上卧，古人取名骆船称。
与时俱进年复岁，骆船演绎骆团名。

骆团凉庭公磨

（一）

骆团凉庭寨中亭，年代久远民居型。
有墩公磨石凿就，存放凉庭东南滨。
四粗木桩支撑力，两块磨盘压重沉。
下盘磨槽连一体，上盘把孔安握柄。

（二）

骆团公磨凉庭存，显得古旧重千钧。
放在凉庭东南角，磨盘托架附厚尘。
磨米磨面机器代，古磨无人再问津。
古老凉庭相映衬，历经沧桑世纪春。

侗族圣山三省坡

因位于湖南、广西、贵州三省交界处而得名。东北西南走向，主峰海拔1336.7米，是渠水和柳江的分水岭。西边是贵州黎县洪州镇，东面是湖南通道县独坡乡，南侧是广西三江县独洞镇。山顶上有1996年国务院立的三省界碑一块。

2008年2月

（一）

侗族圣山三省坡，吸地高耸天云摸。
东湘通道独坡域，西黔黎平洪州所。
南桂三江独洞镇，坡上界碑形三角。
东南日月潭[1] 面阔，团结水库促谐和。

（二）

湘黔桂边三省坡，植被丰厚物种博。
伯乐马尾白辛树，凹叶厚朴红木荷。
珍贵树种几十样，中草药材数更多。
天然林园招众客，观光旅游闹天鹅。

（三）

天然长城世间罕，原是岩石裸露山。
层层叠叠廿米高，亘亘绵绵百里添。
怪石嶙峋危岩耸，天然筑砌牢固坚。
铸造时代震旦纪，蜿蜒逶迤湘桂黔。

（四）

团结水库天鹅湖，水质清澈容量足。
独洞就寨田受益，禾苗茁壮增收入。
乘船坐舟风光赏，山清水秀景致目。
夏秋季节天气好，游船漂荡水面浮。

---

① 日月潭又名天鹅湖，是1972年修建的大塘水库。

（五）

湘黔桂交三省坡，登顶伸手把天摸。

东实心竹竹青翠，西古松柏柏树多。

南边层叠梯田套，大塘水库聚天鹅。

人文自然相结合，绘制画轴幅幅卓。

（六）

三省坡位湘桂黔，满坡杜鹃红艳妍。

每年春天花盛日，各方游客人满山。

多耶跳舞唱对歌，结友交朋感情建。

赏花摄影留形象，排忧除虑解心烦。

（七）

广西独洞林略村，地势开阔坡缓平。

灌木丛生荒草盛，大塘水库碧澈清。

海拔千米高水库，一年四季天鹅云。

绿水连天粼波荡，湖中岸上多奇景。

（八）

玉岚弥漫三省坡，天然植物园面阔。

三级保护树白辛，二等维佑木伯乐。

红花木莲属珍贵，凹叶厚朴数不多。

山上特产实心笋，迎寒而生在秋末。

肉质细嫩味微甜，侗乡美食登席桌。

（九）

侗族圣山三省坡，山脉高耸东西拖。

长江朱江分水岭，北坡南坡河奔各。
雷洞恩科河南向，珠江上游浔水合。
独坡播阳平坦河，北入渠水洞庭过。

【通道·黄土】

位于县境南部，原属广西三江县，1954年划入通道。

2004年11月 自治县成立50周年庆典

黄土乡

（一）

黄土乡位县城南，九个村委位其间。
西牙屯堡北双江，东靠马龙南坪坦。
境内多山溪横纵，坪坦河贯东部沿。
全乡住家千二户，人口快到六万边。

（二）

黄土乡位县城南，原属广西三江县。
五四年划通道域，侗族聚居民风渊。
黄土开辟文化村，吸引游客前往观。
侗家文化展示地，旅游胜地遐迩传。

黄土吃冬节

（一）

黄土吃冬祭祖节，各姓各村日子别。
农历十月甚热闹，节日各户堂满客。
远近索尼亲友家，情歌对唱行坐夜。
男歌女唱情趣浓，你问我答心欢悦。

（二）

农历十月十五日，黄土吴姓过冬节。
纪念祖先建寨功，高朋贵友满堂客。
美酒佳肴溢席桌，饮酒罚拳可热闹。
谁家宾客最多者，视为荣耀可了得。

黄土皇都文化村

黄土乡皇都文化村始建于1995年7月，距县城10公里，相传古夜郎君经过此地时，见此地山清水秀，风景优美，许言要在此建都而得名。这里民俗文化，原汁原味，丰富多彩，被誉为“路不拾遗、夜不闭户”的省级文明单位。

（一）

黄土皇都文化村，距离县城十里程。
头尾盘新四个寨，依山傍水树茂森。
侗家文化持完整，一直保存到如今。
一九九五年时建，侗族文化民俗村。

（二）

黄土皇都文化村，依山傍水树成林。
重檐鼓楼寨中屹，三亭花桥河上横。
寨门高筑村前耸，凉亭矗立山坳岑。
吊脚民居楼栋栋，参差错落寨中亭。
均系木构榫卯插，侗族建筑集大成。

（三）

黄土皇都文化村，民族文化浓郁深。
客人进寨歌拦路，芦笙高奏示欢迎。
戏台演出看侗戏，民族风情展示清。
迎客进屋热情待，苦酒油茶香脆醇。
民风民俗内容丰，民族感情纯朴真。

（四）

黄土皇都文化村，民族文化旅游兴。
头尾盘新四个寨，生活富裕前他人。
吊脚民居村容美，设备现代寨卫生。
生态旅游兴通道，罗蒙富裕景光明。

皇都文化村鼓楼

（一）

黄土皇都文化村，两座古楼并列亭。
头寨凉庭四方状，屹立寨中五檐层。

尾村鼓楼七檐屹，呈宝塔状六边形。
飞檐翘角果雄伟，两楼并立公坪邻。

（二）

依山傍水皇都村，两座鼓楼建于明。
全部结构为木质，横枋立柱衔卯榫。
石砌火池正方状，周置长凳四脚撑。
内放齐心鼓一面，要事击打召众民。
两鼓楼坪几连接，中石板路隔开分。

（三）

依山傍水皇都村，两座鼓楼建于明。
屹立寨中巍伟岸，镇饰皇都景象新。
两对主柱直支顶，双六副柱周边撑。
楼前坪场广袤阔，踩堂多耶赛芦笙。

皇都戏楼

（一）

黄土皇都文化村，两鼓楼间戏楼兴。
飞檐翘角三亭阁，中间高耸两边沉。
宛若寨门果雄伟，塑饰龙凤形逼真。
两大芦笙台后架，彰显民族风情明。

（二）

黄土皇都文化村，文艺演出戏台承。
皇都文化艺术团，生动活泼十几名。

不宽几米戏台上，浓缩展示民风情。
喜事节庆行歌会，戏台对唱吸众听。

皇都寨门

（一）

皇都文化村寨门，攒尖歇山不同情。
建筑结构工精湛，全是榫卯嵌合成。
雄立寨口门开敞，进村出寨台阶登。
耶客来到歌拦路，你问我答情趣增。

（二）

黄土皇都文化村，依山傍水风景新。
头尾盘新四个寨，每个村子各有门。
飞檐翘角壮观美，典雅古朴歇山顶。
足踏台阶几步上，跨过门槛即进村。

皇都普修桥

位于文化村的坪坦河上，始建于清朝嘉庆乙丑年，1墩2台2孔道，桥体桥面均系木质，桥上建有三座宝塔式亭子，塔下桥廊依次建有始祖祠、关帝殿和文昌阁。普修桥是皇都文化村的标志建筑之一。

（一）

黄土皇都文化村，坪坦河上普修横。

两孔三台木构架，三亭重檐桥上兴。
端头殿阁檐三级，正中塔亭高五层。
桥亭下面三神龛，始祖关帝文昌名。

（二）

黄土皇都普修桥，连接四寨S形昭。
头盘尾村居上域，对岸新寨位下槽。
悬臂枕式木构架，桥檐双坡南北朝。
梁上三亭难一致，两侧低矮中间高。

（三）

黄土皇都普修桥，廊檐脊上龙抢宝。
玉珠闪烁风叶动，声光交错影移摇。
东西两头寨门式，左右八字壁外朝。
还我河山多匾额，塔桥檐绘技艺高。

（四）

黄土皇都普修桥，廊上悬挂匾牌昭。
民族芳躅左边看，云谲波诡右侧瞧。
西北衔山青葱翠，东南接寨炊烟缭。
桥下碧波荡塔影，山水相映景致娇。

（五）

皇都普修史悠久，乾隆时建嘉庆修。
结构精巧姿形美，侗族花桥名例优。
坪坦河流玉带澈，桥影倒映水底悠。
美化皇都风景秀，吸引众客长久留。

（六）

黄土皇都普修桥，雄鹰展翅跨河腰。
河水奔腾撼日月，塔亭高耸插云霄。
桥廊摆上合拢宴，姑娘敬酒热情高。
民族风情真淳朴，一生难得几回瞧。

（七）

黄土皇都普修桥，桥上三塔壮观瞧。
中塔顶立仙鹤俊，两侧脊梁龙争宝。
圆镜裹球随轴转，光芒放射闪亮昭。
脊梁宝塔飞檐翘，狮鱼龙凤互比娇。

皇都凉亭

皇都侗族文化村，黄土界上建凉亭。
旁侧建有井亭秀，密林深处山泉引。
游客行人避风雨，喝口山泉润田心。
闲逸舒展风景赏，诗情画意顿时生。

皇都村里的溪流

黄土皇都文化村，两条溪流各奔腾。
一叫阴溪水清澈，二称阳溪泉浊浑。
头寨盘寨相汇合，阳溪阴溪泾渭分。
水流嚯嚯寨门过，注入坪坦渠沅奔。

皇都做客

（一）

有幸皇都去做客，临门圆盘花带截。
芦笙阵阵示欢迎，女歌声声表亲切。
进村先饮拦门酒，或唱对歌才可得。
主客双方都满意，高高兴兴情浓烈。

（二）

做客皇都文化村，领略民族风情纯。
客人进寨热情待，油茶苦酒香脆醇。
酸鱼腌肉别有味，合拢席上溢香馨。
品尝千家酒肴菜，姑娘敬酒情意真。

（三）

有幸做客文化村，深刻体验侗风情。
吃食千家合拢宴，品尝腌酸侗味情。
欣赏风趣芦笙舞，领略对唱侗歌情。
观看艺术团表演，展示魅力侗家情。

皇都文化村文明风气

（一）

走进侗族文化村，精神文明堪赞称。
路不拾遗不闭户，村民群众讲文明。
尊老爱幼传统习，男女老少和睦亲。
家里整齐又干净，寨中清洁亦卫生。

（二）

依山傍水皇都村，鳞次栉比吊脚明。

楼上楼下均干净，电灯电视闪晶莹。

液化气灶进家屋，自来泉水入户庭。

穷困苦难悠悠去，迎来富裕小康登。

黄土乡半坡村

位于黄土乡峡谷冲头一山梁半腰上，故名。全村住家100余户共500余口人，全是侗族。有条溪水从上奔流而下，绕过村脚，上面架有7座长3米、宽1米的石板桥，从第二座桥进寨。有清朝乾隆年间建的寨门兼凉庭一座，1989年修葺；有清朝光绪年间建的三层高的鼓楼，1983年重修增至五层。2010年列为县级文物保护单位，2013年升为市级文物保护单位。

2014年10月 自治县成立60周年县庆典

（一）

位黄土乡半坡村，距离县城十五程。

全村住家百余户，共有人口五百丁。

明朝末年始建寨，村子建在半坡岑。

住欧吴杨李文姓，团结和睦兄弟亲。

（二）

通道黄土半坡村，有条溪流往下奔。

绕过村脚淌流去，水质清澈碧波腾。

七座石桥溪上跨，二桥建有寨大门。
数条弯曲石板路，阶级爬地往上行。

（三）

通道黄土半坡村，现存古建分外明。
青石板桥石板路，古萨岁坛古炮墩。
三檐古楼光绪建，八三重修加两层。
吊脚民居沿路造，禾晾排排齐列整。

（四）

通道黄土半坡村，建寨始祖江西人。
先从江西到龙胜，后到黄土半坡停。
后被引导达此处，开始建寨为欧姓。
发展到今百余户，历经沧桑多苦辛。

（五）

通道黄土半坡村，有四寨门人通行。
沿边竹签加荆棘，战乱年代守住门。
无论白天和黑夜，不走寨门村难进。
解放之前匪为患，半坡始终保安宁。

半坡村鼓楼

（一）

半坡鼓楼奇特神，盘踞古寨要脉经。
背依半坡大山岭，面对溪畔秦美岑。
居高临下傲然立，称望岳楼含意深。
鼓楼始建光绪年，纯木结构抬梁型。

（二）

半坡鼓楼奇特神，建于半坡山腰岑。

四坡屋面重檐阁，瓜柱悬空吊脚撑。

吊脚起架高十米，楼前赢得一款坪。

独具匠心巧设计，五层鼓楼兼寨门。

【通道·坪坦】

坪坦乡位于县境西南部，坪坦河流经本乡八个村寨，1954年从广西三江县划入通道。

2014年11月 自治县成立60周年庆典

坪坦乡

（一）

坪坦位县西南边，坪坦河域穿其间。

东与陇城共边界，西同五通合侧沿。

南桂三江林溪镇，北黄土乡互接连。

原属广西三江辖，划入通道五四年。

（二）

湖南通道坪坦乡，境内坪坦河流长。

自南而北蜿蜒淌，流经八个村寨庄。
共辖十二村委会，人口九千接近旁。
鼓楼寨寨鸡群鹤，花桥溪溪龙凰翔。

坪坦腌草鱼

（一）

通道坪坦腌草鱼，存放年久名声蜚。
廿三十年不变质，红白喜事应时需。
款宾待客上等菜，盛宴席摆显魅力。
肉质紧密暗红色，醇香酸咸口感美。

（二）

塘中取来大草鱼，破肚去脏盐浸渍。
次日捞出滤干水，拌糯米饭放桶里。
每放一层棕丝隔，加上内盖压巨石。
盐水浮在内盖上，隔绝空气长久置。

坪坦河域风雨桥

指架在坪坦河及其支流上的几十座各式风雨桥中的9座。其中，在坪坦乡境内的有6座，在陇城镇的有3座，均为清朝中晚期所建。2006年均被列为全国重点文物保护单位。

（一）

通道坪坦风雨群，俱是清朝年间造。

长短高低几十座，左观右察九栋韶。
工艺精湛设计巧，榫卯穿插特征昭。
二〇〇六年九月，列入国家文物保。

（二）

坪坦河域风雨群，九座廊桥国保登。
回隆回福文星寓，永定永福普修居。
中步一桥和二桥，梓坛河上观月包。
三座三包亭塔顶，六栋双坡瓦屋型。

（三）

坪坦河域风雨桥，干流支流横跨腰。
回龙普济坪坦跨，文星永定高步挑。
永福回福高步架，一桥二桥中步超。
还有观月梓坛越，三河九桥登国保。

（四）

通道坪坦河水清，坪坦河上风雨群。
全国六批重文物，花桥九座共组成：
中步头桥和观月，中步二桥与文星。
永福永定普济含，回龙回福桥俱蕴。
九寨九桥河上跨，侗乡花桥俱典型。

坪坦古侗寨

位于百里侗族文化廊腹部，距离县城21公里。始建于宋代，坪坦河穿寨而过，住有侗家239户1161人，寨中古迹有吊脚民房236

栋，鼓楼3座，寨门3个，风雨桥1座，古井4口及萨岁坛、石板路、飞山宫、孔庙、南岳庙、城隍庙、李王庙和雷祖庙等。

（一）

通道坪坦古寨村，百里文化廊中心。
距离县城廿一里，两百卌户千二人。
坪坦河自村西过，村寨隶属平坝型。
四周松杉竹混长，始于宋朝年代兴。

（二）

湖南通道坪坦村，侗家村寨平坝型。
始建年代时久远，文物古迹多堪称。
鼓楼寨门各三座，飞山南岳古庙群。
庙群侗域实少有，通道坪坦寨中存。

（三）

湖南通道坪坦村，申遗侗寨榜有名。
活化石桥普济谓，杨公古殿飞山称。
古宫古庙七八栋，重建萨坛一座浑。
侗族文化底蕴厚，传统遗风多保存。

（四）

湖南通道坪坦村，侗家村寨平坝型。
周边田园广袤阔，环村山翠竹木森。
坪坦河从村西过，普济桥横苍龙腾。
鼓楼古井石板路，古民居屋青瓦顶。

坪坦普济桥

以“普济众人”之意而取名，两檐、单孔、木构架、双坡顶，梁上饰有双龙抢宝和两条吉鱼，一字横跨在坪坦河上。桥长30余米，宽近4米，跨度近20米。两头桥门向下游开。2006年公布为全国重点文物保护单位。

（一）

通道坪坦普济桥，高为两檐雄伟豪。
单孔横跨木构架，一字排开拦河腰。
桥檐双坡鳞瓦盖，梁脊两端微上翘。
正中塑饰龙抢宝，两侧吉鱼龙后陶。

（二）

通道坪坦普济桥，呈一字形横河道。
桥面伸臂悬梁式，圆木为枕逐排超。
拱架两头各倾斜，抱柱双枋当凳条。
上下桥廊台阶踏，两头桥门下游朝。

（三）

通道坪坦普济桥，单孔横跨坪坦腰。
圆木伸臂承桥体，临寨桥门砖石造。
两侧偏厦齐桥面，半腰廊壁景致瞧。
桥门与拱呈M状，构思巧妙设计高。

（四）

坪坦福桥普济名，呈一字形特色清。
清朝乾隆廿五建，至今也有几百春。

普力同修桥永固，济人利物岸极登[①]。
桥下河水碧如镜，秀影倒映明晰清。
二〇〇六年公布，全国重点文物名。

坪坦坪日村

1984年11月 治县成30周年庆典

（一）

通道坪坦坪日村，有架水节习俗存。
每年正月初一日，吃过早饭全村人。
男女老少盛装著，敲锣打鼓吹芦笙。
结队寨子对面溪，举行架水仪式行。

（二）

村民担桶到河边，众望老人架槽撑。
架接急滩湍流水，注入各家桶中盛。
各接得水回家转，聚在鼓楼和款坪。
多耶踩堂尽歌舞，敲锣打鼓奏芦笙。

（三）

载歌载舞踩堂兴，男女老少笑脸盈。
祈求风调和雨顺，人畜兴旺谷丰登。
接来架水心欢畅，缅怀先人迁徙辛。
五谷丰登寨平安，尽情歌舞欣祝庆。

① 引自桥联意“普力同修桥梁永固，济人利物彼岸极登”。

坪日回龙桥

位于坪日村脚下，架在坪坦河上，3亭4墩3孔道。该桥以寨中的鼓楼为圆心，以300米为半径画成的弧状，长63米，宽近4米，22间桥廊，建于清朝乾隆二十六年，原名龙皇桥。1931年修复，改名回龙桥，意为“迂回龙脉、环抱村庄”之意。整座桥均为木质结构。1959年列为省级文物保护单位。1974年修葺时，木墩台改为石墩台。

（一）

雄伟壮丽回龙桥，位平日村脚下昭。
桥下四台三孔道，梁上三亭三檐高。
长两百尺呈弧状，宽一丈二似难超。
共有桥廊廿二间，中亭底下关圣庙。

（二）

坪坦平日回龙桥，祥龙卧波跨河腰。
大青石墩承木架，覆钵宝顶饰瑞鸟。
北壁及檐精美画，南边栏板齐腰高。
清朝乾隆廿六建，列为省级文物保。

（三）

坪坦坪日回龙桥，木质结构造型巧。
桥墩青石垒筑砌，廊架木构穿插套。
三座三檐六角阁，四墩三孔百尺超。
彩绘题词堪称奇，塔顶装饰吉祥鸟。

（四）

坪坦坪日回龙桥，原来称叫龙皇桥。
木质结构造型特，桥面两端设计巧。
西头拱券圆木叠，东端架梁枕臂挑。
民国卅年重修复，龙皇桥改回龙桥。

（五）

坪坦坪日回龙桥，横跨坪坦三层高。
桥上密檐亭三座，形同宝塔阁六角。
北柏枋板风寒御，南通灵窗景致瞧。
顶巅葫芦锦鸡唤，桥东桂树秋香飘。

（六）

话说回龙风雨桥，巨大弯弓锁河腰。
两头桥名字刚劲，左右板壁彩绘韶。
水浒三国故事叙，封神说唐传说描。
精雕细画艺精湛，描龙绘凤形象肖。

（七）

再说坪日回龙桥，坪坦群桥冠长高。
长廊弧形廿二格，神龙首尾两头消。
桥面结构两端异，建筑大师来创造。
西头一拱便通船，采用伸臂悬梁造。
东段两孔无流水，悬臂叠梁式样操。

（八）

三说坪日回龙桥，坪日下游百米超。

鼓楼圆心画弧造，弓状桥形坪日抱。
三墩四孔桥下托，重檐三塔梁顶岹。
桥上装饰工艺湛，展示匠人技精巧。

（九）

清朝乾隆廿六造，坪坦坪日回龙桥。
整座桥梁木结构，名字称作龙皇桥。
桥廊鼓楼圆心画，千尺半径弧形桥。
民国廿年行维修，改名称作回龙桥。
一九七二又修葺，木墩换成石墩桥。
如今坪日回龙桥，湖南省级保护桥。

作者考察坪日回龙桥时留影

坪坦高步侗寨

位于坪坦乡西南部，由高升、高上、克中三个自然村组成，距离县城25公里。全村住有侗家507户2500余人，始建于明朝洪武年间。寨中有古民居480栋，鼓楼6座，花桥5座，水井6口，以及古墓群、古驿道、古戏台、社王祠、七子太公庙、飞山庙、南岳庙、求子庙和石碑20方等古迹。

2004年10月 自治县成立50周年庆典

（一）

通道坪坦高步村，三自然寨共组成。
克中高升和高上，距离县城廿五程。
全村四至五百户，人口两千五百丁。
四周山岭青葱翠，一条溪河碧波奔。
山青水澈风光秀，绿树禽鸣空气新。

（二）

高步侗寨六组分，高上克中对峙睁。
一条河流田坝割，六自然寨南北分。
土寨岩寨田寨北，里边正龙高仁南。
素称高步六个寨，永定福桥相接连。

（三）

坪坦高步六寨村，各寨建筑殊异形。
鼓楼花桥和寨门，多数始建明和清。
凉庭高耸立寨中，高于民宅鹤鸡群。
木质结构榫卯套，飞檐翘角壮观睁。

（四）

坪坦高步侗寨村，文物古迹多保存。
鼓楼六栋花桥五，旁有一处古墓群。

古井六口驿道二，凉亭数座石碑云。
香岭求子太公庙，飞山南岳社王林。
节日表演戏台两，吊脚民居四八〇。
村寨周围古树郁，枫杉大树卅余根。

高步寨中古水井

高步寨中水井修，井台井壁嵌石头。
上建塔亭遮掩盖，柱贴楹联吸众瞅。
“众士美名传四海，一流甘泉冠九州”[①]。
掘井修亭真情叙，饮水观联烦气消。

高步风雨桥

高步风雨桥架横，回福永定二桥浑。
六批国保文物布，两桥同时齐上登。
桥长俱是五十米，同是楼廊式造型。
飞檐翘角亭阁绰，桥上歇息风景欣。

高步回福桥

回福桥是高步片村的高坪、龙氏、里边、岩寨、秧田和上寨六个自然寨的水口桥。有3墩2孔3亭阁，叠梁式结构，始建于清朝道光二十年，清朝同治九年复建。

① 引自井亭联。

（一）

高坪六寨回福桥，横跨高步水口腰。

三墩两孔叠梁式，一桥三亭脊上昭。

两头歇山三檐阁，中亭宝塔五层高。

宝塔八角葫芦尖，青瓦覆盖塑瑞鸟。

联阁桥檐双坡面，梁脊两龙抢一宝。

（二）

高步河上回福桥，桥上装饰特色昭。

南面齐腰板壁配，北边及顶木墙高。

壁上民间故事绘，正中关圣帝祠豪。

桥体部件榫卯合，立柱横枋穿插套。

清朝道光廿载建，同治九年复修造。

（三）

坪坦高步回福桥，油茶山脚横河道。

东西两亭四坡顶，当中一阁八角翘。

桥头石狮神情抖，守护花桥福祉招。

全木结构修建造，十八廊间跨河腰。

（四）

坪坦高步回福桥，横跨高步河上娇。

桥体部件穿插套，无钉无铆坚固牢。

连接两边六个寨，村民高兴都叫好。

过河歇息乘凉用，下棋吟诗对歌笑。

高步永福桥

位于坪坦河支流的高步河上，为单孔叠梁式廊桥，建于清朝乾隆五十年。

（一）

坪坦高步村寨片，高步河从盆地穿。
一水割裂分楚汉，六寨东西各居三。
高坪龙氏和里边，三个侗寨在东岸。
岩寨秧田与上寨，三个侗寨居西边。
清朝乾隆永福建，六个侗寨一体连。

（二）

六个侗寨分两边，回福永福两桥连。
六批国保桥公布，永福回福在其间。
两座桥长宽相等，建筑结构属同源。
通行歇息乘凉用，六寨交流紧密添。

高步古驿道

通道坪坦高步村，有古驿道明晰清。
广西高秀到高步，清石板路宽且平。
光滑洁净十余里，沿途绿树多凉荫。
行人走在驿道上，鸟语花香空气新。

高步服饰

（一）

通道坪坦高步村，侗家服饰特征明。
男女着装多式样，紧缩宽松两类型。
紧缩衣裳穿身上，体形丰满线条清。
活泼柔媚姿态美，端庄典雅突特征。

（二）

坪坦高步侗家村，妇女盛装银饰增。
头簪头钗耳环重，银梳银镯项圈沉。
引人注目头装饰，插上银花三五根。
每支具成针尖状，鸟兽虫鱼银片钉。
再吊大小球绒线，五光十色艳缤纷。
同时配佩展风采，眼花缭乱响叮当。

（三）

通道坪坦高步村，男士服饰突特征。
对襟窄裤一式样，右衽宽裆二类型。
系上羽毛侗锦饰，色彩鲜艳线条清。
羽毛簇，色彩鲜，琳琅满目长图纹。
每逢盛大节庆日，百鸟衣饰穿在身。

阳烂侗寨

阳烂与坪坦相邻，距县城23公里。阳烂侗寨始建于明代，坐落在山谷中，坪坦河绕村而过，依山傍水。村民聚房族而居，吊脚房栋栋相连，排排相靠。古迹有民居141栋，古井4口，鼓楼2座，花桥1座及古戏楼、古石板路、古驿道、寨门等。

2004年10月 自治县成立50周年庆典

（一）

通道坪坦阳烂村，距离县城廿三程。
南临高秀北坪坦，西界高团东陇城。
背靠茶林面河坝，周边山岭杉松林。
全村住家百五户，人口七百卌余丁。

（二）

阳烂寨中存古迹，多系乾隆嘉庆遗。
鼓楼寨门与戏台，龙杨祠堂和庙宇。
村道水井石板路，大岩整形公多垒。
俱是先人义务造，捐钱献物事公益。

（三）

阳烂建寨传说奇，相传龙氏两兄弟。
家中喂养双白鹅，顺河而下找食吃。
沼泽地里生繁崽，到处寻觅得鹅回。
一连数次均如此，认定宝地好生息。
弟弟遂迁阳烂住，阳烂建寨由此起。

（四）

坪坦阳烂古侗村，距离县城廿三程。

村寨坐落深沟涧，属山谷居侗寨型。
坪坦河从寨前过，四周青山竹木森。
典型依山傍水寨，吊脚民居房族分。

（五）

坪坦阳烂古侗村，依山傍水一典型。
吊脚民居楼栋栋，鼓楼花桥完整整。
古井驿道石板路，碑廊戏台和寨门。
南岳飞山雷祖庙，乃文乃武圣三神。

阳烂村古迹

下寨鼓楼

阳烂侗族古寨村，三座鼓楼寨中亭。
下寨河边鼓楼古，名风水楼明代兴。
长期失修危在旦，四八年冬拆除摒。
新式学堂在此建，传授知识播文明。

中心鼓楼

（一）

中心鼓楼寨中心，清朝乾隆年建兴。
楼呈正方殿堂式，檐高三层歇山顶。
中间四柱力支顶，周立双六边柱撑。
火塘外周条石砌，内嵌卵石呈圆形。

（二）

中心鼓楼寨内亭，高出民居鹤鸡群。
楼形殿堂鳞瓦冠，底层铺就方石青。
火塘周边置长凳，池内柴火燃不停。
鼓楼坪阔石板墁，对面耸峙戏楼亭。

（三）

中心鼓楼寨中亭，戏台鼓楼共公坪。
三位一体盘寨中，休闲娱乐且任凭。
踩堂多耶公坪负，谈古论今鼓楼承。
节目演出唱对歌，木建戏楼全担任。

河边鼓楼

建在村口高步河边，又称龙头鼓楼，坐北朝南，由鼓楼、门楼、后楼和连廊四部分组成，始建于清朝乾隆五十二年，为阙门式鼓楼。1993年列为县级文物保护单位，1996年升级为省级文物保护单位。

（一）

河边鼓楼连寨门，乾隆五二年时兴。
坐南朝北纯木构，由四部分来组成：
鼓楼三檐歇山顶，门楼单层斗拱撑。
后楼两侧雕花缀，走廊连接为一体。

鼓楼

龙头鼓楼立河边，飞檐翘角巍伟然。
鼓楼重檐歇山顶，青瓦坡面中柱嵌。
直撑三层屋顶面，十二檐柱挑枋肩。
二层正立面左侧，接上后楼连廊连。
前后呼应立寨口，更显典雅庄严端。

后楼

阳烂河边鼓楼神，扬檐翘角歇山顶。
后楼双边花齿缀，吐舌张牙龙头伸。
楼高两层吊脚式，二楼连廊鼓楼拼。
鼓楼后楼相连接，前后对应结合紧。

门楼

河边鼓楼三檐层，门鼓后楼连接紧。
门楼三阙吊脚式，房檐单层斗拱撑。
屋檐结构歇山顶，底层吊脚便走人。
鼓楼门楼和后楼，连廊连接相呼应。

（二）

龙头鼓楼高三檐，鳞瓦坡面冠盖天。
四柱支撑鼓楼顶，双六檐柱承周边。
鼓门后楼连廊接，前后对应端庄严。
列为省级重文物，堪称通道佳景观。

（三）

阳烂鼓楼河边亭，鼓门后楼连廊成。

屋檐如意拱挑出，各楼屋顶歇山形。

枋柱榫卯穿插套，成为整体固若金。

门楼正面朝河上，马头台阶斜踏登。

（四）

河边鼓楼奇特神，鼓门后楼连廊成：

门楼屋檐斗拱式，房顶结构歇山形。

鼓楼两层三檐阁，巨柱四根顶层撑。

后楼两重吊脚屋，呈阙门式特征清。

阳烂河边鼓楼

阳烂风雨桥

（一）

古村阳烂文星桥，阳烂下游半里遥。

乾隆五三年时建，桥体一字锁河腰。

桥上结构全木质，立柱横枋榫穿卯。

抬升桥体防洪水，提高桥面石砌牢。

（二）

阳烂花桥名文星，位村下游半里程。

单孔抬梁式结构，两檐覆盖灰瓦顶。

两头桥墩青石砌，双层枕木廊面承。

泥塑绘画装饰美，彩龙卧波壮观睁。

（三）

阳烂花桥名文星，单孔横跨河岸滨。

间格九间桥面铺，长廊两侧置坐凳。

左右廊壁齐腰高，顶挂吉祥物满盈。

清朝乾隆年间建，至今已有几百春。

（四）

古阳烂村风雨桥，叠梁构架单孔槽。

抬升桥体防洪水，石砌桥身比岸高。

连田这端石阶砌，过河上桥下穿道。

侗域立交最早型，二〇〇六登国保。

（五）

阳烂下游文星桥，跨过高步河上娇。

单檐横梁双坡顶，一条屋脊两头翘。

两侧偏厦齐桥面，双边栏杆至腰高。

桥廊九间横河道，廊上闲逸果然逍。

阳烂戏台

阳烂中心鼓楼前，一座戏台四五建。
建筑结构全木质，古朴典雅壮观瞻。
逢年过节演节目，喜事庆典对歌担。
鼓楼戏楼共场坪，开展活动随变换。

阳烂石板路

依山傍水阳烂村，青石板路寨内存。
笔直弯曲交叉错，左穿右插网状呈。
连家穿巷出村外，平展舒适无泥尘。
做客漫步阳烂寨，不用洗脚床上蹬。

阳烂古水井

阳烂寨中四井泉，水质清洁味甘甜。
历代寨人作饮用，常年溢流不涸干。
井壁井台石板砌，洁清洁净福寿添。
流入田塘碧波漾，养鱼防火两可兼。

阳烂其他建筑

（一）

坪坦阳烂古侗村，尚有古建三寨门。
头寨中寨下寨立，单檐两檐多檐亭。

中寨楼下夏乘凉，底层南北西向行。
头寨尾寨寨门侧，大石块砌显特征。

（二）

河边鼓楼龙头名，咫尺上游一桥横。
桥体钢筋水泥筑，中流砥柱独墩挺。
过桥进门步入寨，龙头土地示欢迎。
寨内鱼塘十几口，养鱼护寨两担承。

阳烂精工银匠窝

（一）

通道坪坦阳烂村，银饰工匠素有名。
银帽银花银发梳，银项银链银扣钉。
手串戒指银耳环，瑞兽龙鱼花草禽。
凡是妇女银饰物，样样能制技湛精。

（二）

通道坪坦阳烂村，银饰工匠享盛名。
当今该村精工匠，总计共有卌余君。
龙氏怀亮龙儒大，杨氏正位杨效生。
三省六县银饰物，俱出阳烂工匠人。

附：阳烂敬老会纪实

2014年10月2日，随同怀化同乡李根富夫妇及黄怀敏等人，前往阳烂村参加九月初九敬老会，特书以志。

2014年10月 自治县成立60周年庆典

（一）

通道六秩春县庆，喜得政府函邀请。
兴浓提前长跋涉，来到怀化事稍停。
九月初九重阳节，阳烂敬老会举行。
难得凤莲热情邀，赶赴阳烂做客人。

（二）

九月初九重阳节，坪坦阳烂甚闹热。
适时举行敬老会，彰显侗家习俗特。
祝福老人心有爱，健康长寿年过百。
优良传统善继承，代代老人心欢悦。

（三）

九九重阳这一天，通道阳烂热闹欢。
全村举行敬老会，男女老少笑脸含。
锣鼓喧天鞭炮响，芦笙高奏震霄间。
对歌跳舞演节目，民族风情浓郁渊。

（四）

通道古寨阳烂村，九九重阳敬老人。
鼓楼坪摆合拢宴，姑娘唱歌敬酒勤。
男女老少各就位，竹筒代碗酒满樽。
衷心祝愿众老者，健康长寿百岁盈。

（五）

古侗阳烂村俗殊，敬老宴毕赠礼物。

恭敬赠送酒一筒，中未装满空半壶。
寓意下次要再来，常来常往主客熟。
若是把酒灌满了，尊贵客人难留住！

坪坦横岭侗寨

位于坪坦北部，距离县城18公里，全寨326户1392人。其鼓楼特具特色，以鼓楼为中心，建起了芦笙坪、戏台、南岳庙等，构成了侗族文化的核心。

2004年10月 自治县成立50周年庆典

（一）

通道坪坦横岭村，四周青山耸翠云。
碧水银川三面绕，寨门凉庭一体成。
南岳鼓楼风雨桥，戏台民居石板坪。
田园风光相辉映，和谐共生景象新。

（二）

坪坦北部横岭村，三百廿户千四人。
居民全部是侗族，村寨文化特征清。
鼓楼寨门混一体，南岳戏台众公坪。
围绕鼓楼往外展，形成文化园中心。

（三）

坪坦北部横岭村，三面环水玉带潆。
野地物象应时变，田园风光依季更。

岩坪宽敞坦平阔，陀螺高跷赛芦笙。
鼓楼寨门浑一体，休闲娱乐便通行。

横岭河边鼓楼

位于横岭村河边，由鼓楼、1号寨门和2号寨门组成。据说鼓楼和寨门均建于不同年代：鼓楼建于清朝咸丰年间；1号寨门建于同治年间；2号寨门建于光绪年间。三楼连成一个整体，号称“三朝鼓楼”。

（一）

横岭河边鼓楼神，三座不同楼组成：
鼓楼不同年代建，三层重檐歇山顶。
均用如意拱挑出，排水天沟连接紧。
鼓楼寨门两并用，号称三朝鼓楼名。

（二）

横岭鼓楼特奇神，三朝鼓楼名叫称。
鼓楼门楼二檐汇，排水天沟一条迎。
两楼由廊相连接，一方如意斗拱撑。
三座楼建成一体，结实坚牢固若金。

（三）

横岭鼓楼横岭村，屹立寨边近河滨。
鼓楼重檐歇山顶，寨门两层民居型。
鼓楼寨门合并用，进村出寨议事行。
坐北朝南面向河，两岸秀景倒影中。

（四）

横岭鼓楼门楼成，盘踞寨边泰山稳。
建造年代时各异，各自功能分别清。
进出村寨门楼过，开会议事鼓楼承。
二楼专铺木板地，休闲娱乐可任凭。

（五）

通道坪坦横岭村，横岭鼓楼寨前亭。
鼓楼寨门两连接，建筑结构独特新。
寨门两层吊脚式，鼓楼重檐歇山顶。
整体建筑山一座，面向河流月弓形。

（六）

横岭鼓楼横岭村，鼓楼重檐歇山顶。
底层四方宽敞亮，分在两边便通行。
门楼如意拱挑出，厅堂诸柱力支撑。
屹立寨前山峦稳，突出横岭景象新。

（七）

横岭鼓楼寨门成，屋宇亭廊连接紧。
枋柱榫卯穿插套，全木结构无铆钉。
鼓楼寨门造诣工，民族风格突特征。
湖南省级重文物，楼门联姻极典型。

横岭河边鼓楼

横岭中心鼓楼

通道坪坦横岭村，几座鼓楼寨中挺。
中心鼓楼七层屹，于寨中立鹤鸡群。
顶尖葫芦朝天刺，楼前广场宽且平。
近处水塘平如镜，防火养鱼两用承。

横岭风雨桥

坪坦横岭风雨桥，一墩两孔跨河腰。
飞檐翘角三亭阁，中亭突出两头小。
桥亭顶尖穿葫芦，傲然挺立刺天霄。
梁脊四龙栩如生，张牙舞爪争抢宝。

坪坦高楼鼓楼

1984年11月 自治县成立30周年庆典

（一）

高楼鼓楼高楼村，楼高九层四方形。
三百年前明末建，四八修复加高层。
飞檐翘角形态美，如宫似殿秀雅精。
鼓楼造诣技精巧，寨脚鼓楼是原名。

（二）

高楼鼓楼巍伟豪，雄立寨中廿米高。
九层瓦檐四边面，六米宽阔对称角。
装饰飞龙麒麟兽，塑造孔雀花鱼鳌。
线条分明色彩艳，造型美观结构牢。

（三）

高楼鼓楼巍伟煌，屹立寨中形四方。
楼内撑顶四主柱，当中开辟一火塘。
木质结构无钉铆，榫卯穿插结实刚。
雄立寨中巍伟岸，泰山压地极稳当。

坪坦高团永定风雨桥

位于坪坦乡高团村口，清朝嘉庆十年建造，为单孔叠梁式廊桥。长26.4米，宽3.55米，横跨在坪坦河支流高步河上。

2004年10月 自治县成立50周年庆典

（一）

坪坦高团永定桥，清朝嘉庆十年造。
单孔叠梁木结构，横跨高步河上娇。
两头桥基卵石砌，百年不塌坚固牢。
一檐双坡青瓦顶，两龙脊上争抢宝。

（二）

高团村口永定桥，桥廊信格横河道。
全长廿六米还过，宽达一丈略有超。
一孔跨过河对岸，两侧栏板刚及腰。
休闲桥上逍遥歇，对歌谈情风景瞧。

【通道·坪阳】

在县境南部，浔江支流普头河由北而南贯穿中部18公里，穿越峡谷，形成如阳洞滩瀑布等奇观。

2007年11月

坪阳乡

（一）

县境南部坪阳乡，东南广西龙胜壤。

西与甘溪互为界，北同陇城镇同旁。

地西北高东南低，浔江支流北南淌。

全境侗族聚居地，人口七千四百强。

（二）

县境南部坪阳乡，浔江支流往南淌。

穿进高山深峡谷，瀑布飞泻吼声狂。

昔时绥宁半里辖，解放后入通道疆。

马田鼓楼洞滩瀑，风景秀丽四海扬。

（三）

位通道县境南边，坪阳植被覆盖宽。

自然风光景绮丽，旅游考察最佳田。

水利风光九龙潭，峡谷瀑布阳洞滩。

跨省漂流玉龙涧，沟谷雨林江寨盘。

（四）

湖南通道坪阳乡，位在县域南部方。

西北高隆东南缓，处在陇城断裂上。

珠江水系桂浔河，支流普头往南淌。

流经全乡十八里，穿行高山峡谷长。

（五）

湖南通道坪阳乡，温暖气候历时长。
普头河东新江段，亚热天气晴方好。
蔬菜瓜果均早熟，反季种植基地良。
夏橙生产适宜地，今已开发并推广。

坪阳马田鼓楼

马田鼓楼原名田心寨鼓楼，1953年田心寨与马安寨合并为马田乡，故称马田鼓楼。现坐落在马田村，为2层9重密檐式木楼，坐东朝西。1至8层为正方形，9层为8角葫芦攒尖。该楼建于清朝顺治年间。1984年左右两侧增建偏楼加固主楼，南北长19.2米，东西宽12.5米，高17.54米，蔚为壮观。1959年列为省级文物保护单位，1996年升列为全国重点文物保护单位。

（一）

马田鼓楼马田村，耸立马田把天擎。
楼高九檐木结构，体呈四面密檐层。
一到八层四方状，九层八角攒尖顶。
坐东朝西观日落，旁配两翼楼面增。

（二）

马田鼓楼马田村，旁添两翼长方形。
清朝顺治年间建，民国廿七重修新。
八檐达底四方状，九层冲霄八角形。
翼角龙凤狮生动，麒麟孔雀形逼真。

（三）

马田鼓楼马田村，左右偏楼分外明。

一层檐口主楼接，二重檐口主楼平。

底层空间宽敞亮，二楼戏台纳众云。

偏楼双层歇山顶，两相结合一体成。

（四）

马田鼓楼马田村，旁添两翼长方形。

脊角塑饰龙凤兽，封檐彩绘民风情。

绘制刻塑技精巧，形象逼真堪称奇。

鼓楼坪阔任歌舞，踩堂多耶赛芦笙。

（五）

马田鼓楼马田村，楼内结构特色清。

挑枋瓜柱形各异，绘制雕刻神逼真。

花纹图案民族色，刻绘内容侗风情。

色彩绚丽神活泼，镌画细腻假难分。

（六）

马田鼓楼檐九层，楼内枋柱各异形。

纵横交错可有致，层次分明装饰精。

物华天宝横枋刻，国泰民安梁棂铭。

吉星高照字端正，立体镌刻分外清。

（七）

坪阳马田鼓楼雄，楼高九檐及云空。

建筑艺术堪精巧，造型结构雍雅容。

登楼眺望远近景，山峦起伏舞苍龙。
田连阡陌稻浪滚，山清水秀尽目中。

（八）

坪阳马田古侗村，又建戏楼景添新。
鼓楼戏楼相对峙，坪场广场宽且平。
开会演出都能用，踩堂多耶更称心。
侗家文化浓郁厚，淋漓尽致展示清。

作者（左）与同行考察的张学舟（右）于马田鼓楼合影

坪阳阳洞滩

位于坪阳乡境内的九龙潭峡谷中。20年代初，在此修建一座高13.5米的石砌拱坝，形成了一处壮丽的人工湖和人工瀑布，绿树葱茏，飞瀑洁白，蔚为壮观。

（一）

坪阳都垒阳洞滩，瀑布高悬河中间。

飞流直下白练舞，银花竞溅素珠弹。

吼声雷鸣耳膜震，碧水翻波龙潭掀。

寒气浸身衣单薄，河上平湖景壮观。

（二）

碧水流波劈山峦，空悬白练舞龙潭。

闷雷惊吼撼天地，银花乱溅撒玉丸。

河滩卵石神工造，山谷花园鬼斧镌。

坐听小亭峰谷啸，哨子洞邃凉气缠。

（三）

从发电站逆河上，陡峭河谷怪石庞。

水流湍急暗礁阻，险象环生人易伤。

枯水季节河干涸，怪石嶙峋享阳光。

游赏之际心安然，细心领略风光赏。

（四）

阳洞滩谷邃幽险，山羊饮水河中站。

龇牙咧嘴神情怪，仙人罗汉姿态悬。

龙宫龙窟尽想象，石洞石穴有深浅。

圆形石鼓一个个，地面铺彩晒门帘。

阳洞滩瀑布

位于坪阳乡境内的阳洞滩九龙潭峡谷入口处，是通道第一大瀑布。第一级为自然瀑，第二级为人工瀑。瀑下是深不可测的2000余平方米的九龙潭。

（一）

县域南部阳洞滩，通道第一瀑布悬。
银河落下三千丈，玉柱插入九龙潭。
峡谷两侧峰崖峙，河床一裂玉帛蹁。
深山幽谷群瀑舞，众星捧月落涧间。

（二）

阳洞滩瀑奇特悬，顺崖而下落九天。
狂呼怒吼奔腾急，猛抖力摇震谷山。
条条哈达林中挂，道道素帛崖顶拴。
银练挥洒充眼目，雪花飞溅击潭渊。

（三）

通道坪阳阳洞滩，瀑布风光迷眼帘。
景色别致葱茏郁，洁白哈达随风翩。
条条飞瀑不停舞，道道山涧无断喧。
近观悬崖壁上挂，疑是银河落九天。

（四）

通道坪阳阳洞滩，山峦耸峙飞瀑悬。
吼声雷鸣天地震，潭花飞溅水波涟。

拦河大坝水帘挂，人造平湖日月潜。
群星捧月瀑瀑美，遥相辉映景色鲜。

（五）

通道坪阳阳洞滩，天生瀑布空际悬。
山峰耸峙河床断，流泉直泻潭泽掀。
瀑七十米银绢舞，潭千平方碧水涟。
响声如雷天地震，九天直泻溅珠丸。

（六）

通道坪阳都垒河，河床断落飞流多。
瀑布奔泻银带飘，浪花飞溅珠玑落。
雷鸣轰响耳膜震，景象壮观眼窝搏。
瀑下幽潭深莫测，宽广湖面涌碧波。

（七）

阳洞滩瀑甚雄伟，侗族地区享盛名。
飞流跌落九千尺，水花乱溅惊雷鸣。
瀑下水潭深莫测，潭边站立寒浸身。
坝上幽谷平湖碧，山光水色分外清。

（八）

通道第一大瀑布，位坪阳乡龙潭谷。
自然人工两级分，垂直落差卅米出。
上节人工拦坝造，下级自然天然筑。
瀑下深渊九龙潭，两千平米深难度。

（九）

阳洞滩瀑磅礴浑，侗族地区享盛名。
飞流直泻击潭渊，潭水飞花震天鸣。
平湖水碧撼日月，镜泊澄清舞白云。
恢宏电站临夜幕，撒星落地亮晶晶。

阳洞滩阳龙洞

九龙潭侧阳龙洞，悬梯直下洞底通。
金禅寺址地平坦，洞顶阴阳泉叮咚。
阴泉浑暖品甘醇，阳液清凉味咸浓。
岸畔青山绿树茂，峡谷深涧怪石充。
流水淙淙清见底，奇异岩石互挤拥。
游人看之叹观址，不乏墨客佳句颂。
金禅寺址今尚在，虔诚信徒仍敬恭。

阳洞滩清风洞

（一）

阳龙洞上山腰间，竟然隐藏清风玄。
凉风飕飕洞内响，幽窟邃邃深测难。
雷雨季节水上涨，瀑布吼啸鸣声喧。
嘘嘘作响若哨叫，哨子洞名因此传。

（二）

阳龙洞上山腰间，清风洞通九龙潭。
曾传鸭子入洞内，现九龙潭浮水玩。
山腰下下深难测，风声嘘嘘洞口传。
瀑声风声奏美曲，游人观赏叹止观。

阳洞滩水库

（一）

水泥大坝谷口拦，高峡平湖水碧蓝。
两侧青山捧日月，水底白云铺素棉。
电站机组不停转，远村近寨落星丸。
迷人画卷展示现，秀美风光赏不完。

（二）

站在阳洞滩瀑前，举头瀑布空际悬。
撼山动地磅礴势，挥珠舞练潭浪掀。
大坝顶上水飘落，悬崖壁下挂珠帘。
山风吹拂悠悠荡，奏出美曲耳边旋。

（三）

瀑布口上大坝筑，淹没险滩出平湖。
碧水如镜倒影映，青山白云湖底铺。
一群游鱼水边戏，几多禽鸟岸畔舞。
山上水下皆佳胜，漫游仙境心畅舒。

阳洞滩电站水渠

盘山水渠往南去，忽隐忽现伏又起。
镶嵌岩壁如玉带，尽头水池边混泥。
连接巨大水泥管，悬崖绝壁象鼻垂。
数百台级直上下，攀登天梯险峻危。

阳洞滩水电站

位于珠江水系都垒河段，为引水式高水头电站，距离县城38公里。在阳洞滩瀑布口上修筑一条高13.5米、长46米的溢流拱坝，引水渠长996米（隧洞389米），安装两台水轮发电机组，设计年发电量为963千瓦小时。1978年1月建成投产，同年10月与省联网运行。1994年发电量为1063千瓦小时。

（一）

通道阳洞滩电站，位坪阳乡都垒段。
拦截洞滩瀑布口，引水渠长千米欠。
坝高十三米五过，堤长十四丈差点。
安装两台发电机，年发电量千瓦添。

（二）

坪阳阳洞滩电站，一九七一始修建。
先几公社联合修，后转由县来承办。
经过多年来奋斗，一九七七试投产。
将电送县城双江，联网运行与省连。

（三）

水坝平顶水泥房，阳洞滩瀑发电厂。

两台发电机组转，全部自动控制装。

幽静峡谷发出电，夜幕繁星落侗乡。

依山傍水侗村寨，收音电视播送忙。

阳洞滩漂流

位于坪阳乡境内的都垒河，漂流全程有10公里，周围有八斗坡、铜锣山、善龙山三大奇峰环绕。沿途有九龙潭、阳洞滩瀑布、银石滩、阳龙洞等绝景。

（一）

通道坪阳都垒河，阳洞滩漂乐趣多。

八斗铜锣善龙峻，泉清流急大差落。

河岸千年奇石列，岩颜五色红黄褐。

林木花草相辉映，天然景致风光卓。

（二）

十里漂流都垒河，两岸风光锁游哥。

时缓时急河中弋，或高或低云雾坐。

起伏跌宕惊心魄，临险刺激享欢乐。

赏九龙潭洞滩瀑，观蜂蝶舞闻鸟歌。

（三）

都垒河水奔腾扑，两岸林木花草疏。

景色自然风光秀，胜致优雅佳景殊。
腾云驾雾起又伏，惊险刺激势难收。
漂流经过侗村寨，体验侗家风情俗。

阳洞滩九龙潭大峡谷

九龙潭大峡谷在坪阳乡境内，是一处美丽的水利风景区。峡深500米，宽30米，长20公里，总面积45平方公里，森林覆盖率达98%以上，集奇石、绿水、清泉、飞瀑、深谷、茂林于一体，景点有百年侗寨、九龙潭、情人洞、青龙洞、银石滩、亚热带沟谷雨林等。

（一）

九龙潭谷坪阳乡，水利风光属高档。
峡深千米差一半，谷宽八仞廿里长。
怪石碧泉流水瀑，深谷茂林险崖岗。
从头到尾落差大，水流湍急浪花扬。

（二）

九龙峡谷坪阳乡，都垒河流入珠江。
东江漂流里程远，地表割裂涧深长。
水流缓缓平如镜，抑或急急浪涛狂。
休闲漂流理想地，聆听沿岸鸟歌扬。

（三）

九龙峡谷坪阳乡，森林植被面宽广。
雨量充足日照久，夏无酷暑冬无凉。

情人洞与青龙洞，洞洞深山底下藏。
沟谷雨林银石滩，瀑布挥抖撼山岗。

（四）

九龙潭峡阳洞滩，修建电站拱坝拦。
水面增高五丈过，人工湖碧宽瀑悬。
远看洁白银幕挂，近观银河落九天。
山涧林密绿云舞，观赏宽瀑更艳鲜。

（五）

九龙潭谷深悠长，动物植物繁殖场。
走进林中风光异，置身禽鸟兽天堂。
金猫角雉时出没，锦鸡突现高啼昂。
画眉轻歌音婉转，布谷吟唱曲悠扬。

（六）

坪阳九龙潭大峡，自然景观奇特佳。
高悬秩仞洞滩瀑，垂直百米许愿崖。
风化石灰青龙洞，将军狮子山猴爬。
九龙潭峡自助漂，热带沟谷雨林杂。

（七）

通道坪阳九龙潭，位通道域东南边。
落坪阳乡沟谷邃，沿壑风光险峻悬。
山高谷幽悬崖峭，水急瀑啸潭渊掀。
享负盛名洞滩瀑，落差八十米有添。

（八）

坪阳九龙潭谷幽，湘西侗域九寨沟。
奇石绿水清泉瀑，深谷茂林悬崖陡。
东西北面环山抱，中间峡谷深邃幽。
水量充足落差大，天然漂流任选优。

（九）

珠江水系都垒河，九龙潭谷穿行过。
水量充足溪流急，东江漂流景观卓。
时而湍湍波光闪，时而平平碧潭阔。
漂流需时三钟点，行程总长八里多。

亚热带沟谷雨林

位于通道南端，东与广西龙胜县相邻，南和广西三江县为界，包括坪阳乡的4个村和甘溪乡的3个村，是湖南唯一的一处热带雨林。其中最具有代表性的区域是甘溪乡的张里村六田组和恩科村附近的林地。

2007年11月

（一）

通道亚热谷雨林，位于通道南端顶。
东与龙胜相接界，南同三江互为邻。
坪阳东江孟龙寨，甘溪恩科张里村。
雨林过处尽奇观，湖南唯一沟雨林。

（二）

通道亚热谷雨林，恩科张里境内存。
汇集华南热带物，形成群落类别分。
竹柏海芋红钩栲，山焦仙掌耳枫群。
分布低山沟谷地，保持完好天然生。

（三）

通道亚热雨林区，活有动物极珍稀。
鱼纲鸟纲两栖纲，哺乳纲和爬行类。
金猫白鹇一级护，大鲵穿山二等维。
雨林深处多古木，交枝错叶蔽日晖。

【通道·甘溪】

东和坪阳乡相连，西与广西三江县交界，南和广西龙胜县接壤，北与陇城镇毗邻。甘溪独有自然风光和古朴淳厚的民族风情，使之成为通道县构建“百里侗文化长廊”乡镇之一。

2007年11月

甘溪乡

（一）

县境南部甘溪乡，东界坪坦西三江。

南同广西龙胜接，北与陇城互为壤。
山岭逶迤林葱郁，青龙界峻天然障。
南北气温显差异，亚热气候南面彰。

（二）

县城南部甘溪乡，地东南底西北昂。
位在陇城断裂带，普头河流向南淌。
崇山起伏植被密，河谷深邃湍流长。
林木葱茏腾蓝雾，亚热雨林繁茂苍。

（三）

湖南通道甘溪乡，广西交界青龙岗。
昔属绥宁半里辖，解放划入通道疆。
历来侗族祖居地，民风淳朴和睦彰。
辖村委会共十个，人口已达八千强。

一村跨两省

在湖南通道甘溪乡岭冲村与广西三江林溪镇林溪村交界处，有一个寨子名为将王屯，属广西三江和湖南通道共同管辖，共有人口38户168人，其中属于湖南的有10户43人，因情况特殊，特书以志。

（一）

甘溪林溪交界滨，有个村名将王屯。

一半三江半通道，一村跨越两个省。
寨中住家卅八户，共有人口百七丁。
屯里无明显界线，两省居民混合生。
共同发展和谐处，团结和睦兄弟亲。

（二）

湘桂边境将王屯，两省一村难找寻。
湖南广西却存有，世破天荒奇迹生。
一寨两省如何管，值得研究细斟酌。
将王屯却是先例，他处再有互取经。

（三）

甘溪林溪将王屯，一自然寨跨两省。
跨省建立党支部，生产生活共谋兴。
打破两省分界线，活动资源共享分。
和谐稳定同维护，协商化解生纠纷。

（四）

林溪甘溪将王屯，一个寨子跨两省。
先成联合党支部，再建共同社区民。
争取两省出资金，兴建鼓楼花桥门。
建立文化活动室，合力拧成一股绳。
难办之事能办到，向往幸福生活奔。

甘溪张里村

通道甘溪张里村，距离县城卌里程。

依山而建民居屋，鳞次栉比吊脚型。
古木参天葱茏郁，鼓楼高耸鹤鸡群。
三圣戏楼万年台，历经沧桑仍铮铮。

张里村古戏园

位于张里村中央，坐北朝南，由正门、戏楼、天井、厢房和大殿组成。建于明朝万历二十二年，古称三圣宫、万年台或古戏园。

（一）

通道甘溪张里村，有古戏园远近闻。
端庄古朴甚宏伟，坐南朝北寨中心。
正门戏楼和天井，厢房大殿共组成。
明朝万历年间建，文化底蕴丰厚深。

（二）

张里侗寨古戏园，设计布局甚谨严。
外防火墙实牢固，内殿戏楼木建坚。
开阔天井卵石嵌，巍严大殿供神仙。
本土镇守大王神，祀关圣帝和飞山。

（三）

通道甘溪张里村，有古戏园远近闻。
又称三圣万年台，位寨中心亮丽景。
逢年过节大庆典，进三圣宫祭祖亲。
气氛隆重又肃穆，展演大戏激人心。

甘溪天然野生动植物园

（一）

张里恩科位甘溪，天然野生动植寓。
亚热沟谷雨林域，物种资源丰厚余。
高等植物百多种，珍稀树种几十类。
研究生态理想所，探索多种生物区。

（二）

天然野生动植园，通道甘溪境内潜。
生活两栖爬行地，寓育鸟纲哺乳田。
金猫属于一级护，黄腹角雉首类挽。
多样生物研究所，系统生态考察苑。

（三）

天然野生动物园，通道甘溪域内潜。
凌晨曙光森林照，负氧充足空气鲜。
百鸟争鸣花竞艳，锦鸡声脆画眉婉。
更有布谷鸣咕咕，置身天然鸟禽苑。

【通道 · 马龙】

位于县境东南部，马龙河流经全境。马龙乡地势东高西低；地形以低山、丘陵为主。

2008年2月

马龙乡

（一）

马龙乡位县东南，山峦起伏溪水盘。
坪坦黄土连西侧，传素瑶乡靠东边。
北界县城双江镇，南与陇城共边沿。
昔属绥宁半里辖，解放划入通道管。

（二）

湖南通道马龙乡，群峦起伏溪河淌。
侗汉民族杂居地，人口接近八千旁。
共有十二村民委，村民小组七十上。
现在村村通公路，建有水库廿余塘。

（三）

湖南通道马龙乡，位在县境东南方。
群山起伏溪流密，地势西低东高昂。
马龙河流及分支，全部在乡境内淌。
灌溉电站亦多处，引水工程受益广。

【通道 · 下乡】

位于县城东部，临口河流贯西部。境内较大的溪流名为雷团、老寨。

2000年11月

下乡乡

（一）

下乡位在县东部，溪河纵横山起伏。
东与广西龙胜连，西同本县双江触。
北接县内临口镇，南界马龙与传素。
地东南高西北低，玉带河贯全境域。

（二）

湖南通道下乡乡，西北低来东南昂。
雷团老寨较大溪，湘涛坪山最高岗。
省道县道穿境内，乡路村路连寨庄。
水陆交错四通达，形成便利交通网。

（三）

湖南通道下乡乡，境内生长杂竹苍。
面积宽大数万亩，年收产量仓库装。
味美佳肴惹人爱，销省内外史久长。
农民经济要收入，有力推动登小康。

（四）

原绥宁县下乡乡，解放划入通道疆。
住侗汉瑶诸民族，辖村民委七寨庄。
总计住户两千几，共有人口近万旁。
乡府驻地下乡寨，经商街道华里长。

下乡大荒遗址

位于下乡村北，为新石器时代聚落址，面积有3.5平方公里，暴露的有灰坑和红烧土，收集到的古迹有石凿、镞及大量的火炭黑陶。1993年列为县级文物保护单位。

（一）

通道有一下乡村，大荒遗址谷地存。
裸露灰坑红泥色，收集新石用品珍。
石凿石削石箭镞，红陶黄陶白陶瓶。
山水田林浑一体，土地肥沃苗茁青。

（二）

大荒遗址下乡村，考古考证有结论。
邻县靖州斗篷址，同处一源时期称。
新石器时聚落地，出土石器可辨认。
篮釜罐豆诸石器，旋纹绳纹蓝纹清。

下乡玉带河

玉带河在下乡乡境内，三弯九曲，穿行于万佛山丹霞地貌的群峰之中，水清见底。沿河两岸有将军山、织女峰、双龙抢宝、飞天蜈蚣、神龟望月、试剑石、敬天蜡烛、蛤蟆石、神牛塘、玉玺石、狮子岩等数十个景点。

（一）

通道下乡玉带河，沿江岸畔树竹多。
白鹭翻飞鸳鸯戏，细虾玩耍游鱼乐。
成群水牛河潭浴，结队鹅鸭戏碧波。
水车吱呀吟声美，山风吹拂潭渊簸。

（二）

通道下乡玉带河，柳影轻烟佳景多。
两岸田园农舍静，群鸟争林树梢歌。
鸡犬相闻顽童闹，鹅鸭戏水逐浪波。
入住江村停舟钓，陶冶情趣农家乐。

（三）

下乡玉带河流长，人间仙境美画廊。
丹霞地貌群峰插，玉带漂流佳景赏。
两岸风光尽享受，众多景点入眼量。
万顷林涛青云舞，群鹭翻飞燕鹰翔。

（四）

通道下乡玉带长，蜿蜒流淌绕山岗。
起于下乡团伦寨，止在城坪三角塘。

河水清澈鱼可数，岸畔林森鸟争唱。
林荫侗寨隐若现，秀美田园尽风光。

下乡玉带河漂流

在通道走访考察期间，会同黄进炳、吴玉春、黄生学、杨奉礼、黄和仙、钟书桂等人到玉带河漂流。

（一）

秋高气爽日初霞，整装出发游河峡。
下乡玉带迎宾客，船上艄公把桨划。
一河水潭潭潭美，两岸风景景景佳。
乘舟玉带漓江游，玉带漓江难分下。

（二）

早闻玉带风光秀，兴浓深秋结伴游。
下乡登舟顺水漂，木船稳坐赏胜优。
棋盘草帽山景美，线天蜈蚣宾客留。
鹰咀神龟阴阳树，一路风光景尽收。

（三）

今日漂游玉带河，风光秀美景点多。
双龙戏珠将军岭，蜈蚣飞天道姑婆。
神龟望月牯牛石，试剑玉玺狮子坡。
敬天蜡烛水车转，处处景观有传说。

（四）

今日喜游玉带河，沿途风光实在多。

河面白鹭飞天降，水底游鱼细虾捉。
岸畔垂柳翠竹茂，江边水车吟妙歌。
时而水缓平如镜，时而滩险急流波。
奇山秀水览不尽，艄公故事逗人乐。

（五）

通道下乡玉带河，从南而北绕山脚。
峰峦叠翠山山秀，沿河两岸景景卓。
蜈蚣岩和鸳鸯岭，鹦鹉洲与乌龟坡。
玉带美景多无数，景景都有故事说。

（六）

玉带漂流逍遥漫，闲情逸致赏自然。
河水清清明如镜，岸畔景景美画卷。
单人独乐心神爽，众友同欢情怡绵。
乘船览胜评景致，细品风光烦绪完。

（七）

通道下乡玉带淌，玉带漂流里程长。
乘舟三时览胜迹，着眼两岸赏风光。
双龙戏珠龟望月，蜈蚣飞天狮称王。
河弯水清倒景映，峰峻岭峭岸畔旁。

（八）

通道下乡玉带河，河弯水清盘山脚。
流泉顺谷蜿蜒淌，滩浅潭深荡碧波。
两岸山峰绿岚舞，对峙田舍鹅鸭和。
浮游潭面成双对，顽童戏水可快乐。

（九）

下乡玉带河流长，沿河两岸尽风光。
美女盼夫织姑伴，神龟望月螺蛳岗。
将军领兵守关隘，雄狮吼啸称霸王。
鹦鹉洲与鸳鸯岭，林隐侗寨鸡鸣唱。

（十）

通道下乡玉带河，蜿蜒逶迤绕山脚。
峰重岭叠青山列，自南而北绿岚托。
跟随同伴乘舟览，欣赏岸畔景致卓。
群鸟闹林枝头叫，两岸农舍鸡鹅歌。

（十一）

自由浪漫玉带弯，下乡境内山脚环。
河曲水澈鱼翔底，林森木茂鸟禽喧。
乘舟闲逸览胜迹，玩水看山情趣添。
停船沙洲日光浴，鱼虾烧烤味美鲜。

（十二）

通道下乡玉带河，乘舟漂流实欢乐。
蓝天碧水倒影映，木船江里画中簸。
时而潭渊平如镜，时而浅滩湍急波。
景观传说果神奇，一景一说故事多。

下乡玉带河的传说

玉带河澈下乡盘，万佛丹霞群峰穿。

相传王母蟠桃宴，众仙敬贺齐往前。
途经此地风光美，驻足不前久留连。
王母令侍前往探，侍女亦被美景缠。
众仙侍从美景酣，抛下碧带作记签。
群佛成山带成河，玉带之名因之传。

下乡白水界瀑布群

（一）

雷团所里流源村，白水麒麟瀑布群。
白水三级观白水，麒麟群瀑看麒麟。
峡谷沿岸峰峰秀，森林蓊郁岭岭青。
空气清新览佳胜，游白水界可称心。

（二）

所里流源雷团村，下乡白水瀑布群。
深谷急流直奔泻，落差巨大惊雷鸣。
飞瀑三级千尺跳，涌泉一壑数练腾。
峡谷两岸峰崖峻，原始森林苍翠青。

（三）

所里流源雷团村，下乡白水瀑布群。
白水瀑布三级泻，落差高达百丈盈。
吼声雷鸣山谷震，龙腾蟒跃幽峡奔。
两岸峭壁势峻险，原始古林繁茂森。

（四）

所里流源雷团村，下乡白水瀑布群。
大小溪瀑六七处，麒麟岩瀑首位称。
飞流直泻势磅礴，隐匿深谷原始林。
峡谷奔流龙腾舞，吼声震天地裂崩。

（五）

下乡白水瀑布群，所里流源雷团村。
清水塘瀑流源瀑，白水界瀑与麒麟。
挂挂飞瀑洒素帛，潭潭碧水溅珠珍。
悠游白水心舒畅，素瀑冲刷烦绪摒。

下乡鹞岩村鹞岩

位于下乡境内鹞岩村东山麓，四周有很多风化丹崖和洞穴，为玉带河深切曲流所经之地，从团伦湾向北至官团，有10多个大弯，风景优美。

鹞岩景区鹞岩村，与七星山相近邻。
风化丹霞洞穴特，玉带河畔景致新。
官团团伦弯弯道，缓水水渠澈澈清。
丹霞地貌狮滚绣，赤壁凸凹崖岩神。
巨大崩石当草帽，悠游鹞岩兴倍增。

下乡十里画廊

（一）

下乡临口十里程，丹霞地貌画图屏。
沿河上下齐排列，太阳照映斑斓缤。
天子临朝众臣拜，巨象饮水长鼻伸。
茶蕾迎风沐日月，飞龙舞凤花样新。

（二）

十里画屏西北边，闻名遐迩七星山。
群峰耸峙仰亦俯，一山低矮顶平圆。
四周群峰蹲或立，七仙博弈在眼前。
神仙下凡忘归返，变作群峰留世间。

（三）

画屏东边冲积平，大荒遗址吸游宾。
新石器时文化匿，出土石凿烧陶瓶。
考古考证有结论，靖州斗篷坡同根。
文人墨客有兴者，不顾路远频频登。

【通道·木脚】

位于县境东北部，原属绥县石岩乡，解放初划入通道。

2007年11月

木脚乡

（一）

湖南通道木脚乡，位居县内东北方。
东与绥宁城步界，西南临口镇接壤。
北同杉木桥相连，原属绥宁县管掌。
居有侗汉瑶民族，解放初入通道疆。

（二）

怀化通道木脚乡，位居县城东北方。
地势东高西部低，山崇谷邃林木苍。
山高都在千米上，黄竹海拔最高岗。
林森木茂溪河密，珍禽异兽稀树藏。

（三）

湖南通道木脚乡，东部山峦多高岗。
峰高谷深水流急，平水溪上林木苍。
地产木耳香菇菌，山隐金鸡麝香羊。
针叶南松五加皮，阔瓣玉兰楠楮樟。
更有娃鱼深涧匿，婴儿哭叫幸遇上。

（四）

怀化通道木脚乡，西南临口互依傍。

居住侗汉瑶民族，共计人口四千强。

小水泵站几十个，硬化公路村村畅。

百二千瓦水电站，溪上修建组机装。

（五）

湖南通道木脚乡，位在县境东北方。

东部高昂西低缓，谷深幽邃溪流长。

森林覆盖面积大，立木蓄量县首榜。

木材素质属上乘，杉树松树繁茂苍。

木脚龙底河

位于木脚乡溪上村，此地是以水清、石奇和生态原始著称的国家3A级景区，漂流河段长达8公里，水质清澈，沿途为怪石所遏，有40多个急流险滩，被誉为“南国第一漂”。

（一）

通道木脚龙底河，位溪上村景致卓。

千里南山神水汇，两岸原始森林阔。

水流清澈奔腾急，溪弯滩浅怪石多。

极好天然漂流地，峰峦叠翠鸟争歌。

（二）

通道木脚龙底河，山水相依倒影绰。

万山群岭松柏覆，千姿百态状物多。
有似将军出征战，有若雄鹰鸡鸭捉。
有如画师挥毫墨，或是情侣悄话说。

（三）

通道木脚龙底河，岸畔古树修竹多。
四季常青溪流逶，群瀑飞泻涧峡哆。
群猴攀崖挥脚臂，两岸虫吟奏美乐。
奇观美景令人醉，空气清新锁游哥。

（四）

通道木脚龙底河，漂流河段十里多。
六六弯道弯弯秀，三三险滩滩滩簸。
一弯更此一弯俊，一滩胜过一滩绰。
欢快清爽往忘归，惊险刺激陶然乐。

（五）

神州南国第一漂，竟然隐匿在通道。
逶迤奔腾十里程，秀美风光两岸瞧。
十里弯弯波涛涌，卌多滩滩巨浪滔。
轻舟水筏留不住，有惊无险乐逍遥。

（六）

位木脚乡溪上村，龙底源头出密林。
水质清澈可见底，河道上下怪石沉。
流水滔滔翻白浪，素花朵朵舞雪银。
雷鸣声声震空谷，惊险刺激情趣增。

（七）

木脚溪上龙底河，亦有故事和传说。
传有秘洞通龙洞，龙王常来此小坐。
教导子女学武艺，指挥互击龙珠落。
倏时惊涛巨浪起，龙珠化石满河摞。

龙底河自助生态漂流

（一）

乘坐皮筏漂流始，速度方向自己持。
时而腾云架岚雾，时而沉水翔龙鱼。
或仰或伏瞟左右，亦起亦坐任东西。
大声喊叫险滩啸，宁静兴奋情趣怡。

（二）

龙底自助生态漂，木脚境内任逍遥。
天然古朴景致秀，环境优美胜迹韶。
深山喷涌泉流汇，水质清澈白絮飘。
天生矿泉能饮用，解渴益体健康疗。

（三）

龙底自助生态漂，两岸森林覆盖辽。
鸟啉林郁绿岚舞，树异花奇锦绣描。
瀑滑石上实难见，刺激浪漫兴难消。
有惊无险漂流止，心旷神怡杂念抛。

（四）

龙底自助漂流鲜，漂流全程十里远。

要四小时漂一次，经六十弯滩三三。
滩滩弯弯弯滩滩，弯弯滩滩滩弯弯。
一弯更比一弯峻，一滩胜过一滩险。

（五）

龙底自助生态漂，两岸山峦绿云摇。
古木苍松青葱郁，奇石异岩低亦高。
依山傍水倒影映，千姿百态状物肖。
将军出征鹰展翅，游客相机佳景描。

（六）

龙底自助生态漂，人在船上任逍遥。
岸畔山峰树竹盛，沟谷深邃飞瀑号。
野花缤纷芬芳溢，鸟虫鸣啼曲韵韶。
泛舟峡谷山麓过，奇观美景尽赏瞧。

木脚风神洞

位于木脚乡石岩村，主要景点有风神洞、风神洞瀑布、风神洞幽谷、风神洞溪流、天然硅石林、镇夷哨碑刻、原始次森林等。

（一）

通道木脚石岩村，距今县城卅八里。
风神洞奇深幽邃，风神瀑布崖壁飞。
风神溪流风神峪，天然硅石镇夷碑。
周边森林植被密，溪中奇石戏娃鱼。

（二）

石岩村隐风神洞，洞深峡幽树茂葱。
层峦叠嶂青云舞，叶翠花繁恋蝶蜂。
飞瀑流泉奔腾急，青碧潭渊隐鱼龙。
娃娃鱼游别情趣，有幸见到一生荣。

木脚风神洞瀑布

通道木脚石岩村，风神洞瀑天然成。
急流奔泻三级跳，高低大小各自奔。
一三级流曲如带，随风飘逸浅池伸。
二级雌雄双流瀑，飞泉直向深潭倾。

木脚风神洞景区

通道木脚石岩村，木脚风景果奇神。
风神洞邃风神瀑，风神谷幽风神泾。
天然硅石价值贵，奇石异岩亦稀珍。
瀑布溪流景致美，原始森林蓊郁青。

木脚宏门冲

位于木脚乡石岩村和溪上村境内，是通道保持最好的原始次森林之一，也是国家重点阔叶林采种基地，面积6万余亩。融峰、林、瀑、古迹为一体，集秀、雄、险、幽于一身。现已开辟为原始森林公园。

（一）

原始森林宏门冲，林木层次有三种。
八百米上山高域，针叶树嵩亲云空。
两四百米下地势，杉树林茂郁葱茏。
沿溪岸畔及谷地，阔叶灌木繁茂葱。

（二）

原始森林宏门冲，珍贵树类多品种。
香果银杏榉木茂，梓楠楮樟桦树葱。
国家保护卌余类，省保护树三百宗。
松萝吊帘荫幽暗，树干坚挺灰褐红。

（三）

木脚宏门次森林，稚嫩花草茂密鲜。
粉白红黄一簇簇，清风吹拂舞翩翩。
杜鹃怒放红艳艳，夕阳晚照斑斓斓。
分外妖娆殊壮丽，漫步丛中烦事散。

（四）

宏门原始次林妍，树森木茂蔽日天。
流泉飞瀑鸣禽闹，奇石怪岩异兽潜。
寻幽探险无穷趣，返璞归真伊甸园。
宏伟壮观美画卷，惊险刺激趣盎然。

（五）

位木脚乡宏门冲，珍稀临危动物中。
类别品种多且杂，飞禽哺乳两科重。

赤腹鹰和斑头鸺，穿山甲与灵猫种。
水獭林麋金鸡鸟，斑灵猩和娃娃鱼。

（六）

木脚乡寓宏门冲，积层落叶厚软松。
踏浮幽幽林中漫，迈步沙沙啥跟踪。
断崖飞泻飘素帛，垂帘银练入眼瞳。
波澜壮阔瀑布群，层层泻下磅礴雄。

（七）

宏门原始森林园，通道木脚境内盘。
面积六万亩有过，完整一片广袤宽。
峰林泉瀑融一体，秀险雄幽俱寓含。
妙趣横生显独特，风景优美恋游仙。

（八）

通道木脚宏门冲，原始森林树茂葱。
东与绥宁交接界，南同城步连靠拢。
总面积达六万亩，国家保护多树种。
古木参天荫蔽日，交枝连叶情侣浓。

【通道·杉木桥】

杉木桥乡在县域东北，原属绥宁管辖，1957划入通道为杉木桥乡。

2004年10月 自治县成立50周年庆典

杉木桥乡

（一）

湖南通道杉木桥，境内山峦不算高。
东北绥宁靖州界，西南溪口临口交。
还有木脚在一侧，居住侗汉瑶同胞。
森林茂密松杉郁，境内木材产量高。

（二）

杉木桥乡东北边，原属绥宁安乐管。
五七年入通道县，森林覆盖面极宽。
全县主要林产区，活立木蓄位居先。
松杉阔叶多种树，数量质量俱列前。

（三）

湖南通道杉木桥，从绥宁划入通道。
共辖双三村民委，人口六千八百超。
杂居侗汉瑶民族，和睦团结坚固牢。
一八〇五省道贯，硬化公路村村到。

杉木桥小水战斗

1934年9月，执行长征先遣任务的红六军团8000余人，在萧克、王震的率领下，从绥宁黄桑坪进入杉木桥时，在小水与国民党湘军55旅相遇，陷入包围。红军某排战士，为掩护主力突围，与数倍于己的强敌展开顽强战斗，激战三天三夜，牺牲了30余人。最后只剩8人，弹尽粮绝，拒不受辱，集体跳下50多米高的悬崖，壮烈牺牲。1981年8月，通道县委、县政府在此修建一座纪念碑亭，缅怀先烈，致敬英雄。1993年列为县级文物保护单位。

一九三四秋朗清，萧克率领红六军。
途经通道杉木桥，遇湘五五旅追兵。
不幸主力被围困，某排战士后卫承。
为护主力突重围，与数倍敌浴血拼。
三天三夜激烈战，剩八勇士跳崖殉。
全排战士生命献，主力顺利突围成。

杉木桥小水战斗纪念碑群

（一）

缅怀先烈念红军，小水建立纪碑亭。
门楼纪亭碑塔巍，坐北朝南建筑群：
重檐门楼歇山顶，三层纪亭宝塔型。
碑塔双层青石砌，完整有序垂直挺。

（二）

大坡界位小水村，缅怀先烈建纪亭。
一九八一年八月，铭记历史筑碑亭。
山脚攀登五八级，重檐歇山门楼亭。
沿脊再登五五级，宝塔形状纪念亭。
穿亭溯上五一级，即抵山顶石碑亭。

门楼

大坡界上小水村，纪碑门楼半坡兴。
纯木结构甚俊秀，重檐歇山四坡顶。
如意双檐斗拱式，门呈八字墨扇形。
山脚踏登五八级，抵达门楼上纪亭。

纪亭

门楼上攀五五蹬，抵达山脊纪念亭。
全木结构攒尖顶，三重密檐宝塔型。
底层四方上八角，屹在山脊四柱擎。
亭内砖制侗锦案，暗榫柱枋可坐人。

碑塔

穿纪亭上五一级，小水纪碑山顶立。
全部采用青石砌，双层台基座须弥。
碑高七米顶天屹，碑名七字萧克题：
小水战斗纪念碑，一九八一八月立。
清泉陈靖[1] 碑文写，左右两侧刻清晰。

（三）

小水战斗纪碑群，依坡而建壮观景。
青葱绿树周边护，碑塔门楼纪念亭。
瞻仰英雄纪念碑，初心使命要记清。
先烈牺牲为百姓，民族复兴力担承。

---

① 指杨清泉，湖南省委原书记；陈靖是红军六军团老红军。

杉木桥小水紫云山

紫云山落小水村，南万佛山相近邻。
山顶古寺香烟旺，神马峰高峡谷深。
栈道石板浮桥荡，溪流水急吟歌新。
赞颂小水英雄迹，诲人牢记红军恩。

杉木桥小水仙人桥

位于杉木桥小水村的丹霞峡谷内，是一座栈道式的青石石拱桥，传说是仙人在一夜之间建造起来的桥，故名。

小水丹霞仙人桥，传说仙人一夜造。
在红砂砾崖壁上，凿孔嵌入青石条。
上铺石板作桥面，下跨溪流碧浪滔。
建筑工艺属罕见，独具特色赞誉高。

【通道·江口】

在县境西北，渠水贯穿西部，枝柳铁路穿越乡境5公里。江口乡以乡府驻江口村而得名。

2007年11月

江口乡

（一）

通道西北江口乡，森林覆盖面宽广。
地势东高西南低，层峦叠嶂河流长。
菁芜溪口东边靠，靖州紧贴西北旁。
西与锅冲苗乡接，南同县溪镇互壤。
汉侗杂居各村寨，人口七千六百强。

（二）

湖南通道江口乡，地处县溪下游方。
全乡居民千八户，辖村委会十三庄。
汉族人口九成过，少数民族一成强。
江口大桥横江口，东头亭阁可乘凉。

江口两桥交叉跨江口

（一）

枝柳铁路南北行，穿行通道廿八程。
由北往南入县境，通道首站江口停。
江口溪流注渠水，铁公两桥交叉经。
铁路居上南北跨，东南西北泥桥横。

（二）

铁路公路两巨龙，同跨江口各逞雄。
铁龙南北高空过，飞马东南西北通。

人走车行往返复，两桥交叉江口横。
宏伟壮观堪称特，旁配秀亭歇闲人。

（三）

铁路公路交叉横，跨过江口各自奔。
铁桥底下公路桥，桥头北端南侧滨。
重檐六角秀亭立，供人歇息去劳辛。
亭壁题文江口叙，有兴阅读知其情。

江口下水涌修路死难劳工纪念碑[①]

1939年，为了抢修桂（林）、穗（贵州三穗）公路，湖南段（下水涌）最为艰险，又逢瘴雨蛮烟，疫死累死员工一千余人。为了纪念死难员工，1941年竖立此碑，由工程师王南钟题写碑联“由流汗积劳以死，与执戈卫国同功”。

通道江口下水涌，大型石碑果壮雄。
碑文记叙修桂穗，疫累死难苦劳工。
立碑悼念死亡者，劳累生病把命送。
“由流汗积劳以死，与执戈卫国同功”。
一九四一年时立，石碑高耸擎汉空。

---

① 《怀化大辞典》618页有记载。

【通道 · 大高坪】

大高坪苗族乡在县西部，境内地势陡峭。

2007年11月

大高坪苗族乡

（一）

通道苗乡大高坪，始建一九五六春。
大高坪与黄柏并，两乡四寨共组成。
大高坪与龙寨塘，黄柏地了四个村。
公社时期曾撤销，一九八五又复兴。
称大高坪苗族乡，一直延续到如今。

（二）

通道西部大高坪，地势陡峭山峻岭。
东与五通相连接，南同独坡互为邻。
北至播阳连边界，共计管辖四寨村。
全乡六百卅住户，人口三千有余丁。

（三）

大高坪乡大高坪，地势陡峭树茂森。
含大高坪龙寨塘，黄柏地了和龙林。

苗族同胞居首位，其他民族占少成。
乡府设在下龙寨，距大高坪十里程。

（四）

大高坪乡县西边，山地面积绝对宽。
森林覆盖七成近，大高山崇千米添。
山顶古庙雄伟岸，清朝年代时兴建。
可惜民国匪患毁，仅留遗址人看观。

大高坪村

（一）

大高坪乡大高坪，位大高山半腰岑。
木房瓦屋参差错，及第入庭台阶蹬。
寨头古坟排列整，村脚鼓楼岁月沉。
全村住家两百几，尽是苗胞吴姓人。

（二）

大高坪村苗族人，款宾待客果热情。
村寨路上遇到客，无论识否邀进庭。
热水洗脸油茶待，酸肉腌鱼宴客宾。
做客苗家心情爽，一生难忘情意深。

大高坪公路通车庆典

2007年11月29日走访大高坪时，住在小学同校同学吴通儒家，观看了9月2日公路通车的庆典录像，特书以志。

（一）

大高坪乡大高坪，公路通车隆重庆。
锣鼓芦笙鞭炮吼，村民老少笑脸盈。
凉庭坪上擂台摆，男女歌手对唱勤。
你问我答别情趣，同歌社会主义新。

（二）

大高坪乡大高坪，公路通车到内村。
挂彩悬红欣祝庆，男女老少盛装新。
凉庭内外人群聚，美酒佳肴宴客宾。
举杯欢欣齐赞颂，衷心感谢党恩情。

大高坪大高山

位在大高坪村东南侧，距县城20公里，此山又高又大，故名“大高山”。海拔1078米，东西走向，长约4公里。山顶有一坪场，清朝时曾建有大高庵一座。

（一）

大高坪乡大高山，位大高坪村南边。
山顶坪场平且阔，原建有庙大高庵。

大高山耸高且大，登顶放目眼望宽。

远近村寨隐若现，起伏山峦乌龙盘。

（二）

大高坪乡大高山，大高坪村东南边。

距离县城二十里，主峰海拔千米添。

东西走向四里过，山峦起伏青岗绵。

山底仰望帽落地，难见顶巅怀憾渊。

登大高山

2007年11月29日（农历十月二十七）登上了大高山顶。

（一）

大高山位大高坪，主峰海拔千米盈。

十月廿七艳阳日，老夫兴浓誓攀登。

泉水干粮背包挎，竹杖作伴同路行。

野草丛生登无路，顺电杆爬举步辛。

（二）

大高山耸及天云，峰顶坪场椭圆形。

茅草丛生金黄色，周边环绕幼松青。

观景石坛塌一半，转差台崇拨云星。

环顾四周峦起伏，远近景致眼底陈。

寻大高庙留遗址，泉水流出永不停。

（三）

有幸登上大高山，环顾四周景万千。
北望渠水蜿蜒曲，首尾伸延无尽端。
靖州东江隐可见，万佛山峰全入帘。
前后左右峦起伏，青山碧水玉带蹁。

大高山大高庵

大高山顶上原有一座大高庵（庙），据说是清朝年间建的，后毁于兵火。

（一）

大高山顶坪场宽，原有庙宇大高庵。
前屋正殿房一栋，左右偏厢将其连。
五柱三檔木结构，天井一面形四边。
山顶北坡林木茂，有泉凛冽年不干。

（二）

大高山顶场坪宽，清朝时建大高庵。
杨氏大恩置田产，住庵和尚生活担。
烧香焚纸神仙敬，祈求保佑消灾难。
宣统有匪常留住，乡兵进剿庙毁完。

大高坪田坝风雨桥

在大高坪乡田坝村，村脚半冲有一座风雨桥，无墩无孔，建在地面上。桥上连阁三亭，飞檐翘角。两头亭檐为歇山顶，中亭三檐为六边形，中亭左右梁脊上各塑有一狮子。

（一）

大高坪乡田坝村，有风雨桥村下亭。
飞檐翘角三亭阁，翠瓦明窗相辉映。
梁上雄狮苍穹望，中亭顶尖插天云。
桥如龙凤坡脚卧，艳饰田坝风景新。

（二）

大高坪乡田坝村，风雨桥长十一楹。
廊左廊右显殊异，栏杆栏板上下分。
上为栏杆木条支，下是栏板严封紧。
桥置地上无墩孔，底下碎石砌坎承。

（三）

田坝花桥奇特神，跨越山冲南北横。
北端道路供行走，南头流溪吟微声。
左边右侧田阡陌，春夏秋冬不同景。
冬春田底沉日月，夏天青翠秋金橙。

（四）

田坝风雨特奇神，坐落山冲南北横。
桥檐覆盖灰鳞瓦，亭角悬吊葫芦轻。
两头山坡林森郁，风拂稍动舞青云。
犟卧山冲雄伟岸，飞檐翘角壮观睁。

大高坪龙寨塘风雨桥

在龙寨塘村口，前水后寨，纯木结构，是一座具有民族建筑风格的水口桥。

（一）

大高坪乡龙寨塘，大高山崇把天擎。
极目眺望远近景，有桥如龙寨口横。
廊十三格跨水口，长呈一字横溪滨。
居高临下路险峻，进村出寨人必经。

（二）

大高坪乡龙寨塘，水口花桥横溪躺。
纯木结构抬梁式，居高临下护卫庄。
前照水溪后依寨，清朝顺治年时创。
桥廊寨门相连接，苗家建筑风格彰。

（三）

龙寨塘村风雨桥，一夫当关设计巧。
建在两山隘口处，居高临下入望辽。
风水树嵩树森茂，郁荫挺拔挺天霄。
树干粗壮几人抱，无不惊奇叹声高。

大高坪苗族衣饰

（一）

通道大高坪苗乡，苗族衣饰显大方。

服饰多为青紫白，青蓝浅蓝均无仿。
穿着衣服因季易，年龄场所不同装。
男饰青衣花衣着，青紫色帕包头上。

（二）

苗族男子青花衣，青帕紫帕头上围。
对襟胸前三口袋，排列整齐布扣子。
夏着白色或浅蓝，冬穿深颜或青紫。
下身便裤脚肥大，深色布条绑裹腿。

大高坪苗族女衣饰

（一）

通道大高坪，居住苗家人。
苗族女服饰，有明显特征。
布料自家织，染色捶打平。
青紫色发亮，制衣穿在身。

（二）

苗族女上衣，青色右衽襟。
衣宽长过膝，袖襟边花钉。
铜扣或银扣，腰带宽苗锦。
带端前面结，流苏肚下沉。
节日盛装着，加上佩戴银。
戴上银项圈，银梳银簪精。

（三）

苗族女头饰，发髻脑后萦。
青色花边帕，花纹针绣成。
垂在两肩后，绚丽夺目睛。
欣赏苗女服，仪态端庄神。

（四）

苗女下身衣，黑色百褶裙。
几被衣服盖，只露一点痕。
小腿青布套，边绣镶花纹。
节日绣花鞋，平时草鞋蹬。

大高坪苗族婚俗

接亲

（一）

大高坪乡苗婚俗，男女青年相恋熟。
新郎亲自接新娘，七人作陪加一妇。
集中男家吃油茶，提灯挎篮装礼物。
结婚头天到女家，并在女家住一宿。

（二）

接亲娘家住一宿，男备豆烟均拿出。
青年男女取乐闹，吃半更饭[①] 才停住。

① 吃半更饭：指半夜吃夜宵。

（三）

深夜半更饭结束，男女对歌止不住。
天快亮时接亲人，鸣放鞭炮催出屋。

出门

（一）

新娘出门手提桶，放支手镯装桶中。
长辈妇女背新娘，走出大门十步送。

（二）

新娘出门燃点灯，接亲人提前面行。
新娘紧跟在其后，两名伴娘买后跟。

进门

（一）

新郎家门米筛悬，接亲队伍从下穿。
三声炮响把门进，新娘进屋火塘闲。

（二）

主人早备酒菜桌，抬出门外十步搁。
接亲伴娘同前往，祭拜天地免灾祸。

（三）

新娘进门次日晚，寨内小伙前来看。
名闹新娘对茶歌，通宵达旦热闹欢。

回门

（一）

新娘回门回门礼，糍粑猪肉烟酒米。
六位小伙肩挑担，送走新娘伴娘归。

（二）

新娘家接回门礼，留下四斤父母吃。
大舅小舅各一斤，其余设宴待族戚。

（三）

新娘送回娘家里，办回门酒盛宴席。
直到正月逢双日，郎家择吉接买回。

大高坪苗族育儿习俗

（一）

大高坪乡苗族人，婴儿出生要报信。
生男公鸡女母鸡，先往外婆家中奔。
外婆回送鸡一只，次日派人看望婴。
主煮鸡蛋分成瓣，娘家人吃示敬尊。

（二）

苗家婴儿三朝举，亲友应邀来贺喜。
外婆需送米一斗，活鸡三只习俗规。
还有手提篮一个，内装背带鞋帽衣。
一般亲友鸡米布，也是竹篮装手提。
来客要住两三晚，客到次日办酒席。

【通道·锅冲】

锅冲苗乡位于县城西北部，因乡府曾驻锅冲村而得名。现乡府设在肯溪村，辖3村委，300余户，1400多人。

2007年11月

锅冲苗乡

（一）

通道锅冲有苗乡，位今县域西北方。
锅冲肯溪占字岩，苗族聚居三寨庄。
共有住家三百户，人口总计千四强。
乡府驻地肯溪寨，距离锅冲八里长。

（二）

锅冲肯溪占字岩，地处县境西北边。
北东南面县溪接，西傍靖县新厂沿。
原来隶属县溪镇，九八划出苗乡建。
管辖三个村委会，肯溪占字锅冲含。

锅冲肯溪村

（一）

苗乡位县西北境，乡府驻地肯溪村。

距占字岩两二里，离锅冲寨双四程。
共有住家五十户，人口不足三百丁。
村民全部是苗族，团结友爱和睦亲。

（二）

风景秀美肯溪村，锅冲苗乡府驻屯。
建聚龙桥横寨口，彩凤展姿迎客宾。
自然风光本秀丽，聚龙桥建佳景增。
点饰肯溪苗家寨，秀美风光更丽明。

肯溪村聚龙桥

该桥建于2006年8月，桥顶三座桥亭，廊上十一间间格，横跨在肯溪寨前，雄伟壮观。

（一）

锅冲肯溪聚龙桥，横跨寨前巍伟豪。
桥廊全长十一格，联阁飞檐三亭昭。
头端两亭四坡顶，正中一阁五檐高。
梁上飞龙玩珠戏，檐角上翘塑瑞鸟。

（二）

锅冲乡府肯溪村，恢宏聚龙寨口横。
二〇〇六年时建，同年八月竣工成。
飞檐翘角龙凤卧，拦住村口壮观睁。
高瞻勤谋励人奋，劳动致富小康登。[①]

① 此两句引桥上对联。

锅冲占字岩村

位于占字岩筲箕冲内，坐北朝南，吊脚民居依山势而建，背依山林，面向田町，住有居民140多户，650余人。村脚有一口四边形古井。文星桥和兵书阁，从东到西拦住筲箕冲口，在桥西头坡脚下还有一座建筑，雄伟壮观。

（一）

通道锅冲占字岩，坐落筲箕冲里边。
坐东朝西依势建，吊脚民居错落参。
全村住家百四户，共有人口六百添。
村中石路下到上，分岔伸向家户连。

（二）

通道锅冲占字岩，坐落筲箕冲口边。
村民公议冲口处，建文星桥祥瑞拦。
寨下方形井一口，饮用洁物分三间。
桥外加筑兵书阁，缅怀关圣育学员。

占字岩村古水井

在村脚井旁有清道光二十年立的“禁碑”一方，要求村民确保井水清洁，还规定忌日不得用井水等。

（一）

通道锅冲占字岩，石铺古井寨脚盘。
常年涌流水清澈，一字隔开三池间。

一池供饮保清洁，二格洗菜食品专。
三间才是涤他物，各池使用规定严。

（二）

占字古井青石围，三个水池用有规。
井旁禁碑石一方，清朝道光廿年立。
规定保持水清洁，村民恪守力行施。
忌日不得用井水，自觉执行同护维。

占字岩村文星桥

文星桥位于占字岩箐箕冲口处，兵书阁以里，建于清朝乾隆二十四年，桥廊七间格，长20米。东头是双檐殿八字门坊入口，西头是单檐殿坊门出口，中间桥上是三檐歇山顶式亭阁，用以锁住山口。

（一）

文星桥在占字岩，建于乾隆廿四年。
桥廊七间长廿米，顶上一亭高三檐。
东边上桥双肩殿，西头出口单庑间。
横卧占字岩冲口，锁拦祥瑞外流迁。

（二）

占字岩村文星桥，锁住冲口吉祥保。
梁上亭阁正方形，伫立中部显高岩。
亭高三层歇山顶，阁廊两檐鳞瓦罩。
横立田硬无墩台，陆地风雨极难找。

（三）

占字岩村文星巍，陆地花桥实稀奇。
坐落筲箕冲口处，连接东西多陡坡。
东头坡脚土主祠，单檐歇山殿堂宇。
距离文星咫尺近，几与廊桥连一体。

（四）

通道锅冲占字村，冲口田埂花桥横。
西单檐庑阙坊式，东双肩殿八字门。
中阁三檐歇山顶，廊内七格立溪滨。
陆地花桥何处觅？占子岩村冲口存。

占字岩村兵书阁

位于占字岩筲箕冲口处，清朝嘉庆十五年，村民们在文星桥外侧砌坎整平建了一座三榀一檐双坡顶的房子，名为“兵书阁”。

（一）

文星桥外筲箕口，砌坎整平房屋修。
清朝嘉庆庚午建，一座民居两层楼。
穿斗抬梁木构架，三间单檐双坡流。
南北面宽六丈欠，东西榀长七寻够。
取名叫作兵书阁，与桥平行拦冲口。

（二）

占字冲口兵书阁，穿斗抬梁木造作。
坐南朝北三榀宽，周边板壁严封锁。

一层正堂关圣供，二楼私塾童子课。
北靠文星咫尺近，南背冲口面开阔。

（三）

占字冲口兵书阁，穿斗抬梁木造做。
嘉庆始建双坡顶，道光五年增高座。
原阁明间加三层，攒尖塔式呈六角。
整新俾宇壮观瞻，巍峨高耸把天戳。

（四）

占字冲口兵书阁，明间三层呈六角。
一层仍奉关圣帝，二重照旧童子课。
楼上均设走马廊，木梯登上风景睃。
山清水秀占字岩，美景佳胜入眼窝。

兵书阁六角阁

清朝道光五年重建兵书阁时，把原兵书阁的明间改建成一座高三层、翘角攒尖顶塔式的六角阁楼，称为“六角阁”。

（一）

兵书阁卓占字岩，增六角阁翘角檐。
新阁原楼屋齐面，周边木板装实严。
走马廊环层层设，登楼旋梯重重攀。
顶棚装饰天花板，彩绘太极八卦圈。

（二）

筲箕冲口兵书阁，增六角阁显巍峨。

飞檐翘角三层高，顶尖葫芦把天戳。

一楼仍为关圣庙，二层私塾继续作。

每层开窗观景致，远近佳胜入眼窝。

（三）

筲箕冲口兵书阁，明间改成六角阁。

整新俾宇高三层，矗立冲口显巍峨。

北文星桥紧相挨，西土主祠咫尺落。

形成一组建筑群，饰占字岩绮丽绰。

文星桥　兵书阁　土主祠

通道锅冲占字村，有座建筑奇特神。

集桥亭阁殿塔宇，堵筲箕口锁吉珍。

前文星桥土主祠，清朝乾隆年代兴。

后兵书阁嘉庆建，道光五年加高层。

坐南朝北一整体，雄伟壮观古建群。

兵书阁　文星桥　土主祠

锅冲苗族服饰

（一）

锅冲苗族传统服，面料多用自织布。
颜色蓝绿白青紫，款式性别年龄殊。
又据季节场所异，男女穿戴各出入。
色调明快绮丽绚，古朴典雅风格突。

（二）

通道锅冲苗家人，穿戴服饰特色清。
主要体现女服饰，盛装打扮艳缤纷。
衣裤裙子布勾鞋，腰带绑腿头帕巾。
红黄白色为主调，图案参差交错纭。

锅冲苗族女服饰

（一）

苗族妇女头饰迥，头帕黑白方格呈。
两端色彩丝线绣，一排绚丽图案横。
帕头搭在左肩前，外边加包彩布萦。
未婚姑娘妇女别，头帕不同图案分。

（二）

苗家妇女上装身，由蓝或白布制成。
上衣右衽银铜扣，并系彩绳流苏新。
襟边衣领刺绣嵌，衣摆袖口彩花钉。
一条彩带系腰上，两端流苏绮丽缤。
带系腰上甚夺目，须穗飘逸美不胜。

（三）

苗家妇女服饰殊，青年姑娘引人目。
未婚女子头饰特，不同彩线混发梳。
花辫盘头极显眼，黑白相间帕包住。
彩色辫子飘脑后，帕端左肩前披负。

（四）

高领大襟右衽服，自制百褶裙长裤。
脚踏布鞋或凉鞋，腿裹深色家织布。
衣领衣袖服边沿，裤脚裙脚花条附。
姑娘服边镶彩绣，穿在身上线条突。

（五）

妇女腰间经常束，一条彩色锦带布。

两端系在身后边，花须下垂飘随步。

锦布腰带姑娘织，手工艺品上乘属。

宽两三寸长六尺，不同颜色线织出。

（六）

苗家妇女盛装著，喜戴不同银饰物。

耳环项圈银戒指，银扣银链银手镯。

花季少女着盛装，婀娜多姿美感突。

走在熙攘人群中，明亮绚丽极醒目。

苗族青年社交——茶堂对歌

逢年过节，姑娘三五成群，走访亲友，聚集在约定的茶堂，等待小伙儿们的到来，双方边打油茶边对歌，促进互相了解，建立感情，情投意合者，互换信物，喜结良缘。

（一）

苗族青年社交盛，在吃油茶时进行。

通过约会茶堂定，茶歌对唱热闹欣。

边煮油茶情爱叙，对歌细语叙真情。

每年正月十六始，直到三月初十停。

（二）

男女约会茶堂定，届时姑娘先来等。

门边迎接小伙到，情歌对唱即进行。
进堂围在火塘旁，边煮油茶边叙情。
通过对歌增友谊，你情我爱舍难分。

（三）

正月十六到三十，苗族青年油茶吃。
茶为内容歌对唱，通过对歌增情谊。
情投意合吐真心，两人约定再相会。
一次两次三五次，确定恋爱良缘缔。

（四）

平时农闲苗家行，同龄姑娘结队群。
走亲访友他村客，午夜小伙赴主门。
歌声打听确无误，客人同意开门迎。
反复盘问接进屋，围炉对歌伴笑声。

（五）

苗族禁止同姓婚，多在族内行联姻。
男女青年谈恋爱，在村附近林中行。
两相约定定期会，悄声细语语真情。
村寨附近约会地，人们多以花园称。

锅冲苗族婚俗

（一）

锅冲苗族传统婚，父母包办缔婚姻。
婚姻关系范围小，民族内部缔结亲。

同姓禁婚习俗定，早婚近亲结婚行。
成婚要经自由恋，定情婚礼多过程。

（二）

苗族青年男女恋，最为普遍进花园。
男女青年相约会，村子附近树林间。
秀丽风景山坡下，各寨都有固定点。
专供男女谈恋爱，人们俗称花园山。

（三）

青年男女花园会，事先约好定日期。
男不失约早出发，赶前女的花园逸。
吹奏木叶情歌调，专向姑娘报信息。
姑娘一身盛装扮，漫步来到花园里。

（四）

苗家约会习俗奇，青年男女首约会。
需由大哥大姐陪，约定时间地点会。
经过接触渐熟悉，有了感情互约会。
待到成了意中人，单独行动个别会。

定情

青年男女交往多，相互了解情意合。
交换信物把情定，各自把凭手中握。
女将花带花帕送，男把身上衣服脱。
定情的事算完成，需等家长来通过。

订婚

（一）

双方互换定情物，男方告知女父母。
得到女家的同意，双方订婚算成熟。
正月初四订婚日，男派两人挑礼物。
鸣放鞭炮到女家，设宴招待女房族。

（二）

女方父母同意婚，将女八字和生辰。
红纸抄写交男方，相合八字请先生。
确定相合不相克，双方婚姻即订成。
男方择日行婚礼，女的等待来接亲。

婚礼日

苗家婚礼程序清，男女双方已定亲。
即待确定婚礼期，安排人员去接亲。
男方结婚日子定，回报女方父母亲。
冬末春初农闲季，如期前往迎接亲。

接亲

（一）

婚礼日期将临近，派六男子去接亲。
长者一人作领队，余挑空箩提马灯。
前往女家把亲接，新娘伴娘盛装更。
由两小伙肩挑担，一同前往郎家门。

（二）

新娘出门当天晚，全寨姑娘来作伴。
深夜新娘歌哭嫁，迎亲队伍唱慰安。
出门吉良时刻到，迎亲提前离寨团。
新娘手持半开伞，兄弟背出跨门槛。

（三）

新娘兄弟背出门，全村老少来送行。
快到新郎家住寨，齐全妇人[①] 领入庭。
新娘进入郎家后，回头再把陪花迎。
新娘伴娘皆进屋，男族姑娘伴客人。

婚宴

苗家婚宴两三天，各方亲友祝贺连。
郎家承办正餐一，其余各餐房族担。
婚宴喜摆长桌席，共同围坐热闹欢。
酒席上下有区别，客人长辈上席餐。

对歌

苗族习俗爱唱歌，每逢喜事必对歌。
婚礼需唱几类歌，酒令酒歌赞颂歌。
小伙陪花交杯歌，宾主合唱敬酒歌。
远亲近邻祝贺歌，陪花姑娘答谢歌。

① 齐全妇人：指有儿、有女、有丈夫和婆家的妇女。

烟豆取乐

苗族婚礼婚宴后，主人备好香烟豆。
交由新娘与陪花，散发在场男女收。
客人故意佯推辞，女方周旋不放手。
吹熄灯火烟豆接，舌战认领才罢休。

讨花帕

苗族婚礼第二天，全寨山歌爱好男。
聚集陪花居住处，三五成群轮歌欢。
姑娘比较作评判，选出中意歌唱员。
拿出自带小花帕，赠送优秀歌手拈。

捶糍粑

苗家举行婚礼期，捶砸糍粑真有趣。
新娘陪花献衣服，小伙打扮女装饰。
手握木槌糍粑砸，打几百斤可卖力。
另要新娘去挑水，井旁对歌增浓气。

回门

苗家举行婚礼期，新娘新郎不同室。
礼毕派人三五位，陪郎挑礼送买回。
以后等到第二年，男方派人去接妻。
新娘郎家住几日，再又送她娘家归。
一接一送复往返，怀孕长住夫家里。

锅冲苗族葬俗

送终鸣炮商后事

（一）

老人生命入垂危，从原卧室堂屋移。
子女众人轮流守，鸣炮报知停呼吸。

（二）

房族团寨亲友们，闻炮聚商后事情。
安葬日期已确定，派人报丧告友亲。

报丧

去世若是老母亲，报丧首登舅家门。
按照死者血缘系，从近到远逐户登。

更衣入棺

（一）

老人辞世新衣换，即将尸体放入棺。
盖上红面白里被，放入棺盖忌封严。

（二）

择定吉时棺封严，棺盖复冠红布单。
放在堂屋中一侧，屋内明灯昼夜燃。

挖墓坑

苗家山寨各宗族，都有固定坟冢墓。
选定朝向依山势，专人挖穴尽义务。

众人出动

团寨哪家有丧事，众人帮助事务理。
孝子始终守灵柩，直到全部丧事毕。

祭奠—戴孝衣

为了悼念过世人，孝子披麻白衣身。
前来吊丧发白帕，重孙戴孝红织品。

上祭

亲友吊丧需上祭，礼师司仪奏哀曲。
到灵柩前点炷香，烧几张纸扣手揖。
不断鸣炮奏唢呐，敲锣打鼓吹笛子。
各路乐队哀曲奏，坐班客班不停止。

出柩

安葬吉时临近前，灵柩抬到村口边。
停放片刻即出柩，棺木众人扛在肩。
孝子贤孙棺前走，由人扶着缓步前。
棺木抬到葬坑处，落井仪式不可免。

安葬

灵柩抬到葬坑边，简单落井仪式践。
主持先生行仪式，杀鸡跳坑大米添。

鸣放鞭炮棺入井，罗盘定位刨土冠。
石块垒砌坟墓造，一场丧事总算完。

回顾锅冲举办两省三县首届苗族歌会

据吴跃飞先生介绍：2006年重阳节，在锅冲苗族乡举行首次湘、黔两省三县（即湖南靖州、通道和贵州黎平）苗族歌会，盛况空前，特书以志。

（一）

九月初九重阳节，两省三县苗兄姐。
聚集锅冲苗族乡，首次歌会甚闹热。
宽阔广场人潮拥，装红结彩花世界。
临会群众笑脸含，盛装打扮风情别。

（二）

通道锅冲苗族乡，花的世界歌海洋。
锣鼓咚咚芦笙啸，彩旗荡荡鞭炮响。
歌手歌星音流畅，民腔民调曲悠扬。
队队歌手盛装艳，曲曲苗歌称颂党。

（三）

锅冲苗乡赛歌场，男女歌仙靓丽装。
英姿飒爽尽高手，神采奕奕不慌张。
放开喉咙随应变，舞动身姿眉飞扬。
场上观众齐叫好，掌声雷鸣溢荣光。

（四）

擂台周边彩旗扬，歌手登台张口唱。
传统之歌内容丰，随时应答词流畅。
群众敬佩赞不已，兴高采烈情高昂。
男女老少乐陶然，飘飘若仙心激荡。

（五）

锅冲首届苗歌会，歌队歌星献精艺。
施展风采气氛浓，群众嘉宾皆满意。
苗族奇葩艺苑秀，绚丽风情展无遗。
歌会弘扬优良风，增强团结添友谊。

【通道·传素】

传素瑶族乡地处通道县东南部，气候温凉多雨，雾多湿度大，地形呈条带状，境内最高点位于黄沙岗主峰，海拔1440米。

2007年12月

传素瑶族乡

（一）

传素瑶乡县东南，地势高陡山连绵。

东北下乡互为界，东南广西龙胜连。
西南陇城相接壤，西北马龙共沿边。
昔时绥宁半里辖，五一划入通道管。

（二）

传素瑶乡县东南，地势东高西低缓。
层峦叠嶂山陡峭，梨子界河峡谷穿。
八四年时瑶乡复，辖五村委五寨团。
潘家寨和新团村，传素鱼塘古孟含。

（三）

县境东南瑶族乡，全乡面积万亩广。
牧草资源极丰富，黄沙草场境内躺。
北国风先江南移，风吹草动现牛羊。
树茂草青风光秀，胜比北国风光强。

（四）

通道传素瑶族乡，位县境内东南旁。
平均海拔千米上，占地公里五十方。
全乡人口千四过，瑶族同胞六成强。
一九八四建瑶乡，沐浴党恩暖阳光。

（五）

通道传素瑶族乡，高山连绵入穹苍。
位在塘村狮望月，居梨子界石山岗。
光滑险峻形奇特，青白分明卧龙躺。
一边巨石落有致，三面青翠林木苍。
阴天雨日山顶冠，岚雾缭绕眼迷茫。

（六）

通道传素瑶族乡，梨子界瀑若巨蟒。
汹涌滑碧岩洞出，跌落潭渊吼声狂。
潭边奇石鱼龟卧，面上容纳人站躺。
虽坐深山路不便，好奇旅客仍向往。

（七）

通道传素瑶族乡，地势陡峭山高昂。
环境生态持完好，植被丰厚林木苍。
梨子界瀑烈士墓，黄沙岗草壮牛羊。
风光秀美景致胜，休闲探险避暑凉。

（八）

通道传素五寨庄，自从建立瑶族乡。
公路通车村村到，电网改装户户光。
交通通信均方便，现代家具进庭堂。
居民生活大改善，丰衣足食登小康。

传素瑶族婚俗

（一）

通道传素瑶族婚，父母包办姑表行。
指腹为婚限姑舅，同姓男女禁结亲。

（二）

瑶族男女婚姻缔，取送八字行仪式。
嫁妆烟斗衣服被，父母特赠套花衣。

附：赠烟斗习俗

相传瑶族住山高，山下野火正燃烧。
瑶人身上有烟斗，就地放火免被烧。

（三）

通道瑶族婚姻情，招郎入赘习俗行。
有女无儿招郎赘，女大儿小郎上门。
婚后丧夫可招郎，招郎内外族不分。
入赘改从女父姓，财产方有权继承。

传素瑶族食俗

喝茶习俗

（一）

通道传素瑶族家，突出习俗爱喝茶。
两人见面打招呼，第一句话问喝茶。
评价妇女谁能干，手艺如何看烧茶。
谷雨茶和糍粑茶，还有油茶与镩茶。
瑶民一天四顿饭，头一顿先吃油茶。

（二）

通道传素瑶族家，突出习俗尚喝茶。
一天头顿喝茶外，其余四餐饭泡茶。
逢年过节和喜庆，吃糍粑茶和油茶。
家中来了高贵客，热情招待吃镩茶。

（三）

传素瑶族尚喝茶，最好的茶是锄茶。

用干玉米来制作，香脆清新鲜锄茶。

一般招待贵客用，平常难吃到锄茶。

锄茶必须趁热食，不用筷匙吃锄茶。

（四）

通道传素瑶族家，边吃锄茶边对卡[①]。

每逢节日和喜庆，姑娘小伙擂台搭。

未婚青年欣对唱，相互爱慕情表达。

已婚男女对唱欢，展示歌喉显才华。

吃山鼠肉[②]

传素瑶族习俗殊，捕捉山鼠作食物。

不论个大或是小，燎毛烘干制酸储。

制作佳肴最好者，尚未长毛初生鼠。

瑶家待客一名菜，味道特鲜上乘属。

传素瑶族衣饰

通道传素瑶族家，制作衣料多葛麻。

女装上衣特突出，无领对襟呈大褂。

---

① 卡：侗语指歌，“对卡”即对歌。

② 在《通道民族志》中有对这一习俗的介绍。

衣摆过膝背玉印[①]，前有胸围绣图佳。
摆后正中红带系，斑斓醒目绚丽华。

传素瑶乡梨子界

通道传素瑶族乡，地势高陡多山岗。
传素新团梨子界，海拔约在千米上。
梨子界河峡幽邃，奔腾瀑布如巨蟒。
一九三四十二月，红军在此遭敌挡。
桂敌飞机猛轰炸，战士抵抗依古樟。

梨子界红军烈士墓

位于传素瑶族乡新团村的梨子界（山名）上。1934年12月，中央红军转移到传素，越过梨子界时，遭到桂敌飞机的猛烈轰炸，在战斗中牺牲了多名战士；后瑶族同胞将烈士的尸体合葬在一起，堆成土墓以铭志。1971年10月，传素党支部重新筑墓，并立碑铭示，1979年申报为革命传统教育基地。

（一）

红军被迫行转移，撤出瑞金往北退。
国军追堵到传素，桂机拦截猛轰击。
狂轰滥炸火力猛，战士抵抗无掩体。

① 衣摆过膝背玉印：指衣背后刺有朝廷的玉印图案。

激烈战斗牺牲重，瑶胞情深简棺没。
堆成土丘作标志，告示人们不忘遗。

（二）

红军转移到传素，梨子界上遭敌阻。
桂敌拦截飞机炸，战士抵抗依古树。
当年古樟护战士，残成半截伤无数。
铭志敌人残酷罪，留给后代众人目。

（三）

时为七十年代初，通道传素党支部。
顺应群众提诉求，不忘过去受难苦。
重新修建红军坟，竖立墓碑刻字述。
红军牺牲为百姓，告知后人勿妄负：
没有烈士抛头颅，哪有今天的幸福！

（四）

岁月流逝春复春，长征过去几秩旬。
当年古樟护战士，残成半截依然挺。
再发新枝岁岁长，面向后人尾尾陈。
饮水思源缅红军，牢记红军党恩情。
催人奋进红军迹，激励复兴新长征。

传素梨子界瀑布

（一）

传素瑶族靖边堡，潘家传素两溪交。

水至悬崖突变化，流泉分道各扬镳。
一股瀑口直泻下，另支飞流穿穴跑。
共同注入深潭渊，吼声如雷狂暴啸。

（二）

传素瑶族新团村，群山起伏景致新。
两级瀑布从天降，双道泉流穿洞行。
深谷仰望双龙舞，对峙烈士一冢坟。
天工专修此奇景，仙赐哈达缅红军。

（三）

通道传素新团村，瀑布溪流风景新。
两岸硅石岩地冒，群峰林立佳胜频。
流泉来自潘家出，瀑口突变两股分。
一股直往深潭注，另支穿洞巨渊奔。
宛若双龙悬涧舞，凭空而降舞白云。

传素黄沙岗草场

位于传素瑶族乡境内，与城步县南山草场和广西龙胜县接壤，有广袤的森林和辽阔的牧场，还有梨子界瀑布，是狩猎、休闲和陶冶情操的极好去处。

（一）

草场风光刀画廊，地寓传素黄沙岗。
森林广袤茵草阔，两种生态俱茂芳。

迤逦自然风光秀，风吹草动现牛羊。
狩猎休闲极佳处，回归自然好地方。

（二）

通道传素黄沙岗，地域辽阔树草芳。
梨子界瀑哈达献，红军墓碑肃穆庄。
层层梯田山峦套，袅袅炊烟瑶寨扬。
攀树藤萝纠结劲，小桥流水蜿蜒长。

（三）

南方草甸黄沙岗，山顶极目无限光。
天苍苍，野茫茫，无限蓝天彩云翔。
一望无垠青碧翠，野花层次缀草场。
镶花毛毯地面铺，雅洁芬芳气息扬。

（四）

通道传素瑶族乡，辟有黄沙岗草场。
森林草场两生态，草青树郁独特彰。
漫步绚丽野花中，徜徉青碧草场上。
狩猎休闲陶情趣，尽享自然美风光。

（五）

高山草原黄沙岗，北国风光移南方。
草茵树郁无边际，岗丘起伏腾海浪。
自然景观梨子界，瀑布飞泻涧谷扬。
更有红军烈士墓，庄严肃穆人敬仰。

（六）

南方草甸黄沙岗，地域辽阔无际疆。
草茵茵，野茫茫，蓝天草甸绿翠苍。
满眼碧茵青葱翠，极目起伏绿波扬。
岗峦座座梯田套，瑶寨家家炊烟翔。

附录1:《话上湘》序

中央民族大学保卫处原处长黄保慧，职责是保卫学校安全，保卫工作需要他的细心周到，却被他用到诗歌的创作上，在本校独树一帜。黄保慧之所以能够创作出几本厚厚的诗集，缘于他自己对民族文化的热爱之情，已融化进了他的血液里，哪怕工作再忙再累，他始终忘不了自己的家乡，忘不了自己的民族。湖南通道上湘我到过的，缓坡起伏，风光绮丽。正像他在书中所说的，古树森森，青山环抱，上湘河碧水滔滔，民族风情浓郁，令人难以忘怀。难怪来到中央民族大学60多年，黄保慧工作之余一直沉醉在家乡的民族风情里，往昔家乡的一草一木，历历在目。侗族人说“歌养心”，确实如此。黄保慧的诗歌孕育了他的心灵，终于演绎出厚厚的《话上湘》。收在《话上湘》里的诗歌，都是七言，但它们不是汉族诗歌格式的绝句或七律，而是风格迥异的民歌样式。侗族诗歌行数不定，每行的字数也不定，但韵律非常严格，一首歌当中要用正韵、勾韵和内韵，这在中国各民族诗歌的韵律中，是很独特的。由于《话上湘》使用汉语文创作，只能够保持正韵，无法保持勾韵和内韵，但这不影响《话上湘》浓郁的民族文化氛围。其实黄保慧讴歌家乡的诗歌远不止《话上湘》，退休以后，他有时间就与老伴邵玉霜回到自己的家乡湖南通道县，走遍那里的山山水水 ，触景生情，激情洋溢，诗情奔涌，竟然得到了1200多首诗歌，让人惊叹！这里的鼓楼、风雨桥、古水井 …… 乃至童发、童帽、童银镯，都进入了他的诗歌，形成厚厚一本《通道风胜纪实诗歌集》。一不做二不休，他干脆走遍湖南、贵州、广西、湖北等侗族地区，参与那里的民族文化活动。每到一地，他不是走马观花，而是细心考察当地的绿水青山、文物古迹、民族风情和改革开放给侗乡带来的变化，然后用七言民歌体深情地赞颂，又得一本厚厚的诗集《一路歌——侗乡风胜纪实诗歌》。这些诗歌的显著特色，是几乎每首歌都不是空发慨叹，而是在纪实中讴歌自己家乡的某种风情，有的还配以简洁的题解和注释，使这些诗歌圆润完整，首尾圆合，引人入胜。吟诵其诗歌，就会被牵引进入侗乡，在风雨桥中聆听动人心弦的情歌对唱，在鼓楼中欣赏悦耳动听的大歌，在草坪上参加热情洋溢的“多耶”，在村寨里参与别具特色的“抬官人”，在侗家品尝可口的糯米饭和酸鱼，意趣盎然！在讴歌风景名胜和民族风情的同时，还追溯民族的历史，缅怀古今的英雄人物，慨叹民族历史上的重要事件，从而使诗歌蕴含着丰富的内涵。在这些诗集中，最为完整生动的是《话上湘》，这里有对上湘自然环境的描绘，有对鼓楼、寨门、凉亭、驿道的描摹，有对饮食、起居、歌咏、婚俗、节日、信仰、忌讳习俗的咏叹。更为宝贵的是，这些诗歌和题跋挖掘和保存了上湘的历史文化，举凡民族来源、古墓葬、碑刻、红军标语，等等，作者不禁赞叹，而且做了简洁的题解和注释，描摹细致，使诗集形态多变，内涵丰富，散韵结合，有史诗的韵味，有传承的功能，对不大了解上湘历史文化的年轻人，这是一部生动的民族传统文化教材。翻阅《话上湘》，不会产生审美疲劳，而会有特别的趣味。作者对自己家乡的偏爱，一目了然。黄保慧是在一个充满民族团结之情的单位里工作，这就是民族融合的熔炉——中央民族大学。在这里，各民族在学习各种专业知识的同时，都注意挖掘和传承本民族的优秀文化，这些文化又互相交融，使中央民族大学成为中华民族团结和睦的缩影。正是在这样的氛围里，黄保慧的诗歌突破了民族题材的框架，延伸到了京城和京城周边，举凡天安门、人民大会堂、毛主席纪念堂、京城数不尽的景点和文物古迹，都入其诗，还延伸到河北的白洋淀、避暑山庄……于是又得一本《老干休闲游风胜纪实诗集》。四大本厚厚的诗歌集，目前都付梓，实属不易。作者选择了讴歌老家的诗作《话上湘》，作为读者窥探侗族历史文化的时空隧道，以飨读者，实为上策。毕竟《话上湘》内容比较完整，诗行比较流畅，稍为加工即可面世。

是为序。

梁庭望

2017年11月

（梁庭望：中央民族大学教授、博士生导师、原副校长，中国少数民族比较文学学会理事长，中国少数民族学学会理事长。）

附录2:《通道侗族自治县周年庆典活动》

【1】1984年30周年庆典

1984年11月15—17日

一、县庆看演出

【1】看琉美

（一）

通道民族文工团，县庆演出众人观。
琉美姑娘心肠善，反抗恶势拒腌臜。

（二）

算命先生怀恶意，怂恿兄弟害胞妹。
推下山崖占家财，琉美有家不能归。

（三）

莽岁路过救琉美，山歌为媒结连理。
生儿育女天伦乐，热爱劳动勤耕织。

（四）

坐吃山空财挥尽，兄弟两人去讨吃。
讨食讨到琉美家，悲喜交错愧无地。

（五）

她见两兄实悔罪，不咎既往粮银赐。

劝兄回家开垦荒，重新做人自吃力。

（六）

劝人为善不为恶，勤奋劳动可致富。

改邪归正人称赞，伤天害理切莫做。

【2】看《沾泪的手帕》

（一）

风吹雨打燕子春，问寒问暖千家门。

一举一动受崇敬，侗家乡亲贴心人。

（二）

赤脚医生李培兰，真实爱情堪称赞。

阻拦打击加棍棒，泪沾手帕爱更坚。

【3】看黎平《侗乡歌舞》

（一）

通道欢庆三秩旬，黎平祝贺歌舞新。

侗族大歌多音韵，牛腿琴弹伴月星。

六洞琵琶声欢快，朱郎娘美事感人。

笛子吹奏抑扬挫，幸福山歌满山岑。

（二）

侗乡村寨谱新篇，民间乐器演奏喧。

花桥欢歌声婉转，洪州琵琶音韵娟。
蝉歌男女三重唱，修建鼓楼万众欢。
深秋金禾忙采摘，稻谷盈仓油满坛。

（三）

斗牛场上斗牛趣，侗家习俗古传袭。
踩堂多耶众欢乐，顺寨琵琶演奏齐。
四化建设种子播，侗家高唱时代曲。
通道县庆添丽彩，黎平歌舞献精艺。

二、县庆看参观点

【1】看食品加工厂

通道食品加工厂，果品公司首建创。
腌制配料五车间，脱皮过滤十机装。
姜类果类多产品，省内省外两市场。
祝愿生产蒸蒸上，永保质量日日昌。

【2】看农机修理专业户

临口机修专业户，农民蒋氏怀璧主。
自筹资金五千元，办起家庭一修铺。
承修汽车拖拉机，设备车床电焊镀。
修理行业前途光，坚持创新定致富。

【2】1994年40周年庆典

1994年11月15—18日

县庆大型演出

《金鸡鸣唱》

黄土双江七个村，百名男女吹芦笙。
节日开堂音阵阵，金鸡报晓歌声声。
鸾风和鸣争歌唱，雄鸡报晓颂丰盈。
表演精湛又活泼，通道自治庆四旬。

《古风新韵》

坪坦各村众村民，男男女女四百人。
侗装打扮神情奕，穿梭织锦舞步匀。
传统文化浓郁厚，改革开放焕发春。
歌舞海洋花世界，侗家风俗古朴淳。

《春潮喜浪》

完小一中男女生，双江菜队和村民。
狮舞龙腾巨浪卷，鼓喧锣啸彻霄云。
侗乡春潮展喜浪，僻村腾舞颂党恩。
改革开放风雨润，通道村镇满园春。

《锦绣前程》

完小民中两校编，满场花扇和花环。
时而葵花向太阳，忽又闪动舞蹁跹。
侗家儿女情豪放，跟随党走意志坚。
改革开放战鼓擂，携手迈向幸福天。

夜放烟花

县庆晚会放烟花，各族群众欢乐加。
江边广场众拥挤，树上房顶人争爬。
炮声隆隆震地响，天仙闪闪撒银渣。
节日放花属首次，仰面观瞻眼忘眨。

县庆祝词

通道山水秀，百业振兴争进取；
罗蒙景象新，各族欢悦庆丰盈。

【3】2004年50周年庆典

2004年10月18日

县庆大型表演

（一）

通道自治庆五旬，大型表演壮观睁。
欢庆芦笙千架计，响声雷鸣震霄云。
格格打打舞姿俊，敲击竹器动地心。
山寨情韵服饰美，稻作文化展示真。
飞行通道步伐劲，团结携手小康奔。

（二）

通道自治五十春，著名歌星欣祝庆。
神奇通道曾静唱，异国音韵王丁吟。
万水青山回家看，东方歌舞朱明瑛。
美丽地方侗乡赞，吟唱刘雁陆沅岑。
海南演员顾丽雅，香港歌星张明敏。
演员献歌情豪放，称心观众掌声云。

县庆演侗戏

城东广场戏台宽，表演侗戏特色鲜。
坪坦都垒刘美唱，陇城老汉致富谈。
喜结良缘选女婿，生男生女俱心欢。

六女评郎挑驸马，甘溪戏队美人担。
阳洞滩恋算命女，坪阳演出捧腹酣。
王二接妻彩楼配，牙屯堡队笑声连。

县庆合拢宴

（一）

通道自治五十年，独岩公园合拢宴。
百桌酒席围两圈，千名嘉宾含笑脸。
寨老宣布宴会始，礼炮轰鸣芦笙喧。
琵琶铮铮歌嘹亮，踩堂多耶舞蹈欢。

（二）

通道自治五十年，独岩公园合拢宴。
百桌酒席环形摆，千名宾客围成圈。
苦酒佳肴摆满席，热烈气氛溢全园。
手持酒碗挽胳臂，踩堂多耶左右旋。
回到原位齐坐下，举杯共贺庆团圆。

民族广场舞龙灯

双江民族广场坪，县庆之夜舞龙灯。
几条长龙迎球舞，或高或低逶迤腾。
数对狮子追绣蹈，亦滚亦跳勇狂奔。
另有虾兵蟹将串，踩锣踏鼓舞步匀。
大街小巷无昼夜，人群喜悦笑脸盈。

县庆放烟花

十月十八气氛浓，火树银花触目红。
炮声轰隆天地震，爆花噼啪绘汉空。
房顶树上挂满客，仰面瞪眸望苍穹。
通道未来更美好，众口同声齐赞恭。

【4】2014年60周年庆典

2014年10月18日

大型文艺演出

《卡闷 — 日之歌》

（一）

通道自治庆六旬，大型文艺演出精。
神奇土地盈灵性，万佛山上气氤氲。
山水流动笙琴奏，鼓楼坪场耶舞勤。
织锦刺绣歌起伏，美丽通道多彩绚。

（二）

庆祝自治六十春，大型文艺演出精。
种田插秧染绿色，农具展演古朴纯。
深山拉木哼号子，小马灯亮照全程。
爱在中国张万甫，男声独唱众欢迎。

《卡拧 — 月之歌》

（一）

通道自治六秩春，大型文艺演出精。
木叶声声腾夜巷，琴笛嘀嘀闹侗村。
久不见妹心慌乱，今日相逢细语云。
红豆杉下歌对唱，火塘旁边眼传情。

（二）

通道自治庆六旬，大型演出节目精。
彼此倾情相爱慕，唱支山歌来宽心。
牛腿琵琶欣弹唱，侗歌为媒牵情人。
各族人民知幸福，十送红军谢党恩。
集体舞蹈打羞羞，民大舞蹈学院赠。

《卡能 — 水之歌》

（一）

欢庆自治六十春，大型文艺演出精。
侗家闺密人似水，温存秀气柔情蕴。
灵动水乡山歌唱，缠绵细腻激感情。
一叶扁舟游玉带，喝口清泉甜透心。

（二）

通道自治六十年，大型演出节目赞。
素湍绿潭龙底河，云蒸霞蔚万佛山。
男女舞蹈匆地瓦，侗家苦酒醉游仙。
中央民大舞蹈队，表演到位众赞酣。
多卡多耶歌嘹亮，实景演出天地宽。

（三）

通道自治六十年，大型文艺演出赞。
唱支灵动水乡歌，山水融情梦寐圆。
清洗往日身陈杂，漂流龙底躯邪念。
深山柔情水难断，豪放歌声意连绵。

《卡味 — 火之歌》

（一）

通道自治庆六旬，大型演出节目精。
火红年代增幸福，炽热生活溢真情。
芦笙摆舞多姿彩，侗歌如潮满山岑。
激昂缠绵歌不断，声声醉迷系人心。

（二）

欢庆自治六秩年，大型演出节目鲜。
激情沸腾心难压，绚烂笑声幸福含。
侗家邀请天下客，圆中国梦人心宽。
众人多耶齐迈步，携手共进小康攀。

本土原创歌舞表演

（一）

侗乡鸟巢灯亮明，原创歌舞受欢迎。
太平岩村春牛闹，采茶姑娘甘溪村。
通道是个好地方，县溪侗歌协会赠。
稳中求进幸福家，溪口坪头琵琶琴。
万五座位客满座，群人攒动心沸腾。

（二）

侗乡鸟巢绚丽华，本土原创歌舞佳。
锅冲肯溪村民唱，美丽苗乡我的家。
菁芜洲镇芙蓉镇，通道变化真是大。
老科协会乐器奏，侗家儿女党当妈。

（三）

演艺中心灯亮堂，本土原创歌舞忙。
县溪地阳坪完小，欢迎贵宾进侗乡。
通道人民好心欢，传素瑶胞大歌唱。
舞蹈表演打三朝，春之韵队奉献上。

（四）

文演中心热闹喧，本土原创歌舞演。
菁芜洲镇小江寨，农村处处换新颜。
老年协会临口镇，跳串串鱼舞蹈鲜。
阿妹阿哥唱县庆，独坡哈团对歌欢。

（五）

通道鸟巢灯亮明，本土原创歌舞欣。
祝福祖国繁荣盛，下乡地坪歌舞新。
跳芦笙舞斗鸟欢，双江芋头古村赠。
镇镇乡乡原唱献，竞相争把舞台登。

侗戏展演

（一）

灯光球场热闹很，展演侗戏扣人心。
张里桂剧戏团演，唱长坂坡京腔音。
百里画廊表演唱，陇城竹塘文艺兵。
独坡卜宽闹河戏，争抢捞摸鱼虾擒。

（二）

文体中心观众云，展演侗戏吸引人。
陇城街道小姑唱，行走侗乡演定亲。
打移交和石斛缘，陇城行走两团赠。
悔恨坐夜都垒演，激动人心连掌声。

广场舞表演

（一）

通道自治六十年，演广场舞节目鲜。
县城广场舞联队，表演侗家喜乐欢。
菁芜洲镇广场舞，祖国你好声韵传。
苗乡侗寨大变化，杉木桥乡舞队蹁。

（二）

通道鸟巢灯亮明，广场舞演极乐欣。
双江上寨舞蹈队，打住打住节奏清。
民族广场队员跳，三月梨花情意深。
快乐通道红映天，老年大学舞队赠。

（三）

演艺中心热闹欢，广场舞曲音韵传。
次仁拉姆往前冲，政府大院乐融融。
山歌歌唱好生活，网络公司极欢乐。
远方客人你留下，甘溪舞队乐到家。

（四）

文演中心热闹欢，广场舞曲声传远。
老年保健协会打，中国功夫太极拳。
男女老少一堂聚，城东队员舞蹁跹。
飞向侗寨和苗乡，双江红香队员演。
情暖温馨一家人，银行职工舞队献。

（五）

公韵梦和项圈情，临口舞队热情赠。
漂亮姑娘嫁人了，老年大学舞队跳。
走向复兴火火火，步行街队健身歌。
小苹果和珊瑚颂，溪口下寨村民送。

芦笙比赛

（一）

民族广场热闹欢，芦笙比赛吸众观。
上场表演队连队，舞姿曲调各异悬。
姑娘穿来又穿去，动作整齐诙谐含。
接近生活惹人笑，掌声不断吼声连。

（二）

民族广场热闹欢，芦笙比赛众爱看。
两队芦笙严对阵，争取胜利信心坚。
鼓起腮帮奋力奏，挥舞摆动一致偏。
赛后宣布得成绩，赢者无不含笑脸。
最终决赛得胜者，喜把红猪抬在肩。

斗鸟斗鸡

（一）

六旬县庆喜洋洋，独岩公园曲悠扬。
隆重举行斗鸟赛，丹峰楼前摆擂场。
手提鸟笼个连个，步入场地笑脸张。
斗鸟台上鸟笼放，两雄互争不相让。

（二）

斗鸟场地宽阔广，开辟斗鸡另有场。
公鸡相斗吸众看，观者蹲站均无妨。
两雄互争颈毛挺，揪住对方足蹬挡。
血染寇面呈一色，精疲力竭也不放。

舞龙灯

（一）

通道自治六旬庆，舞龙表演庆太平。
十月秩八吉良夜，县城双江灯亮明。
几条长龙沿街舞，千百群众随后跟。
敲锣打鼓鸣鞭炮，前呼后拥穿街行。

（二）

几条长龙沿街行，无数群众随后跟。
走街串巷廊桥过，目标萨岁广场坪。
到达广场尽情舞，各自围成一圆形。

条条长龙舞姿异，闪闪灯光降又升。
或上或下耍花样，或伸或曲展技能。
转了一圈又一圈，深夜尽兴才算停。